光文社文庫

傑作青春小説

俺はどしゃぶり

須藤靖貴

目次

俺はどしゃぶり

城徳高校アメリカンフットボール同好会
『ベアーズ』

	部長		山縣　勇
	監督		佐藤吾郎……「俺」
63	G	DE	香山健治……「銀でぶ」
72	G	DE	海本公平……「でぶ海」
㊿54	C	NG	高橋　豊……「ケンケン」
77	T	DT	益田三千男…「あうし」
74	T	DT	河口　剛……「梅」
7	QB	CB	渡辺　純……「本格派」
44	RB	LB	三浦龍男……「抜けタツ」
33	RB	FS	大河原健……「ドロ健」
3	TE	LB	大塚幸治……「力石」
80	WR	SS	柳　達也……「オヤブン」
88	WR	CB	井上　優……「レレ」

0

豚ばら肉の塊《かたまり》がマーケットのワゴンに転がっている。くすんだ赤身と脂肪の乳白色とが拮抗《きっこう》して紅白の横断幕のようだ。一〇〇グラム九十八円でちょうど一キロ分、手に取ると重かった。煮込むと美味《うま》そうだ。豚の角煮なら五人前はできる。塊を三パック、カートのかごに放り込んで考えた。

肉塊三十パック分も痩《や》せたのか。

四か月間で三〇キロ減量した。人間の贅肉《ぜいにく》と豚肉との比重の違いは知らないが、豚ばら三十パック分のダイエットだ。

感慨に耽《ふけ》ったあとでこうも思った。

この三十倍の肉が俺の体のどこに付いていたのか？

ワゴンのパックを数えると二十八個あった。

この肉が全部俺の体に？

豚の角煮なら百五十人前はできるじゃないか。

1

校長室の扉を閉めると、俺は一月の冷えた廊下で右手の拳《こぶし》を握った。廊下の窓に広がる空は買ったばかりのダンガリーシャツのように青やかだった。どこかの教室がわっと沸いた。噺家《はなしか》顔負けに生徒を笑わせる授業巧者の教員がいる。

寒くて気持ち良かった。透明な冷気がふやけた体を引き締めてくれる。

閑とした職員室へ戻り、紺のジャケットを脱いで椅子の背に羽織らせた。それからトレーナーとバスタオルを肩にぶら下げて体育館へ向かった。アメリカンフットボール部創部の青写真を思い浮かべながらウエイトトレーニングで汗を流す魂胆だ。五時限目はあき時間だった。

しかし校長よ。予想どおりとはいえネガティブなことばかり並べてきたものだ。

「吾郎《ごろう》先生、ありゃ、かなり危険なんでしょ」

「吾郎先生、成長期の生徒にはどうなんでしょ。あまり向いてないんでしょ」

「吾郎先生、お金がかかるんでしょ、ありゃ。あのヘルメットとかプロテクターとかに」

俺の姓は佐藤《さとう》だが、他に佐藤姓の教員が三人いる。だから名前で通っている。幼稚園入園から大学卒業まで、ずっと吾郎と呼ばれてきた。どうという名前ではないが、何万回も呼ばれると愛着が湧く。イニシャルがG・Sになるところもいい。

「吾郎先生、ありゃ、グラウンドも必要でしょ。サッカー部とラグビー部とハンドボール部で手一杯でしょ」

「吾郎先生、アメリカンフットボールてのは体の大きなアメリカ人がやるもんで日本人には向いてないんでしょ。県下で部のある学校がいくつあるんですか。いくつもないでしょ」

校長のあだ名はデショという。頭のセンター部が禿《は》げ上がり、後頭部の毛が長く伸びて反り返っている。しゃべるたびに瞬《まばた》きする。眼がくりっとして可愛《かわい》らしい。

校長が繰り返す「〜でしょ」が気に入らない。

「そういうことなんでしょ（そういうことなのだ。知らないの？）」

そんな含みがある。常識の嵩《かさ》にかかって自説を強要する論法だ。用法は少し違うが、俺が高校の頃、

「お前の高校はレベルが高いから、だから四十五番なんでしょ」

試験のたびにそう母親に言われたものだ。中間・期末テストの成績は五十人中四十五番付近をうろちょろしていた。だがクラスの連中の大半は、授業中にヘビーメタルのバンドスコアを凝視しながら筆箱をネック替わりに速弾きの練習をするギタリストだったり、芥川賞を取ると宣言して六時間丸ごと執筆活動に精を出す小説家志望だったり、県大会突破に命をかけていてどの授業でも常に居眠りしているラグビー部のスタンドオフだったり、1＋2×3

の解を自信満々に9と答える、どういうわけで入学試験を潜り抜けてきたのか見当のつかない学力の持ち主だったりと、のんびりした劣等生ばかりだった。母親は息子の学力を直視するのが怖かったのだ。

校長の言葉を要約すると「金がかかってグラウンドも使ってその上危険。日本の高校生、いやウチの高校にアメリカンフットボールは向いていないんでしょ、吾郎先生」となる。上に立つ者は保守的と相場が決まっている。我が校のトップも部設立に難色を示しているのだ。回答は予想の範疇《はんちゅう》だった。校長が金色のプレーンタイを右手の人差し指と中指で弄《もてあそ》びながらでしょでしょを連発している間、俺は不二家のペコちゃんのように口を横一杯に拡げて肯定とは別の相槌《あいづち》を打っていた。ゲームプランどおり、余裕である。

「確かにおっしゃるとおりなんですよね。フットボールに対するイメージとしては概《おおむ》ね正しいと思いますよ。イメージとしてはですね」

まずは塩を送る。当然、その後の言葉は逆接の接続詞で始まる。

「しかしですね、校長」

見下ろされているのが気に障るのか、校長は俺を来客用のソファーに誘導した。校長はお洒落《しゃれ》だ。ワイドスプレッドのストライプシャツがよく似合う。タイの結び目を綺麗なエクボでまとめている。結び目に気を遣う五十代は稀《まれ》だろう。愛人の一人や二人、囲っているのかも知れない。

「まず危険という点ですが、これがそれほどでもないんですよ」

ソファーに座るや否や、前のめりになって切り出した。

「フットボールにはいろいろなポジションがありましてね。各ポジションにそれぞれ細かいルールがあるんです。だから他のスポーツに比べてけがを未然に防ぐことができます」

校長はふむふむと相槌を打ってお茶を啜《すす》り、唇を内側に絞りながら上目遣いに俺を見た。つぶらな瞳《ひとみ》が不気味だった。たぶん俺の言っていることなど半分も分からないだろう。それでいい。

「たとえば危険の塊みたいなラインというポジションなんですけどね。相撲の立ち合いのように前線でガツガツぶつかるパートです。あれはヘルメットとショルダーパッドでしかぶつかりません。だから連中は首と肩と腕を徹底的に鍛えます。けがどころかぶつかっても痛みさえないほどです。お陰で僕は寝違えたことはないし肩凝りとも無縁です。どこからタックルが飛んでくるのか分からないラグビーなんかより遥かに安全です」

快調に飛ばした。勝負どころと見て振り込みを恐れずにがんがんいく積極麻雀の呼吸だ。

「それでですね、科学的で無理のないトレーニングによって体に適度な刺激が加わります。骨が強くなります。骨のある青年になるわけです。今、問題になっている骨の脆《もろ》い子供たち、その積極的解決策になるわけですよ。だから成長期にこそやるべきスポーツなんです。アメリカではポップワーナーリーグというのがあって小学生からやっているくらいですから。アメリカ人のスポーツとおっしゃいましたがね、日本だって決して例外じゃありません。関西ではチェスナットリーグというのがありましてね。チビッコたちがガツガツぶつかっています。ヘルメットが大きいから三頭身くらいなんですが、実に頼もしいもんです。チビたちにやらせておいて高校生が危ない危ないと言うんじゃ申し訳ない。天下の名門が泣きますよ」

校長は「天下の名門」で目を細めた。分からない話を聞かされるのは難儀だろう。校長は湯飲みを傾けると大袈裟《おおげさ》に咳払いをした。お茶の飲み終わりをタイムアップのホイッスルにしたいらしい。

「その、だいたいお話は分かりました。もうすぐ顧問会議の結果も出ることですし、お話はまたそれからということで……」

机の端にはうな重の空重が鎮座していた。漬物の小皿と吸い物の椀が重ねてある。いいものを食っている。俺は大盛りラーメン麵硬めだった。

体育館の用具室からベンチプレスシートを引きずり出す。誰もいない体育館にプレートの触れ合う金属音が響く。体育館に入ると心が躍る。シューズが床と擦れ合う音、重厚なビートを刻むバスケットボールのドリブル、アンバー色の照明に響き渡るホイッスル。ひっそりとした館内は躍動する放課後に備えて昼寝を決め込んでいるようだった。金持ちになったら庭に体育館を建てたい。

チームのニックネームはベアーズでいこう。ユニフォームはシカゴ・ベアーズをモデルに紺を基調にしたい。そんなことを考えながらトレーナーに着替えた。いっちょベンチプレス一二〇キロに挑戦してみるか。

頭を左に捻《ひね》り、首をぐきりと鳴らした。歌舞伎揚げを砕くような音だった。

2

城下町・川越《かわごえ》の外れの田園地帯に空《から》っ風《かぜ》が吹いている。グラウンドに黄塵《こうじん》が巻き起こった。体育の授業でサッカーをやっている生徒たちが風の方向に一斉に背を向けた。相手にされなくなったサッカーボールが勢いに乗ってテニスコートまで転がっていった。

私立男子校、城徳《じょうとく》高校は三学期を迎えた。

川越は蔵の街だ。古いたたずまいが残り「小江戸」などと呼ばれている。東京から電車で三十分のアクセスということもあり、週末は観光客で賑わう。

城徳高は市街から車で十五分と離れている。だから蔵の風景とは無縁で、田畑に囲まれたグラウンドに立てば視界を遮《さえぎ》るものはない。天気のいい日には田園風景の彼方に新宿の高層ビル群が見える。

三年生は大学受験の第四コーナーだ。だが生徒たちに悲壮感はなく、上り坂の活気がある。生徒は目標に向かってやりたいようにやり、教員は生徒の自主性を尊重してアシストに徹する。必要以上に尻を叩くことはない。「県下屈指の進学校」（校長）だから大学受験に前向きな人間が集まってくる。生徒たちの居心地は悪くなさそうだった。そんな学舎の雰囲気が気に入っていた。何年経っても教員の顔ぶれが変わらない。それもいい。俺も校長に文学史を教えてもらった。文学史なんて授業があるのも私立高校ならではだ。

土曜日の勤務は一時半まで。三時限目の授業から戻った俺は窓から校庭を眺めている。四時限目はあきだった。

俺は城徳高のOBだ。K大（イニシャル名がそのまま大学名となる有力私大じゃない。かで始まる大学にもいろいろある）の文学部を出て、運動部の縁故で製薬会社に就職した。就職に就いた最初の正月、昭和から平成へ年号が変わった。平成初日、黒ネクタイで営業に出ろと言われた。行ってきますと営業所を飛び出し、日本中が厳《おごそ》かになったどさくさで高速のサービスエリアに営業車を止めて一日中昼寝した。夕方、ネクタイを締め直して営業所に戻ると「寝グセがついてるぜ、佐藤君」と先輩社員に指摘され、「キミは何を考えとるんや」と大阪出身の上司に二十八分間小言を言われた。向いていないと思った。就職活動をせず何も考えないで入社したばちが当たったのだ。

製薬会社に二年間勤めた後、母校の教員になった。姓で呼ばれたのは製薬会社にいた二年間だけだった。

大学時代はアメリカンフットボール部で四年間グラウンドを走り回った。授業に出て練習してシャワーを浴びて仲間たちとめしを喰って家に帰ってまためし喰ってぐっすり眠る。授業出席を省略することもあったが、多忙でシンプルな大学生活の中でガッツで高校二級教員免許を取った。

　大学生は暇はあっても金がないという。俺にはその両方がなかった。練習で忙殺されて普段はアルバイトができず、中元と歳暮の時期にデパートで集中的に働いた。遊ぶ暇はなかった。そんな四年間だったがフットボール部に入って本当に良かった。

　ミーティングと称して安酒を呑み明かした春の日、不意の夕立にあって全身びしょ濡れになった夏合宿。睾丸が縮み上がる緊張と焦燥のゲーム直前、勝利の瞬間、タイムアップのホイッスル。四年から一年まで全員で安居酒屋を借り切って一晩中大騒ぎした追い出しコンパ、後輩から貰《もら》ったバーボン・ウイスキー。ジムビームの白いパッケージに寄せ書きしてくれた。練習は厳しく辛かったが、これぞ青春のスポーツだと感じた。

　母校に戻って真っ先に考えたことがアメフト部の創部だ。せっかく教員になったのだ。この文章の論旨はああだとか「れるられる」の用法はこうだとかを説明するだけではもったいない。二十八歳、他にもやることがある。母校の後輩たちにこの素晴らしいスポーツを通じて青春を謳歌《おうか》させてやりたい。

「かん！」

　チャイムが鳴った。三秒置いて「かん、かん、かん、かん」と音程が下がっていく。妙なチャイムだ。最初の「かん」で誰もが拍子抜けする。ノド自慢の失格の鐘に酷似《こくじ》しているからだ。試験の時など「かん！」とやられるとがっくりくる。いかにも赤点を食らいそうな気がする。俺も高校時代はがっくりきた。創立以来の名物、「がっくりチャイム」だ。ちなみに城徳高で「かん」と言えば赤点のことである。苦笑しながら駅前のパン屋で買ったクロワッサンサンドイッチの包みを開けた。

アメリカンフットボールは大学生のスポーツだ。日本での競技人口の底辺は大学と言っていい。高校チームは全国に百ちょっと。関東では東京と神奈川が比較的盛んだが、埼玉でフットボールチームのある高校は九校だけ。だから秋の大会は「埼玉・千葉・茨城大会」と銘打たれ、三県ひっくるめてトーナメント戦が行われる。

加盟校が少ないぶん成果が容易に現れる。どう頑張っても万年二回戦止まりの野球部やサッカー部と違ってやり甲斐がある。なにしろ一回勝てばベストエイトだ。

俺が監督になる。監督（ヘッドコーチというのが本当なのだが）をやりながら燃える日々に戻りたい。ちょっと古いが『飛び出せ！　青春』『われら青春！』の河野《こうの》先生、沖田《おきた》先生の世界だ。

部の設立は簡単だ。申請書を生徒会長に提出し、生徒会長は体育部の顧問会議に提案する。顧問会議は来週行われる。承認されて校長に申請書が回り最終判断を仰ぐ。

ホルンだかユーホニュームだかのチューニングの音が聞こえてきた。サンドイッチを食べ終え、番茶を淹《い》れに給湯室へ立った。

　クラブ活動は高校のエネルギー源だ。申請書が出されれば例外なくクラブは発足する。他の高校の塩梅《あんばい》は知らないが、城徳高はまず生徒たちの希望を通そうとする。変わったところでは「本格推理研究会」「野宿実践会」「ウエイトトレーニング愛好会」「日本酒醸造研究会」「ジョン・レノンを聴く会」などがある。ボツになった例は「合コン同好会」「完全犯罪研究会」「ハーレーダビッドソン同好会」「東大法学部・必勝銀杏会」「健康のために吸い過ぎに注意する会」「一発ツモ実践会」など。申請書の提出には顧問が必要だ。ふざけたクラブは事前に淘汰《とうた》される。

　顧問会議の承認は決まっている。ラグビー部とハンドボール部とサッカー部とが使っているグラウンドの、ほんの片隅を分けてもらうだけで練習はできる。グラウンド面積を取る野球部は荒川の河川敷を使っている。初老のラグビー部顧問は「ウエイト器具はウチのを使うといい」と言ってくれた。ハンドボール部顧問は体育科のナイスガイで「ウチのやつらにタックルしないでくれよな」と笑った。ただ、サッカー部の顧問からは「アメラグ？　ああ、あの派手にゴチャゴチャやってる。あんなのに部員が集まるのかねぇ」と嫌味を吐かれた。世の中いいやつばかりではない。横綱審議委員会だって三分の二の賛成で可決する。

　校長が首を縦に振れば部は設立される。正確には同好会として発足する。新参者は三年間、同好会として活動しなければならない。活動状態を見て正式に部となり生徒会予算の配分を受けられる。だが同好会といえども対外的には正式なチームだ。発足した年から堂々と大会参加できる。

チームには顧問（監督）と部長が要る。部長は国語科の山縣《やまがた》先生に頼むつもりだ。職員室で俺の左隣りに机を並べている教員十四年目の先輩だ。ちなみにクラブ活動手当が出る。運動部文化部を問わず顧問と部長に月一万円支給される。ただし同好会には出ない。

部長に必要な資質はただひとつ、余計な口出しをしないことだ。下手にフットボール通では困る。なにも全国大会優勝を目指そうというんじゃない。フットボールを通じて精一杯青春の汗を流したい。試合のたびに「吾郎君、だめだよあんなサイン出しちゃ」だの、「吾郎君、山田君は向いてないよクォーターバックには。肩は強いけど判断力がない。僕の見たところではランニングバックの田中君あたりが適任じゃないかね」などと言われると困る。チームスポーツでは部員たちに迷いを与えてはだめだ。監督と部長の意見が食い違うようではチームは成り立たない。

山縣先生は主に古文を教えていて「万葉の山縣」と呼ばれている。イニシャルがWの私立大を七年で卒業して城徳高にきた。豊富な専門知識を持ち、綿密な教材準備と魅力的な話術で人気がある。山縣先生のデスクは買取り直後の古本屋の仕事机のように文献や資料がうずたかく積み上げられている。俺が顔を上げると真向かいの初老の教員と目が合うわけだが、本の山に囲まれた山縣先生の姿は周りからは見えない。机にフラットなスペースは週刊誌大しかなく、そこで試験の採点をしたり出前の天ぷらうどんを啜ったりする。休み時間になると、その机を参考書片手の生徒が訪れる。

ところで、その手の生徒は俺のところにこない。近頃の高校生はそのへんがシビアだ。テレビドラマや小説では、主人公の熱血教員が「とはいえ俺のところには、もっぱら女の子を口説くコツを聞きにくる」などと爽《さわ》やかに言うのだろうが、そんなふざけたやつを含めて俺のところには生徒がこない。それでも、質問への山懸先生の対応振りを俺はこっそり聞いている。明解で堂に入っていて尊大ではない。秀逸なのが山懸先生にも分からない難解な問いへの対応で、「僕も調べるから君も調べろ。聞いた知識はすぐに忘れるものです。調べて得た知識は忘れない」といった塩梅だ。人に物を教えるのは二度学ぶことだというが、人が人に教えるのを聞くことも大変な勉強になる。

山懸先生に部長を引き受けてもらう目論見《もくろみ》もあって、デスクワークをやっつけてから呑みに行く算段だった。山懸先生は入間《いるま》地区国語科会議出席のため市街の県立高校へ行っている。

何度か山懸先生と呑んでいる。楽しい酒だ。ストレスを巧みに避けている証拠だろう。それで目を付けた。酒に酔って乱れる人間は大いに信用できるし、大酒をくらって居住まいが崩れない人間もいい。俺は酒呑みが好きなのだ。

かん！　とチャイムが響いた。三時十五分、平日でいくと六時限目終了を告げる銅鑼《どら》だ。

「お待たせ、吾郎君」

籠《こも》った声が俺を呼んだ。引き戸が開いて、雪だるまが現れた。

空は青く乾いている。遠くの空で千切れ雲が流れている。夜から雨になるらしい。お湿りが欲しかった。空っ風も一休みだ。

最寄り駅まで歩いて三十分。教員の大半はマイカー通勤だ。俺は駅から歩く。駅のそばに住んでいる山縣先生は自転車で通勤する。だから今宵の河岸《かし》は駅周辺だ。山縣先生は自転車を押して散歩に付き合ってくれた。自転車は俗にママチャリと呼ばれる婦人用で、白いボディーにマジックで「どうか山ちゃん　点数くれ・くれ・くれ・けよ」「雪だるまデブ！」と落書きされている。山縣先生も俺もコートを着ない。俺はジャケットの下に薄いセーターを挟んでいるが、山縣先生は白いワイシャツとグレーのジャケットだけ。それでも額に汗を浮かべている。

三十分の間に一年生に古文を教えるコツを聞いた。古文はいわば外国語と同じなので「習うより慣れよ」が常套句《じょうとうく》だ。だがそうじゃない。

「当然ながら日本語なんですよ。我々の先祖はこういう言葉を使っていた、田舎のおじいちゃんやおばあちゃんがしゃべる方言、それを理解する感じで古文をとらえさせると抵抗がなくなるんです。まったく理解できない方言だってニュアンスはなんとなく伝わってくるでしょう。たとえばフランス語でまくし立てられたらお手上げじゃないですか。断じて外国語と一緒じゃない。何が英語と一緒だ。そんなこと言っちゃ絶対に駄目だ」

筋肉より硬そうな二重あごの贅肉部分を震わせながら話す。ワイシャツの襟がアコーディオンのように潰《つぶ》れている。その上に贅肉部分が乗っかっている。一七五センチ一〇〇キロ。四十歳、独身。腹が迫《せ》り出し背筋が伸びている。安定感がある。大きな丸を描いてその上に小さな丸を乗せれば山懸先生のデッサンが出来上がる。

駅の匂いのする商店街にさしかかった。「時代屋」にした。新鮮な魚介で旨《うま》い酒が呑める店だ。チェーンの安居酒屋と違ってガキどもが大騒ぎしていないところがいい。

「時代屋。いいですね。久しぶりだ」

山懸先生は濃紺の暖簾《のれん》が目に入ったときから御機嫌だ。こういう場合の話はうまくいく。カウンターに席をとり、ビールを注文した。白木にヱビスビールの中瓶が置かれた。

「この店は見識があるんだ。ビールは純麦酒に限る。ヱビスです。このね、鯛を抱えたヱビス様のイラストがいいじゃないですか。吾郎君はビールの銘柄なんかにはどう、こだわるほう」

「いえ、全然。味の違いなんて分かりませんよ。なんでも美味《おい》しく飲みます。ビール大好きですから。でも、俺はあまのじゃくだから……ドライ嫌い、ラガーも好きじゃないですね」

「大勢に迎合しない精神は結構。僕も巨人と紅白歌合戦とベストセラー本は好きじゃない。さ、いきましょう」

山懸先生はいい加減な七三分けの髪を掻《か》き分けながら俺のグラスにビールを注いだ。きめ細かい泡がグラス三分の一ほどで蓋《ふた》をした。俺もヱビス様のイラストをひったくって山懸先生のグラスにビールを落とした。

「では、乾杯」

山懸先生は一息でビールを飲み干し、俯《うつむ》いて黒ぶち眼鏡を右手の中指で押さえ込んだ。頬《ほお》が前方に迫《せ》り出し、眼鏡の下縁をがっちり受け止めている。

「まぐろぬたとあなごの白焼き、それにたこぶつ」

山懸先生は澱《よど》みなく言った。正統派に任せておけば安心だ。ガキどもはフライドポテトや鶏から揚げ、女はすぐにサラダを頼む。居酒屋でサラダなんか食べるなばかと言いたくなる。ビールを二人で三本飲んだところで酒になった。冷やだ。この勝負はかなり長引く、そう判断して核心に触れることにした。

「今度ですね、アメリカンフットボール同好会ができるんです。それでですね。部長になっていただきたいんですよ。山懸さんに」

黒塗りの升《ます》に入ったコップ酒を口から迎えにいったあと、山懸先生は小さく頷《うなず》きながら「いいですよ」と言った。

本当ですか！　と俺は声をあげた。余った出前のラーメンを引き取ってくれというわけではないのだが。

「でもね、吾郎君。僕はアメラグのことは全く知らないんですよね」

だからいい。でもちょっと待って。

「アメラグっていうのはやめて下さい。短縮するならアメフトかアメフット、あるいはフットボール。それでお願いします」

「失礼。そのへんをもっと聞かせて下さい。それからね、吾郎君。僕は練習は見られませんよ」

山縣先生は週に二回、都内の予備校でアルバイトをしている。放課後は忙しい。大丈夫ですと大きく頷いた。

「じゃあ渋る理由はない。そうか、僕も運動部の部長か。ご主人、酒！　酔鯨《すいげい》の大吟！」

山縣先生は水色と黄色のレジメンタルタイを左肩に担ぎ垂らした。季節感お構いなしのネクタイだった。酔鯨・純米大吟醸は一合千二百円もする。いい気分で飲むのはビールと決めているが、今日は特別だ。負けじと開運《かいうん》・純米吟醸を頼んだ。こっちも九百円、美味《うま》かった。

「吾郎君はすっきり系が好きみたいだね。僕はボディーの太い酒が好きです」

山縣先生はたれ目だが笑うと両目が線になる。目的は遂げた。あとは日本酒のボディーだろうがアッパーだろうがなんでもこいだ。とことん付き合おう。

ぼーん、と何回か柱時計が鳴った。十時を指している。お定まりの校長・教頭の悪口、どの教員がどのくらいばかか、挨拶《あいさつ》しない生徒はけしからん、フットボールに関すること、そんな話を肴《さかな》に延々呑んだ。四時からの早仕掛けなのに六時間も経ってしまった。支払いは一万八千円。まあ妥当だろう。地酒を合わせて一升は呑んだ。代表して俺が払った。山懸先生はいい塩梅で酔っ払っている。俺が財布を取り出す段に、

「いよっ！」

と右手を挙げたのが気になるが、九千円もの大金、断じて奢《おご》る気はない。

暖簾を内側から潜った瞬間の空気は四季を問わずいい。それまでの雰囲気とは世界ががらりと変わる。ほぐれた気持ちが引き締まるようで寒さも一興だ。

「もうこんな時間か。まだ一軒目だ。吾郎君、今日は僕の家に泊まって行け」

3

夜空の雲が厚い。そのせいか酒のせいか、思ったより寒くない。

商店街の途切れるあたりに山懸先生のマンションがある。三階建ての一階、八畳間のワンルーム。学校まで自転車で十五分か。白い壁に階段や鉄柱が黒、シックなたたずまいだった。イメージは四畳半に裸電球だったからホウと感心した。熱いシャワーでも浴びてウイスキーで二次会と洒落込みたい。

「さ、さ、入った」

山懸先生は１０１号室のドアを無造作に引いた。鍵はどうしたのか。

「失くしちゃったんです。恐らく部屋の中にあると思うんですが」

「鍵、かけないんですか」

「スペアキーも紛失したんです。二つとも部屋の中でしょう」

玄関というか、靴を脱ぐスペースで話をしているのだが、ものすごい臭《にお》いがする。鼻孔を刺す、胸がむかついてくる臭いだ。ファストフードショップのそばを通ると似た気分になる。酸化した油の臭気か。酒場の便所の臭いにも似ている。嫌な予感がする。俺は虫に食われやすい。

「少し散らかってますけど。さ、さ」

電灯がつく。部屋の有様が目に飛び込んできた。

いったん目を閉じてしまった。そしてゆっくりと目を開けた。今見た光景を冗談だと思いたかった。残念ながら現実だった。尻ポケットのバンダナを引っ張り出して目を拭《ぬぐ》った。純米吟醸酒で重ねていった上品な酔いが急速に萎《しぼ》んでいった。

圧倒的な散らかりっぷりだった。いや、散らかっているなんて表現では生易し過ぎる。ゴミの妖精たちのお祭りのようだった。三世帯が住む屋敷の一部屋を家族全員のガラクタ置き場にしたような、次第にその一室がゴミ溜めになって誰も掃除をしなくなり開かずの扉になってしまったような、そんな様相だった。

色あせた新聞紙、授業用資料の藁半紙《わらばんし》、カバーのない文庫本、ジャンプ、マガジン、ビッグコミック、漫画サンデーやらの漫画週刊誌、ビールの空き缶、百本はありそうなビール大瓶、なぜか整然と並べられている日本酒の空き瓶、カップ麺やほかほか弁当の空容器、みかんの皮、段ボール、その他ゴミ一般が十年分くらい部屋全体にぶちまけられている。部屋の四隅が工事現場の砂山のように盛り上がっていて、使用後の割り箸《わばし》もところどころに見え隠れしている。ゴミ箱は見当たらない。

汚い部屋を見慣れていないわけではない。学生時代によく泊まり込んで酒を呑んだ同期のキャプテンの下宿も呆《あき》れ返るくらい散らかっていた。格が違う。キャプテンの部屋にはゴミ箱があった。この部屋を見たら土下座するだろう。花相撲で横綱の胸を借りる小学生力士のようなものだ。

足元に青白いピンポン球が落ちている。よく見ると乾燥して萎み切ったみかんだった。ダニやゴキブリにとっては天国だ。そのへんの道路のほうがはるかに綺麗だった。これなら鍵をかける必要はない。泥棒もセールスマンも新聞勧誘員も仰天して回れ右だ。尻が痒《かゆ》くなってきた。

窓際の隅には俺の身長ほどのがっしりした本棚が一つあるのだが、下から三段目付近まではゴミに埋もれて見えない。参考書やら辞書やらが並んでいる上層部だけが虚仮《こけ》の一念のように整頓されている。

空気が澱んでいる。分子活動が止まっている。しばらく瞬きができなかった。

「これは……、ひどい」

「ははは。ずいぶんストレートですね」

「すいません。でもこれは……何か意図があるんですか」

「実は、この二階が僕の部屋なんです」

「本当ですか！」

「うそです。そんなわけないでしょう」

山縣先生は目を線にして笑った。不気味だった。俺は鼻の穴を広げた。健康で文化的な最低限度の生活云々《うんぬん》という憲法第二十五条のフレーズを思い出した。

「慣れですよ。住めば都《みやこ》です」

住めば都というのは表現として正しいのか。本人が本意でない場所に赴《おもむ》く場合に第三者が使う台詞《せりふ》のような気がする。この状況は明らかに本人の責任ではないのか。

深呼吸しようとして躊躇《ちゅうちょ》した。できれば耳で息をしたかった。

ゴミの他には大型テレビ、ビデオ、新型のオーディオもある。電気屋の配達員は腰を抜かしたに違いない。この部屋でクラシックをかけると、音が歪《ゆが》んでジミヘン顔負けのハードロックに聞こえそうだ。

壁にはポスターやカレンダーの類《たぐ》いが一切ない。スポニチ、と胸にロゴの入った生成《きな》り色のTシャツが釘に引っ掛けられている。一つのハンガーにワイシャツ、ネクタイがぶら下がっている。

「このTシャツは……ずいぶん年季が入ってますね」

白いシャツが黄ばんでいるのだ。

「ああ、これは新聞配達していた時に貰ったものです」

すると、二十年以上も前のシャツなのか。

「物持ちがいいんですよ」

俺だって綺麗好きとは言えないが部屋は汚くない。どんどん物を捨てるからだろう。それは物持ちの悪いせいだ。

山懸先生はサッカーのインサイドキックの要領で部屋の底を蹴り散らし、二人が座れるスペースを作った。座布団がわりのつもりか少年ジャンプを一冊投げてよこした。一体どこで寝ているのか。布団は押し入れの中か。押し入れの中はどうなっているのだろう。そして便所は……。目を閉じて首を振った。推して知るべし。なるべく楽しいことを考えよう。

くすんだ紫のカーペットがあらわになった。購入時は薄いブルーだったのだろう。繊維の隙間《すきま》でダニさんたちがおいでおいでをしているようだった。泣きそうになった。

「北方謙三、読んだことありますか」

山懸先生は本棚の一番上の棚から半分ほど残っているウイスキーのボトルを取り出した。ワイルドターキーだった。

「彼の小説によく登場するバーボンです。飲んだことありますか」

頷いた。頷いたが逃げ出したかった。山縣先生は至極ご機嫌である。コップコップと言いながらゴミをダイナミックに踏みつぶして流しへ向かう。ワイルドターキーならグラスと言って欲しい。いや、そんな場合じゃない。この部屋にあるグラスで酒など呑めるものか。ボトルの中だけが聖域だ。恐る恐る流しの方を覗《のぞ》くとコップやゴブレットの類いばかりが放り込まれている。流しの風景に欠かせないママレモンやらスポンジやらの姿はない。歯磨粉のチューブと透明なグリーンの歯ブラシがガラスのコップに突っ込まれている。奇妙な光景だった。

「ずいぶんとお洒落な……歯ブラシですね」

普通の歯ブラシだった。この部屋にあるから洒落て見える。山縣先生はひとつ頷いた。

「吾郎君はしっかり歯磨きしてますか。最低朝晩、できれば毎食後。間食の後も磨くべきだ。人間は歯から衰えます。歯が衰えるとしっかり噛《か》めなくなる。噛めないと人間は退化してしまう。すべてに影響してくるんです。歯磨きは基本です」

なにが基本だ。いい気なものだ。それより毎食後に掃除しろと言いたかった。

「俺、ちょっと氷とソーダを買ってきますよ。ワイルドターキーならロックアイスじゃないと。なんたって北方謙三ですから」

スタートダッシュなみの無酸素運動で外へ飛び出した。夜の空気は生温かった。気持ち良かった。酔いは完全に醒《さ》めてしまった。

「チャンピオンだぜ」

あの部屋に泊まっていけとはどういう神経なのか。明日は朝一番で家に帰ろう。熱い風呂に入らなきゃ。

近くのコンビニエンスストアーで氷、ソーダ、ミネラルウォーター、ビーフジャーキー、そしてプラスチックのコップを買い込んだ。

外へ出ると雨が落ちてきた。ふわりとした夜の雨だ。いい塩梅にグラウンドを濡らしてくれそうな雨だった。

ふと、黒い予感が過《よ》ぎった。

あの部屋が、街中のゴキたちの雨宿り場になっちゃうんじゃないか——。

何度も首を振った。このまま帰ってしまおうかと思った。顔にかかる雨が催促していた。

深呼吸して両手で頬を二度叩いた。そして決死の覚悟でチャンピオンの住む館へと走った。

4

薄曇りのグラウンドでは生徒たちがサッカーボールを追いかけている。アメリカンフットボールも十一人で競技する。部員は最低十一人いる。サッカーやラグビーと違って攻守が分かれるから合わせて二十二人は欲しい。プレーヤーの交替に制限がないのも特徴だ。引っ込んだ選手でもフィールドに戻ることができる。何度交替しても構わない。だから選手は多いほどいい。

創部のためには部員を集めなければならない。グラウンドをよく見ると併せて三十人はいる。授業のゲームはいい加減だ。

去年の秋口あたりから、一年生をターゲットにアメリカンフットボールの素晴らしさを話してきた。期末試験の頃には創部の青写真を語って聞かせた。すでに三人の入部希望者がいる。

かん！　とチャイムが響き、グラウンドの生徒がだらだらと列を作った。俺は振り返って付箋《ふせん》だらけの字典を本棚に納めた。

どこの高校でも、休みが明けた一週間は半どんだったり球技大会があったりと学舎全体から正月気分が抜けないものだ。ところが城徳高は始業式の翌日から正規の六時間授業となる。教員の授業シフトは六時間のうち多くて五時間、大抵は四時間、場合によっては三時間という曜日もあるから、毎日フルタイムの授業を抱える生徒諸君は大変だ。そのあたりは教員も分かっていて、レコード大賞は意外だっただの、紅白歌合戦の小林幸子の衣装はすごかっただの、初詣に大宮氷川神社へ行ったら作家の誰某《だれそれ》に会っただのと、どうでもいい話をして新学期に向けてのウォーミングアップを施してくれる。

放課後、一年C組の教室に集まった三人の顔はのんびりとしていた。入部予定の有志とともに作戦会議をする算段だ。三人とも太っている。

「どうですか。集まりそうですか」

低く通る声でケンケンが切り出した。最初の入部希望者だ。本名は高橋《たかはし》豊《ゆたか》。ボタン全開の学生服の下には、アニメ『チキチキマシン猛レース』に登場する犬、ケンケンのプリントTシャツが見える。眉《まゆ》が太く二重瞼《ふたえまぶた》の目は真ん丸だ。一七五センチ九〇キロ、中学ではバスケットボール部の補欠だった。鍛えればいいラインマンになる。すでにキャプテンに指名した。授業でも集中力のある男だ。

「腹減ったよ。早く壱番屋行こう」

銀でぶ、香山健治《かやまけんじ》が眩《まぶ》しそうな目をして言う。一七〇センチ一〇〇キロ。角刈りから伸びた髪を無理やり七三に分け、酸っぱそうな眩しげな表情をする。梅干を口一杯に頰張ったような顔だ。オーバー替わりに銀のレーシングジャンパーを愛用している。寒い日には授業中でも銀ジャンを羽織る。太り過ぎで学生服が着られないのだ。学生服の中の銀ジャンはもり蕎麦に紛れ込んだ極太の手打ちうどんのように目立った。だから教壇からの質問の矢が必ず銀ジャンに突き刺さる。英語科の老教諭から「三番の例文を誰か訳せ。えー、そこの、銀の。銀のでぶ」と指されてニックネームがついた。中学では柔道部に入ったがすぐに退部、段位も級も持っていない。物心ついたときから肥満児だった。上唇がめくれ上がっているせいかいつでも口が開いている。
「行きましょうよ。今日はバスバス食わないし。ワリカンでいいからさ」
助け船を出してくれた男がでぶ海、海本公平《うみもとこうへい》だ。山縣先生との酒代がうやむやになってしまい、俺の財布は油抜きした油揚のようにスリムだった。でぶ海は銀でぶと同体型の一六八センチ一〇〇キロ。中学では美術部の部長を務めた。サーファーカットというのか、栗色の長い髪を真ん中から分けている。太目の長髪は暑苦しいものだが、でぶ海の場合は可愛げがある。でぶ海も銀でぶに似て眩しそうな表情をする。膨れ上がった頬が目を圧迫しているのだ。

銀でぶ、でぶ海の豆タンクコンビは顔も似ていれば声のかすれ具合まで似ている。違うのは髪型と言葉遣いだ。でぶ海は擬態語を頻繁に使う。「ガンガン行くぜ」「バーッと赤点取ちやってよ」「スコンと自習になっちゃった」「地理のヤマがズガンと当たったぜ。もうウハウハよ」「体調ホゲホゲなんで、体育の授業休みます」「早弁しちゃってカランカランに腹減ってるんだ」という具合だ。

二人は同じクラスで、机は前後に続いている。出席簿順だからでぶ海が前に座っているのだが、しばしば席を入れ替えることがある。広大な顔と体軀《たいく》とでできるブラインドを利用して居眠りを決め込むためだ。前方が胸を張って授業を受けると、後方が机にひれ伏しても教壇上からは分からない。俺がそのからくりを見破った。教壇に立つと大体のものが見える。

試験官をすれば生徒たちの不穏な動きは百パーセント分かってしまう。初めて教壇に立ったときは見通しの良さに驚いた。俺もよく居眠りしたが、壇上からは全てお見通しだったのだ。

　俺たちは教室を出て裏門へ歩き始めた。三人の前を歩く。新弟子スカウトに成功した相撲部屋の親方のような気分だった。

　勧誘の対象は現一年生の帰宅組だ。運動部にも文化部にも入っていない連中がターゲットになる。体のでかい格闘技好きは柔道部やラグビー部に持っていかれている。それでも逸材は埋もれているはずだ。先輩後輩の上下関係を嫌った者や、一年時から受験の必勝態勢に入るなどと言っていたやつらもいる。そんな輩《やから》もそろそろ体を動かしたくなってくる頃だ。帰宅組は案外退屈だ。多くの高校生は溢れ出るエネルギーのやり場を探している。高校の頃、バンドでギターを弾いていた友だちが「フルボリュームで目茶苦茶にアドリブを弾きてえんだよ。だけどテクがねえんだ」と言っていた。高校時代は体の芯から情熱が沸き出る季節だ。不器用だから情熱をうまく表現できないだけだ。

　壱番屋は裏門からすぐそばにある有料道路沿いのラーメン屋だった。運動部の腹ぺこ連中が練習後にラーメンを啜っていく城徳高御用達の店である。味はどうということはないが、ラーメン三百五十円、大盛り四百円、餃子二百五十円と安い。給料日前には教員も店の暖簾を潜る。学生に限り「城徳ラーメン」と称してラーメンが百円引きになる。

　らっしゃい、と親父のかすれた声がかかる。ラーメン四杯ならたかだか千百円、教員なら奢るべきだろうこのけち、そうおっしゃる向きもあろう。世の中はそう甘くない。

「大盛りとチャーハン大盛り。餃子も下さい」

「俺はチャーハンの超大盛り。それと餃子、普通。ねぎ、死ぬほど入れて下さい」

「大盛りチャーシュー麺と大盛りチャーハン。ドカンと超大盛りね」

大盛り、普通というのはラーメンのことだ。俺が大盛りと餃子を頼んだので、注文を合計すると三千六百五十円となる。やつらは三時限目が終わる頃には弁当箱をカラにしている。運動部でもないのに空腹なのだ。だてに太ってはいない。前に三人を壱番屋に連れてきたときは五千円札が飛んで行った。義理は果たしている。

とはいえ教員としての矜持《きょうじ》もある。餃子を一個、でぶ海にわけてやった。でぶ海は礼も言わずにひょいと餃子を自分のチャーハン丼に引き上げた。

「お前ら。一人につき三人連れてきてくれ。そうすれば十二人だ。あとは四月に入ってくる新入生で埋める」

三人はふむふむと頷きながらも麺を啜ってはメシを掻っ込む。俺が高校生の頃は、大人に何か言われたら「はい」とか「はっ」などと直ちに居住まいを正したものだ。まあ、教員にへつらわない態度はいい。

「誰でもいいんですか。つまり、いろいろなポジションに人が必要なんでしょ。みんな俺たちみたいなのじゃだめなんでしょ」

ラーメンを啜り終わったケンケンがチャーハンの皿を引き寄せながら言った。ラーメンの汁をスープ替わりにチャーハンをやっつけようという魂胆か。

「そうなんだ。でな、クォーターバックをだな、探して欲しいんだ」

クォーターバックはフットボールの花形だ。攻撃のサインを統括し、パスを投げ、ランニングバックを走らせ、時には自らも走る。クォーターバックに求められる資質は頭脳明晰《ずのうめいせき》で決断力に優れ、走力があって肩が強いこと。タックルされてもへこたれないタフさが不可欠となる。だからクォーターバックはチームのリーダーになりえる。真っ先に優秀なクォーターバックを探さなくてはならない。

「俺じゃだめかな」

でぶ海はそう言うと丼の汁を豪快に飲み干した。持ち上げた丼のフレームから頬の肉がはみ出している。

「だめ。でぶ海はラインマン。チームを支える強い男になるんだ」

俺がきっぱり言うとケンケン、銀でぶは吹き出した。わっはっはっは！　とケンケンが豪快に笑った。銀でぶは、だーっはっはっはっ！　と前歯剝《む》きだしで目尻に皺《しわ》を寄せた。でぶ海もつられて、どぅわっわっわっわっ！　とうねるように笑った。笑い声にまで贅肉が付いている。

ラインマンとはボールには縁がないポジションで、大雑把《おおざっぱ》にいえば前線で相手にぶつかってランニングバックやクォーターバックの走路を開けるのが役割だ。オフェンスライン*は五人、クォーターバックにボールをスナップするセンターを中心にガードとタックルが左右に二人ずつ。地味なポジションだが勝負はラインで決まる。ラインが強ければゲームの主導権が容易に握れる。ラインはそれほど速く走れなくてもいい。太っていてもできる。そこがアメリカンフットボールの魅力でもある。運動に不向きな肥満児でもプライドを背負ってこなせるポジションがある。

「本格派なんかどうかな、ケンケン」

唇をギラつかせながら銀でぶが言った。ラー油の付け過ぎだ。

「本格派か。だけどあいつ、野球部辞めてからガリッてるぞ」

「そんなもん、部やりながらでもできる。お前ならできるよってな、言ってやれば喜んで入るよ。あいつは自信家だからな」

本格派なら目を付けていた。やつならクォーターバックにぴったりだ。

本名は渡辺《わたなべ》純《じゅん》。去年の二学期まで野球部のエースだった。城徳高野球部は万年一回戦負けの弱小チームで選手層も薄い。本格派は一年生ながらエースに抜擢《ばってき》された。

あだ名の由来はいわばマスコミがらみだ。去年の七月、朝日新聞の地方版に全国高校野球県大会の特集が組まれたときのことだ。埼玉県下の全チームのスタメンが紹介され、一口評まで添えられていた。一回戦敗退確実のチームにも寸評を書かねばならぬとは新聞記者も大変だ。城徳高の一口評には、「エース渡辺は右の本格派。打線はクリーンアップの××を中心に……」と記されていた。特長のないチームだから当たり前のことの羅列《られつ》だったが、長身で右のオーバースロウならばみんな本格派になっちゃうのがおかしかった。

以来、渡辺は本格派と呼ばれるようになった。教員にまで「はい、じゃあ二十三ページの練習問題を黒板でやってみよう。一番田中、二番稲ケン、三番吉田ヒデ、四番は本・格・派」などと言われる始末だった。実際、白球よりもシャーペンを握っている時間のほうが長かった本格派の球威はさほどではなく、目算でおまけしても九十キロ前後だった。レクレーションのクラス対抗軟式野球大会で、本格派の投げた渾身《こんしん》のストレートを柔道部主将が左翼側の田畑に叩き込んだ。それ以降、天下の朝日が本格と認めた本格派に挑戦状を突き付ける輩が後を絶たず、牛乳瓶底メガネをかけた放送研究部員に三遊間を綺麗に破られた時点で引退を決意したという。ユニフォームを脱いでもニックネームはそのままだ。

ところで。俺は昔からあだ名を付けるのが得意だった。あだ名はもう一つの顔だ。その人物の特徴を軽妙なセンスで表現しなければならない。だから最も忌《い》み嫌うのは、苗字と名前だけで自動的に付けられてしまうものだ。「渡辺」なら「ナベ」やら「ナベさん」やら「ナベちゃん」。「小林」なら十中八九「コバ」である。名前に「ケン」が付けば、「山本建児」なら「ヤマケン」、「稲葉謙一」なら「イナケン」、「二木賢吾」なら「リャンケン」、「北山憲一郎」なら「ペイケン」と、その人間が太っていようが背が高かろうが馬に似ていようが金縁眼鏡をかけていようがお構いなしだ。「渡辺健吉」なんて「ナベケン」じゃないか。芸がなさ過ぎる。本格派も「ナベさん」と呼ばれていたから、センスのいいあだ名が付いて溜《りゅう》飲《いん》が下がったものだった。

「よし、銀でぶ。本格派で行こう。明日にでも口説きに行く。午前中に打診しておいてくれ」

俺は財布を取り出しながら立ち上がった。

5

放課後、本格派は図書館にいた。詰め襟の学生服の背筋が伸びている。シャープペンシルを走らせ、問題集と格闘しているようだった。歩み寄って左肩を叩くと、見上げて軽く会釈を返した。面長《おもなが》で顎が尖《とが》っている。切れ長の目はいかにも秀才然としている。銀でぶ、でぶ海と本格派を並べて「三人の中で一番の秀才は誰か」とクイズを出せば、百人が百人とも本格派を指差すだろう。肩幅が広くがっちりした逆三角体型だ。指が太く長い。掌《てのひら》も大きい。

俺は心の中でひとつ頷き、本格派を館外へ連れ出した。

「銀でぶから聞いたか」

本格派は顎を引いた。

「どうだ、やってみないか」

口調は力強く誠実に。図書館へ向かう途中で何度も練習してしまった。

「やりたいです」

本当か！　ある程度の折衝《せっしょう》を予定していたのだが。なんとも簡単な男だ。

「クォーターバックを、やらせてくれるんですね」

「おう。お前ならできる。フットボールは知ってるのか」

「テレビで観る程度です。でもフットボールはクォーターバックですよ、やっぱり」

「練習はきついぞ。ヘッドワークも大変だ。勉強時間が削られるかもしれん。生半可《なまはんか》な気持ちじゃできない」

「なんとかなるでしょう」

「ちなみに大学はどこを狙ってるんだ」

「東北大の法学部です」

北杜夫の『どくとるマンボウ青春記』を読んで牧歌的な地方大学の雰囲気に感化されたらしい。この本は俺も読んだが、それで信州大へ行きたいと言わないところが秀才の嫌味だった。

「東北大にもフットボール部はあるからな。やり甲斐は俺とフットボール百二十年の歴史が保証する。背番号は何番がいい。クォーターバックは一桁か一〇番台が普通だ」

入部を決意した時点で背番号を与えてしまう。部員勧誘の勘どころだ。自分の番号が決まると嬉しいものだ。ケンケンは五四番、銀でぶは六三番、でぶ海は七二番を選んだ。やつらは揃ってカブでゲンがいいからと言った。

「野球部では一番だったんですけど、ツキを変えたいんで。七番」

俺は頷き、分厚い本をブリーフケースから取り出して本格派に手渡した。『クォーターバック入門』だ。

「お粗末なくらいの翻訳調だが嘘は書いてない。精読してくれ」

一八〇センチ七〇キロ。チームのエースが決まった。

かん！　とチャイムが鳴った。朝からの雨が雪に変わった。昼休み、銀でぶが職員室にやってきた。巨漢二人を後ろに引き連れている。

「連れてきたよ。有望新人」

ごにょごにょと銀でぶが言った。銀でぶは前歯と上唇を固定してしゃべる。下唇だけが動く。

銀でぶにスカウトされた二人は益田三千男《ますだみちお》と河口剛《かわぐちたけし》だった。益田は一八五センチ一一〇キロ、河口は一七八センチ九〇キロ。資料の山から山懸先生が顔を出してにやりと笑った。

教員も含めた学校一の巨漢、百獣の王・益田である。一一〇キロだから百獣の王なのだ。

巨体を申し訳なさそうに屈めている。髪は短く刈り上げ、度の強い黒縁の眼鏡をかけている。

目は開いているのか閉じているのか分からない。大きな耳たぶは丸々と太った牡蠣《かき》を連想させる。人の良さそうな面持ちはなぜか山縣先生のお兄さんという感じがする。中学のときは吹奏楽部でバスドラムを叩いていた。この体だ。俺が吹奏楽部の監督ならトロンボーンかホルンをやらせる。意外と肺活量が少ないのだろう。がっちり鍛えねばなるまい。

河口のニックネームは「梅」という。この由来も相当に込み入っている。夏休みが終わり、河口と同じクラスの森という生徒が風邪で一週間学校を休んだ。真偽は定かではないが、梅毒に罹《かか》ったと噂《うわさ》が流れた。そういうケースならせいぜい淋病なのだろうが、とにかく「森が梅にやられた」と噂が広まった。そんなとき河口が風邪をひいて三日間寝込んだ。森が無事に復帰した翌日、河口が元気に登校してきた。その空白の一日の間に河口のあだ名がなぜか「梅」になっていた。森が保身のために河口に罪（?）をなすりつけたのだ。無口で温厚な河口は皆から「梅」と呼ばれても頬を上げて笑っている。中学時代は剣道部で鳴らして初段の腕前だが、高校ではなぜか映画研究部に入った。剣士時代は七〇キロだった体重が高校受験の数か月間で二〇キロ増えた。たれ目で唇が厚い。顔が赤く眉が薄い。顔の調子が悪そうだった。アトピー性皮膚炎か。

「ええと。少しは、ヤセられるんでしょうか」

益田が真面目な顔で尋ねた。老練な噺家のようにゆっくりとした口調だった。

「お前なら夏までに一五キロはカタい」

「ええっ、それじゃあ……九五キロだ。すごいや。モテるわけだ」

梅は黙って微笑している。銀でぶのやつ「アメフトやってるって言ったら女なんかイチコロだぜい」などと言って誘い込んだに違いない。アメフトをやろうが茶道をやろうがモテるやつはモテるしモテないやつは全くモテない。俺は大学の四年間でただの一度もモテなかった。ただ、モテるからという動機でフットボールを始めるのは有意義なのかもしれない。モテない原因がある程度はっきりする。

気持ちよく爆発的に食いそうな二人だ。益田は七七番、梅は七四番を選んだ。五人のラインマンが揃った。センター・ケンケン、ガード・銀でぶ、でぶ海、タックル・梅、益田。平均身長一七五・二センチ、平均体重九八キロ。ちょっと太り気味だが、大学や社会人チーム顔負けの重量ラインが誕生した。

五時限目は一年D組で授業があり、夏目漱石の『こころ』をやった。俺は漱石先生は大好きだが『こころ』はだめだ。白状すればきちんと読んでいない。『坊っちゃん』が最高じゃないか。中学の頃から三十回は読んでいる。出先で発作的に読みたくなり、お陰で家には文庫本が七冊もある。最初に買ったのは講談社文庫で百二十円だった。読み返すたびに発見がある。正月休みにこたつに潜ってページをめくったときには職員会議の場面にひざを打った。「校長ってものが、これならば、何の事はない、煮え切らない愚図の異名だ」

実際に職員会議に出た者でないとこの部分の機微は分からない。『坊っちゃん』は中学や高校で読まされるのだろうが、読んだからと再読しないのは残念なことだ。中学生のときに触れた面白さと二十歳で読む『坊っちゃん』の印象は違う。だからこれからも楽しみなのだ。三十路《みそじ》で読む『坊っちゃん』、結婚して読む『坊っちゃん』、新婚旅行先で読む『坊っちゃん』、子供が生まれて読む『坊っちゃん』、子どもに読んで聞かせる『坊っちゃん』、離婚すればしたでその時に読む『坊っちゃん』、教員を辞めた時に読む『坊っちゃん』、病気になって病院のベッドで読む『坊っちゃん』、死ぬ間際に読む『坊っちゃん』……。俺はあと百回は読むつもりだ。

チャイムの「かん」を合図に起立・礼を終えたとき、ちょっと話があるんだと生徒が声をかけてきた。抜けタツこと三浦龍男《みうらたつお》と、ドロ健こと大河原健《おおかわらけん》だった。二人ともサッカー部員だ。

「『こころ』がどうかしたのか」

「違う違う。そんなのどうでもいいんだ。ちょっとあっち行こう」

抜けタツは俺を廊下に連れ出した。ドロ健は黙ってついてくる。

窓の外が白かった。田畑が白い。わくわくする風景の中で電線の黒いラインが無粋だった。

「なんだお前ら。アメフト部にでも入りたいのか」

軽くジョークを放った。すると抜けタツは笑わずに言った。

「なんで分かったの」

図星。人生は素晴らしい。

抜けタツ、ドロ健ともにサッカー部を辞めてフットボールをやりたいと言う。

抜けタツは笑顔の似合う男だ。一六五センチ六五キロ、首が太いせいか七〇キロ以上はありそうだった。栗色の髪、陽に焼けた顔はサッカー部員然として、笑うと白い歯が覗く。試験で九十四点を取りながら名前を書き忘れたことがあった。そういうケースでは〇点だが、あんまりなので半分の四十七点をくれてやった。これで二度とミスを犯さないと思えば安いものだ。そんな話をして、ついでに抜けタツという愛称を進呈してやった。本人も気に入っているようだ。

一七〇センチ六五キロのドロ健はサッカー部一、いや学校一のイダテンだろう。追い風参考で一〇〇メートル十一秒台、文句なく速い。小、中学と運動会のリレーでは常にアンカーを務めてきた。太い眉、彫りの深い顔、角刈り。視線に力がある。髭が濃く、口を囲むように黒ずんだ剃り跡がある。ドロボウ髭だ。それでドロ健なのだ。「三波伸介ばりの見事なドロボウ髭だな」と授業で言ったら全くうけなかった。誰一人てんぷくトリオを知らない。なんとも隔世の感がある。

なぜサッカー部を、とは聞かなかった。ただ正式に退部してからきてくれとだけ言った。サッカー部の顧問は伊東《いとう》だった。フランス製の白墨ホルダーで板書する数学教諭だ。ドロ健とはともかく、抜けタツとは合わないだろう。

俺は抜けタツに「格闘技は好きか。見るのがじゃなく、やるのがだ」と聞き、ドロ健には「子供の頃、鬼ごっこは得意だったか」と尋ねた。

「好きだよ。ぶっ飛ばしたいやつがたくさんいる」

「無敵でした。なかなか捕まえてもらえなかった」

たのむぜ、と抜けタツが俺の腹を突いた。ドロ健は口を結んで右手で顎を撫でている。

「伊東さんのほうは大丈夫か」

「大丈夫もヘチマもねえよ。一回も練習に出て来ねえんだから。試合にも来ねえんだぜ。サッカーは十一人でやるってことも知らねえんじゃないの」

抜けタツはそう言って、あーっはっはっはっは！　と声高に笑った。つられて俺も笑う。ドロ健も、ふっふっふっふっと控え目な笑い声をあげた。

＊

二人ともにランニングバック。抜けタツは突進型フルバックで四四番、ドロ健は快速型テールバックの三三番。オフェンスのポイントゲッター、ランニングバックに願ってもない人材が転がり込んできた。射手座の運勢は上々と雑誌の星占いにあったとおりだ。

6

運動部の連中が体操着に着替えている。秀才が黒板に数式を書いて同級生に講義している。

バンドを組んでいるやつらがギターを抱えてアンサンブルの練習をしている。予備校へ補習を受けに行く生徒たちは小走りでバスへ乗り込む。

放課後の雰囲気が好きだ。樽酒をすすり込んだときのように気持ちが和《なご》んでくる。のんびりして雑然としてエネルギッシュで。ホルンだかトロンボーンだかユーホニュームだかのチューニングの低い音が聞こえる。放課後のBGMといえば吹奏楽部だ。午後三時過ぎに放課後の雰囲気に浸れるだけでも転職してよかった。

特に土曜日がいい。躍動感溢れる半どんの気分は、まっとうな勤め人には絶対に味わえない。白いワイシャツの生徒が二人、黒い学生服の輪の中で腕立て伏せ競争をしている。「二十三回！」と周りが囃《はや》している。

午後一時。一年C組に、ケンケン、銀でぶ、でぶ海、本格派、梅、益田、抜けタツ、ドロ健が集っている。精鋭八名と壱番屋へ行く。今日は寒いからラーメンを奢ってやると連絡係のケンケンに口を滑らせてしまった。一人八百円として……。

壱番屋のテーブルに座ると一人多いことに気付いた。九人いる。

銀でぶが機先を制した。

「力石《りきいし》も連れてきちゃった。いいでしょ」

力石はニックネームで本名は大塚幸治《おおつかこうじ》。アメフト入部組の流れに乗ってついてきたのだ。

銀でぶの言う「いいでしょ」に苦笑した。「今日は奢りだよな」というやつらなりの決意を物語っている。力石はういっすと首を前に出した。目がかっと開かれ、味のある表情をする。

「しょうがねえな。力石も入部希望か」

力石はういっすと唸《うな》った。運動部員のういっすは否定だか肯定だか分からない。「分かったか！」と先輩に言われれば「ういっす！」、「本当に分かったのか？」と聞かれて「ういっす！」、「お前、分かってねえだろう？」と迫られて「ういっす！」、「分かったのか分かってねえのか、はっきりしろ！」と怒鳴られて「ういっす！」である。ちなみに最初のういっすは「分かりました」、次が「分かったと思います」、三番目が「本当は分かってないと思います」、そして最後が「すみません。何がなんだか分かりません」だ。ういっすのトーンで意味を使い分ける。『オバケのQ太郎』の弟、O次郎が頻発する「バケラッタ」と一緒だ。

力石のういっすは残念ながら否定だった。こんなやつが欲しいが力石は柔道部の猛者《もさ》だ。一七五センチ七五キロ、肩幅が広く胸板は厚い。無精髭まで野太い。上半身にいい筋肉がついている。三月に二段の昇段試験を受ける。層の厚い柔道部では半レギュラーだが、地区大会の個人戦には参戦している。あだ名は『あしたのジョー』に登場するジョーの永遠のライバル・力石徹からきている。夏前の大会で七一キロ以下の軽中量級に出場するために二週間で八キロ減量した。その時の完璧な自己節制とぎょろ目、短髪ながら天然パーマの風貌《ふうぼう》で「まるで力石だぜ」となった。

壱番屋の暖簾を潜ったとき、「一人五百円まで出す。それ以上は自前」と妙案が浮かんだが、四人の部員が入った記念すべき日だ。けちなことは言っていられない。

「アメフト同好会の輝かしき前途を祝して、今日は奢ろう。好きなだけ食え」

おーっ、と声が上がった。壱番屋はラーメン屋だ。エビチリソースやチンジャオロース、鶏肉カシューナッツ炒めがなくて助かった。

数十分後。連中は椅子にもたれかかり放心している。満腹のご様子だ。俺の財布から福沢先生と新渡戸《にとべ》先生が手をつないで羽ばたいて行き、戻ってきたのは漱石先生お一人、数枚の硬貨を連れてきてくれただけ。実によく食ってくれた。力石は大盛りチャーシュー麵、大盛りチャーハン、餃子二皿、大盛りライスを平らげた。さすがは現役の柔道家。力石は「美味かったぜよ」と言った。小学校卒業まで高知で育ったいごっそうだ。まいった。今日は二月十四日。給料日は二十五日だった。

八人の精鋭、そして四月に入ってくるルーキーを加えれば秋にはなんとか試合ができる。そう考えてひとまず満足していた。久し振りにチョコレートを嘗《な》めた翌朝、九人目の入部希望者が現れた。

昨日、一人で二千円分食い散らかした力石だった。朝のホームルームが終わると目玉焼きのように目を大きくした力石が教壇へ歩いてきた。

「俺もアメフト部に入ります。いいすか」

絶句した。

「柔道部は今日辞めます。いいすか」

「いいすかじゃない。どういうことだ」

抜けタツ、ドロ健の時とは違って理由が聞きたかった。団体スポーツがやりたくなったと力石は言った。目をひん剝いて俺を睨み付けている。

「二段はどうするんだ」

「免状だけ持ってても。それにあれ、金がかかるんすよ」

さすがは猛者、はなから合格するつもりでいる。

「フットボールだって金かかるぞ。ギアとかシューズとかに」

「それは当たり前でしょ。免状に金かかるのがばからしいんじゃないすか」

「切れ味のいい払い腰はどうなる」

「しばらく封印します」

リーチの上がり牌、それも高目のドラ牌をハイテイでツモり上がった感じだ。力石のようにタフでガッツのある*タイトエンドが欲しかった。

柔道部の顧問からは抗議されるかも知れない。だが力石に似ているだけあって思い込んだらテコでも動かないだろう。背番号は三番。タイトエンドは通常八〇番台なのだが、なあに構うものか。力石はジャイアンツと長嶋茂雄に私淑《ししゅく》しているという。

力石は目をことさら大きくさせて笑い、ういっすと言って俺の肩を叩いた。不覚にも表情を読まれたらしい。

7

居酒屋の付き出しに菜の花の煮浸《にびた》しが出た。ほろ苦くて旨かった。一口つまんでビールを飲むと、何だかそわそわした気分になる。

春休み直前、アメリカンフットボール同好会が誕生した。部長の山懸先生、九人の入部希望者の存在が決め手だった。抜けタツ、ドロ健、力石の三人は入部のためにサッカー部、柔道部を退部している。そのへんの事情も認可に影響している。

「とにかく無茶だけはいかんですよ、無茶だけは。吾郎先生は指導のノウハウをお持ちのようだが、生徒たちの安全を最優先に考えて下さい。もちろん生徒たちにゃ保険に入らせるんでしょ。いい保険屋を知ってますから」

傷害保険の全員加入と張り切り過ぎないことを条件に校長は頷いた。一緒に練習する俺はもちろん、グラウンドに立つという理由だけで山懸先生も保険に入ることになった。

練習開始は正式に同好会が発足する新学期となる。当面は*ファンダメンタルな練習が主体となるから、グラウンドの隅を借りるだけで十分だ。

温かい雨が降っていた。山懸先生と俺は小走りにバスに乗り込んだ。駅前のドイツ風居酒屋で祝杯だ。

山縣先生はパイントグラスの生ビールをあおり、俺は三杯目から黒生ビールに切り替えて腰を据えた。山縣先生は御機嫌で、

「今夜はいっちょ飲み比べといきますか。僕も黒ビールだ。オネエさん、黒、二合！」

などと叫んでいる。

俺が二杯目の黒生を飲み干したころ、山縣先生がフットボールの勉強をしてきたんですと切り出した。

「吾郎君に質問。なぜ、アメリカンフットボールか」

黒ビールを一口飲んで黒縁眼鏡を光らせる。ソーセージを食い千切る。

「なぜ、アメリカで野球やバスケットをさし置いてフットボールがナンバーワンスポーツになったか、です」

「なるほど。アメリカンというくらいだから、オリジナリティーの追求というか、最高のスポーツとして、その、イギリスのサッカーやラグビーに対抗してですね、大国のプライドというか……なに言ってるんでしょう」

酒場でのウンチク話は苦手だ。

「政策に利用された。これがヒントです」

「うーん、ああ、疑似戦争ですか。初めてのスーパーボウル*はベトナム戦争の真っ最中に開

催されたんですよね。泥沼化する戦争でうんざりしてしまった国民の士気高揚のために……反戦へのエネルギーをスポーツに向けさせるために、戦争さながらの陣取りゲームであるフットボールは最適だった。つまり政策に利用されたと」

専門誌の記事を思い出して受け売りを始めた。

「うん、そのとおり。政策面ではね。では、教育面ではどうですか？」

山懸先生はアンチョビのピッツアを頬張りながら教育面に踏み込んできた。ややこしい話になりそうだった。

「チームワークを学ぶのには絶好ですよね。それからですね、ポジションごとに役割分担がきっちりしているから……ラインマンは縁の下の力持ちとか。そのへんですか」

「それです。それがアメリカの人種問題を理解するカギなんです」

人種問題？　意外な方向へ話が転がった。楕円形のフットボールさながらだ。

「プロのクォーターバックに黒人は何人いますか。圧倒的に白人じゃないですか」

確かにそうだ。二、三人しか黒人クォーターバックは浮かんでこない。

「何故だか分かりますか」

俺は首を傾げた。首が鳴った。

「クォーターバックは白人。これがアメリカなんですよ」

「最重要のポジションは白人が占有しているということですか」

「そうです。では他のポジションはどうでしょう。いわばタックルされるために走っているようなランニングバックは？」

「黒人が多い……ですね」

「ラインはどうですか。クォーターバックに襲いかかるディフェンスラインには黒人でいい選手が多いんじゃないですか」

「確かにそうですね」

「比べてオフェンスラインには白人選手が多い。特にセンターはクォーターバックに次いで白人が多いでしょう」

「クォーターバックが白人で、クォーターバックを囲んでいるオフェンスライン、つまりブレーンも白人で固めていると」

「そう。つまりこういうことです。人種差別は現実問題としてある。動かし難い状況の中で役割を果たしていかなきゃしょうがない。それを分からせるのがアメリカンフットボールなんだと」

　後から理屈を取って付けた気がしないでもないが、ポジションの用兵法には思い当たる。もっとも、ベアーズにとっては関係のない話だが。

「確かに日本のフットボールチームには関係のない話ではある。でもね、吾郎君。僕はアメフトは日本人に向いているスポーツだと思うんですね」

プレーとプレーの間に時間があるからだろう。見ている方にも考える余裕がある。次のプレーを予想しながら観戦できる。

「将棋に似ていると思うんだ。妥当かどうかは分からないけど、ラインは『歩』でしょう。『飛車』がランニングバックだとすると、歩の突き捨てなんて捨て*プレーのようなものじゃないですか。次に狙いを秘めている」

なるほど。駒同様に役割分担もはっきりしている。

「日本人に将棋が浸透しているのと同じで、アメフトももっとメジャーになっておかしくないと思うわけです」

頷いた。分析としては乱暴だが、だから日本人向きだという結論は支持したかった。

「さっきのポジションと人種の関係は、今では取り上げること自体無意味だそうです。しかしはじめにはそういった事情があった。フットボールからでもいろいろなことが学べるというわけですね。本からの受け売りですけどね。スポーツは奥が深い」

二人で四杯ずつグラスを空けた頃、笹倉《ささくら》先生が到着した。グレーのジャケットの肩が雨で濡れている。短い髪が針ねずみのように立っている。細面《ほそおもて》だが胸板は厚く二の腕はボウリングのピンのようだ。歳は俺よりひとつ下だが、新卒で教員になったから三年先輩になる。英語科の気鋭で四月からは二年B組の担任だ。柔道部顧問でもある。力石移籍の件で揉め事はなかった。笹倉先生は力石の意志を尊重し、嫌味ひとつ言わなかった。それ以前もよく呑んだが、以降、頻繁に酒席を共にするようになった。運動全般が非常に弱そうなミッション系有力私立大の英文科出身で、その柔道部で笹倉先生だけが奮闘していた。一七五センチ八〇キロ。ビールを爆発的に飲むせいか腹回りはかなり弛《ゆる》んでいる。

「いやあ、すみません。フライデーミーティングが長引いちゃって」

金曜日の放課後に英語科の教員全員で日本語禁止の討論会をやっている。今日のテーマは「アメリカ合衆国の性教育」。スラングが飛び交って僕にはさっぱり分からなかったと笑う。教員陣も日々勉強している。国語科にはそういった勉強会はない。自分で勉強しなくてはならない。

勉強とはいえ得意な教科だ。それに休みも多い。営業ノルマもない。教員なんて気楽な商売だと思っていた。とんでもない間違いだった。高校教員のハードワークさには辟易《へきえき》した。授業が終わると次の授業の教材準備で忙殺《ぼうさつ》される。週に二回実施する小テストの作成、採点。週の始めは授業計画、終わりには授業実績のレポート提出。そして入試問題の分析――。進学校の国語教諭なのだ。東大京大の現代文、古文、漢文、さらには小論文に至るまで、緊密に指導できるようポイントを掌握《しょうあく》しておく義務がある。中学校教員のような生徒指導の煩《わずら》わしさこそないが、勉強、勉強、勉強、また勉強だ。

採用面接の校長の言葉を思い出す。

「快食・快眠・快便が健康法だ、なんてことをいったりしますが、豚でもやっていることでしょ、そんなこたぁ。人間の健康は頭を使うことでしょ。ウチは勉強できる環境が整っています。とにかく一生懸命勉強してください」

毎朝、俺は登校すると番茶を淹れて応接セットのソファーに座る。熱い茶を啜りながら朝毎読の社説を精読する。社説以外の紙面もさっと読む。時間があれば日刊スポーツにも目を通す。俺はこれを「素振《すぶ》り」と称している。論説文読解のセンスを磨く意味もあるが、それ以上に自分に何かを課したい。教職に畏敬の念を抱いている。俺のようなばか者が人に物を教えるなどとんでもない。それで素振りを思い立った。どんなに宿酔《ふつかよ》いの朝でも素振りは欠かさない。最初は大変だったが、慣れればどうということはない。幼稚園入園から振り返ってみても、今が一番勉強しているのではないか。

「さすがは城徳高のビッグ&トール。かなりメートル上がっちゃってますね。ようし飲むぞ。腹もペコペコだ」

紳士服店のチラシによくあるデブとノッポのイラストのことだろう。一応、俺がトールらしい。笹倉先生は結び目に人差し指を入れて、金とえんじのレジメンタルタイを緩めた。いつもボタンダウンのシャツにレジメンタルタイで決めている。生徒たちからはボタンダウンデブなどと呼ばれている。

笹倉先生は大酒呑みのコンコンチキだ。ある晩、笹倉先生は川越の安居酒屋をハシゴして轟沈《ごうちん》した。隣町・坂戸《さかど》市の実家から通勤しているのだが、川越からの終電車があったのが災《わざわ》いした。下りで帰るところを上り電車へ乗り込んでしまい、終着の池袋で放り出された。目に付いた居酒屋の暖簾を潜ったところで意識が途切れたという。翌日、目が覚めて最初に見たのが警官の厳《いか》つい顔だった。マンションの入り口に転がり込んで寝ていたところを通報されたらしい。警官に立てと言われたが立てなかった。左足を骨折していたのだ。何がどうなったのか全く記憶がない。その話を聞くたびにぞくぞくしてくる。

「女性をデートに誘うでしょ。それで、まあ、向こうの都合が悪くて断られるとしますよね」

そう言って笹倉先生は一杯目のビールを飲み干した。

「今日はちょっと忙しいの、って言われるとするじゃないですか」

頷いた。

「じゃあね、『今週はちょっと忙しい』はどうですか」

「あるんじゃないですか、結構。俺にも経験があります」

「でしょ。じゃあ『今月は忙しい』では?」

俺はうーんと唸った。そこまでなら脈があるかも知れないと山縣先生。

「その月に、のっぴきならないプロジェクトの山場があったりしてね」

「じゃあ、『この春は忙しい』ではどうです?」

「それはだめでしょう。春なんて、そんな漠然とした言い方は」

山縣先生が言う。だめ? と笹倉先生。

「誰かに、そう言われたんですね」

「いやね、実はもうひとつ上のランクなんです。『今年は忙しいの』って言われまして」

「まだ三月じゃないですか。それは、だめだ」

山縣先生が笑い出した。

「ふられついでに分析したんですよ。脈があるかどうかのボーダーは『月』と『季節』の間なんですね」

飄々《ひょうひょう》とした笹倉先生の言い方に俺も大笑いした。

「でもね、すごく鈍感な男だったら、正月になった途端に電話するんじゃないですか」

俺は笑いながら言った。

「それじゃあ『今世紀中は忙しいの』っていうのはどうです？」

笹倉先生が言い、俺と山縣先生は生ビールの泡を吹き飛ばすように笑った。

三つのジョッキがぶつかってから二時間が経った。四杯のビハインドをものともせずに笹倉先生が九杯で一着。俺が八杯で二着。日本酒が得意種目の山縣先生は六杯で健闘の三着。一パイント約四七〇ミリリットルだから三人で約一一リットル飲んだことになる。

「摂取活動ばかりではバランスが悪い。喉の運動に行きましょう」

山縣先生の音頭で、二次会はカラオケボックスへ乗り込んだ。カラオケは苦手なのだが、呑みながら歌うという発想はいい。息を吐き出すせいか悪酔いしない。

俺はビートルズナンバーを片っ端から歌った。笹倉先生にはなかなかの発音と褒《ほ》められたが、山縣先生からは「吾郎君、唄はハートです。声量にまかせて歌っちゃだめだ。オーマイラビン、アイウィルセントユーです。いいですか、気持ちを込めなきゃ。オ、オ、オーマイラビンッです」と指導を受けた。その山縣先生は前川清一本槍だった。前川清なら感情を込めない方が難しいではないか。

ひとしきり歌って店を出た。雨は止んでいた。外の空気が生暖かかった。ぼんやりと朧《おぼろ》月《づき》が浮かんでいる。ポーチドエッグのようだった。

「なんだ吾郎君。もう帰っちゃうの。せっかくの『ばか審』なのに」

曖昧に頷いた。ばか審とは「ばか審議委員会」の略称だ。横綱審議委員会の向こうを張り、「あんなすごいばかは見たことがない」「空前絶後の大ばかだ」「教員としての実力・品格に大いに欠ける」「もう一場所、ばか振りをじっくり観察しよう」などとばか教員を審議し、しかるべき地位に推挙する。就職していきなり先生と呼ばれてしまう職業だ。自制が要る。新卒や二年目に三役クラスが多い。挨拶もまともにできない。それで教員が勤まるのだから恐れ入る。

アメフト部の同期と呑んだときのことだ。同期は女性月刊誌の編集者をやっていて、しょっちゅう鬼デスクに怒られると愚痴《ぐち》っていた。

「みんなの前で罵倒《ばとう》されるんだよ。頭にくるけどさ、考えてみるとそのおっさんの言うとおりなんだよな」

自分のことを考えた。滅多に怒られなかった。職員室には先輩後輩の序列はあっても厳しい上下関係がない。みな「先生」なのだ。新卒がベテランに生意気な口をきこうとも誰も咎《とが》めない。

俺は幼稚園、小、中、高と怒られ隊長だった。肥満児で逃げ足が遅いのと目立ったせいとで代表で怒られていたふしがある。大学でも監督や先輩に怒られ続けた。家でも母親によく小言を言われ、もちろんうるさい父親とは喧嘩《けんか》ばかりだった。製薬会社でも頻繁に怒られた。「怒られ五段」といったところか。しかし教員になってからは怒られない。これは怖い。俺は自分のことを先生とは思っていない。ばか者だ。大学出たての世間知らずが先生と呼ばれて誰からも怒られないというのは怖い。

東の横綱は数学科の伊東だ。ある教員の送別会をやった時、下戸《げこ》の伊東は「ウーロン茶しか飲んでないから」と五千円の会費を三千円に値切ってきた。退職する教員は伊東の後輩だった。幹事だった俺は心寂しくなった。俺なら四千円でいいよと言われても断固五千円払う。伊東は値切った二千円と自分の度量に対する評価とを天秤《てんびん》にかけることもできない。ある宵《よい》のばか審で「伊東さんは横綱級ですね」と俺が諮問《しもん》すると、二人は即座に頷いた。笹倉先生は「謹んで推挙します」と笑った。

山縣先生はばか審を肴に得意種目の日本酒でもう少し引っ張りたいところなのだ。

「笹倉さん、山懸さんのお宅に行ったことは」

「ないですよ。そうか、駅の近くなんですよね。いいなあ」

「じゃあ、山懸さんのところでもうちょっといくといいっすよ。俺は今日はちょっとあれなんで帰りますけどね」

笹倉先生に人生観が変わる経験をさせたい。そう思った。

「そうだなあ。僕んち、駅から歩くからな。よし、もうちょっと呑みますか。それからタクシーで帰りますわ」

作戦成功だ。

「吾郎さんも行こうよ。部の運営とか、まだ話してないじゃないの。そうだ、歌ってばかりで忘れてた。今日はその話のための呑みだったんだから。なにが『あれ』なんすか」

藪蛇《やぶへび》か。くすんだカーペットが浮かんできた。

「山懸先生のお宅に酒は」

「日本酒なら神亀《しんかめ》・純米がまるまる一升。ウイスキーはワイルドターキーが少し。この前、吾郎君と呑んだやつね。なっ」

俺は黙って首を前に出した。

「決まりだ。行きましょう。なんかつまみを買っていかなきゃ」

笹倉先生は意気軒昂《いきけんこう》、知らぬが仏だ。部屋の光景を思い出しただけで首筋のあたりが痒くなってきた。山懸邸宿泊で体中をダニに食われた。体を掻きむしって出血し、白いボタンダウンシャツをだめにした。引っ掻いた皮膚が疼《うず》き、翌日は終日沈んだ気分だったのだ。

「でも山懸さん、部屋が。その、かなり散らかってるんじゃ……」

「ああ。この前吾郎君が泊まって体を掻きむしったせいでカーペットに血がついちゃってね。徹底的に掃除しましたよ」

　嘘つけ！　俺は心の中で叫んだ。

「なんすか、吾郎さん。部屋が散らかってるくらいで。部屋の汚さなら僕だって負けちゃいないですよ」

　賭けてもいい。毎日色違いのボタンダウンに洒落たタイを合わせてくる人間がチャンピオンにかなうわけがない。ランキングが違う。第一ラウンドＴＫＯ負け確実だ。

「とにかく行きましょう。酔いが醒めちゃいますから」

　力石を気持ち良く送り出してくれた笹倉先生の意向に従うことにした。マンションへ向かう途中、俺は嗅覚を使わずに口だけで呼吸する練習を繰り返した。

8

　三月から四月はくしゃみの季節だ。鼻がむずむずしてやたらとくしゃみが出る。だが涙が止まらず仕事に支障をきたすほどではない。だから花粉症ではない。花粉は飛んでいる。多少は目が痒くなってくしゃみも出るだろう――と思っていた。ところが山懸先生や笹倉先生は目も鼻もなんともないと言う。体育教員に「吾郎ちゃん、そりゃあ立派な花粉症だ。花粉が飛んでるったってさ、なんともない人はなんともないんだから。俺はなんともないぜ」と判定されてしまった。

いつになく気合いの入った桜の季節だ。俺は二年C組の担任になった。初担任だ。九人の部員は全員無事に進級した。C組には梅、抜けタツ、ドロ健。ケンケンと本格派はA組。益田と力石はB組だ。銀でぶ、デブ海の豆タンクコンビは揃って理系のH組となった。どこからか甘い匂いが漂ってくる。陽射しが柔らかい。温かい放課後だった。最高の練習日和《びより》だ。俺はジャージ姿でグラウンドに降りた。フットボールスパイクを履くのは久し振りだった。今夜は美味いビールが飲めそうだ。

「よし、やろう!」

体操着の九人が振り返った。初練習だ。新しいスポーツを始める前にはウォーミングアップが必要だ。フットボールは走り方や姿勢が独特だから、まずは基本動作を習得しなければいけない。フットボールの練習をやるための練習である。

「軽く、グラウンド一周走ろう」

ういっす、と返事が返った。ケンケンを先頭に走り始めた。俺は最後列から着いていく。

ゆっくりと走る。早歩きより遅い。にもかかわらず、半周もいかないうちに集団が二つに分かれた。ケンケン、ドロ健、抜けタツ、力石、本格派が第一集団、遅れて梅、銀でぶ、でぶ海、益田と続く。上を向いてもがきながら進む銀でぶ、腕をほとんど振らないでぶ海。益田は冗談のように遅い。試みに俺が歩いてみると簡単に追い越せた。それにしてはすごい吐息が聞こえてくる。

グラウンド一周はおまけしても五〇〇メートル程度だ。それでもでぶ軍団は膝に手を付き前屈みになって腹で息をしている。抜けタツがあきれ顔で膨れた腹を見ている。

次はストレッチング。連中の輪の中で、俺が説明しながら体を伸ばす。全身、首、肩、腕、腰、足、手首、足首。じっくり、時間をかけてほぐしていく。春の空気の中、気持ちがよかった。練習が終始ストレッチングだったら最高だ。アキレス腱を伸ばし終わって目を開けると、口を開けっ放しにしたでぶ海の顔が飛び込んできた。苦痛の面持ちだった。

「おい、どこか痛いのか」

声をかけた。でぶ海は小さく首を振った。苦しげにストレッチするやつを初めて見た。益田はまだ息が整わない。顔が汗にまみれている。

「よし！　ダッシュをやろう。フットボールの基本中の基本だ。その前に、ファンダメンタル・フットボールポジションだ」

ドロ健、抜けタツは足を振り上げたり腰を捻ったりして元気一杯である。反して、銀でぶ、でぶ海、益田は黙って下を向いている。

「ファンダメンタル・フットボールポジション。略してＦＦＰ。どんな意味だ？　銀でぶ」

「分かりません」

銀でぶは即答してうつむいた。

「益田」

「……え？　何が……ですか？」

息を整えるのに精一杯で人の話は聞いていないようだった。俺は目を閉じて息を吐いた。

「ケンケン」

「ファンダメンタルなフットボールの位置……ですか？」

「質問に質問してどうする。本格派、正解を教えてやれ」

「基本的な姿勢、ってところですか」

俺は頷いて一歩前へ出た。肩幅に足を開く。膝を曲げる。背筋を伸ばす。やや、前傾する。両腕は膝に添える。

「これがＦＦＰのツーポイントスタンスだ。前後左右、素早く動ける姿勢だな。これが基本中の基本。次はフォーポイントスタンス」

俺はツーポイントスタンスからさらに腰を落とし、膝を曲げて両手をついた。相撲の仕切りのような格好だ。

「これがラインの基本、フォーポイントスタンスだ。この姿勢から相手をぶちかますわけだな」

　一列に並ばせた。ツーポイントスタンスだ。力石、抜けタツなどはサマになっている。ドロ健、本格派、ケンケン、梅もまあまあの格好をしている。予想通り、銀でぶ、でぶ海、益田がうまくできない。膝を曲げて背筋を伸ばす姿勢の維持が苦しいのだ。益田の額から汗が噴き出している。フォーポイントスタンスのレッスンも一〇〇キロ超級トリオでつまずいた。

「よし、ダッシュだ！」

　フットボールのダッシュの距離は短い。一〇ヤード、二〇ヤード、四〇ヤードを走る。一〇ヤードは約九メートル。短い距離でトップスピードに持っていく加速走力を養う。今日は最初の練習だから一〇ヤードを中心に走る。

　フォーポイントスタンスから俺が手本を見せる。姿勢を低く、足を小刻みに出す。フットボールは常に相手とぶつかる可能性がある。上体が立つとぶつかったときに持ちこたえられない。踏み出す一歩が大きいと、それだけ不安定な姿勢になる。どんな時もファンダメンタル・フットボールポジションに近い体勢をとる。

　九人を並ばせての一〇ヤードダッシュ。ドロ健、抜けタツ、本格派がさすがに速い。一〇〇キロ隊が遅い。

　銀でぶは歩幅が小さく、足の回転が遅いからなかなか前へ進まない。力が上へ上へと逃げてしまうのだ。あえぎながら進んでいく。実に効率の悪いフォームだった。でぶ海はまったく腕を振らない。膝もほとんど上がっていない。ペンギンのように掌を前にして進んでいく。

「でぶ海！　腕を振れ！」

俺は怒鳴った。速く走るコツは腕をしっかり振ることだ。自然に腿が上がる。力強く走れる。

益田はすぐに立ち上がってしまう。下半身が体重を支え切れない。

もっといろいろなメニューを教えたかったのだが、今日はダッシュ一本に絞ることにした。

「あいうえお」をマスターしなければ小論文も論説文もあったもんじゃない。

「痛てて！　ヒョエーッ！」

でぶ海がひっくり返ってもんどりうっている。ふくらはぎが攣《つ》ったようだ。俺はでぶ海の右足を引っ張って足首を返し、応急処置をしてやった。

「すいません……、ちょっと……もうだめです」

益田が巨体を屈めながら寄ってきた。揚げ損なったがんもどきのように崩れそうな表情だった。

「気持ち悪いんです。休ませてください」

ツーポイントスタンスをとっていた俺は益田を見上げて頷いた。鼻毛が伸びていた。これでは息がしづらいだろう。まずは鼻毛の処理だ。

グラウンドを軽く一周してストレッチで体を伸ばし、スタンスの模倣をして一〇ヤードを二往復しただけだ。いったいどこに気持ち悪くなる要素があるのか。なぜあんなに盛大に汗がかけるのか。でぶ海が座っている木陰へいけと益田に指示した。

心の中で頭を抱えた。ここまでひどいとは思わなかった。今日までに軽く自主トレをやってこいと言っていたのに。俺が大学でアメフトを始めたときはもっとまともだった。

ドロ健、抜けタツ、本格派は涼しい顔でダッシュを繰り返している。ドロ健は姿勢も低く、スタートのスピードが素晴らしい。逸材だ。いいランニングバックになる。抜けタツも真剣なまなざしで腕を振る。グラウンドの中央ではサッカー部が練習している。負けてたまるかの心意気だろう。俺は木陰から目を逸らした。楽しいことだけを考えたかった。

集団から、銀でぶがあごを上げてよたよたと歩いてきた。

「あのう……」

「なんだ」

「俺も、あそこで休みたいんですけど……」

「気持ち悪くなったのか」

「いや……」

「ションベンか」

「いや……、あっちのほうが、ラクだと思って」

息を呑み込んだ。唾が粘っていた。風呂に入ってビールを飲みたかった。俺もラクになりたかった。

入学式から一週間たった。放課後、運動部、文化部のオリエンテーションが行われる。各部の代表者が体育館の壇上に立って新入生を勧誘する。今年の新入生は四百二十三人。その三パーセント、十人前後は欲しい。

我がアメリカンフットボール同好会は、弁の立つケンケン、圧倒的存在感の益田、やさ男の抜けタツ、以上三名を代表として送り込んだ。

「今年からの創部なのでスタートラインは一年も二年も一緒」

「アメリカンフットボールはファイナルスポーツ。合理的で科学的な練習、シゴキは皆無。輪になって腕立て伏せ三十回などというアホなメニューはない」

「新しいスポーツへの挑戦は、諸君の新鮮な気持ちにぴったり」

以上を盛り込んで熱っぽく話せとケンケンにアドバイスした。持ち時間の五分でどれだけ新入生のハートを揺さぶれるか。

新入生が膝を抱えて座っている。壁際には各部の代表が列を作っている。反対側の壁際には教員用の折り畳み椅子が並んでいる。並んで座っている校長と教頭が何やら小声で囁き合っている。

五百人近くいる割には体育館は静かだった。新入生がほぐれていないからだろう。あと一か月もすれば、「静粛に！」と教諭が大声を張り上げることになる。

ベアーズは運動部のしんがりだ。俺と山懸先生は椅子席の最後列に座っている。野球部から始まってサッカー部、ラグビー部とオリエンテーションが続く。

柔道部の代表は巨漢と小兵《こひょう》の二人。ゆっくりと歩いて壇上の真ん中で止まった。

「入学おめでとう！　柔道部です！」

小兵が太い声で爽やかに言った。巨漢はハンカチで額の汗を拭っている。

「我が柔道部は、従来の悪しき武道系運動部の伝統を廃止し、合理的な練習で最大の成果を得るために日夜頑張っています」

会場を見渡しながら小兵が演説する。立派な押し出しである。後に控えているケンケンたちは大丈夫だろうか。

「偉そうなこと言うんじゃねえ！」

突然、大声が聞こえた。小兵がしゃべるのをやめて舞台の袖を見た。右の袖に誰かがいるらしい。館内から音が消えた。

「てめえ、皆の前で決着つけてやる。覚悟しろ！」

学生服が飛び出してきた。背の高いがっちりした男だ。白い鉢巻きをして木刀を持っている。柔道部の二人に走りかかっていった。巨漢がとっさに小兵の前に立ちはだかった。鉢巻きが木刀を振り下ろした。巨漢は打突を胸で受け止めた。うわー！　と新入生たちが叫んだ。

巨漢は低く唸りながら膝から崩れてうずくまった。あっと言う間だった。

小兵が後退りした。鉢巻きがマイクを取った。

「てめえ、ぶっ殺してやる。いいか、見てろ!」

鉢巻きが木刀を振り下ろす。小兵は右に身をかわす。鉢巻きはバットのスイングのように水平に木刀を振り回した。機を見て小兵が踏み込んだ。鉢巻きの右腕をつかんだ。木刀が落ちた。

「うりゃあーっ!」

鉢巻きの体が宙に浮いた。爆音がして体が落ちた。見事な一本背負いだった。小兵は鉢巻きの右腕を離さず、すかさず腕ひしぎ逆十字固めに決めた。

「痛ててて! 参った! 俺が悪かった! 許して!」

今までとは打って変わった情けない声だった。小兵は立上がり、学生服を払った。すると倒れていた巨漢もすっと起き上がった。

「柔よく剛を制す。入部した諸君に、いざというときの護身術、関節技、漏れなく教えます」

鉢巻きも立上がってマイクの前に並んだ。三人で一礼し、握手をしながら袖へ消えた。喚声と大拍手。見事なパフォーマンスだった。冷静に考えるとたわいない演出だが、殺気立った鉢巻きの演技とスピーディーな展開にすっかりだまされた。山懸先生も顔の前で手を叩いている。

続いて軟式テニス部の代表二人が、漫才風の軽妙なやりとりで新入生を笑わせた。さあ、ベアーズの出番だ。

「次で運動系クラブは最後です。アメリカンフットボール同好会！」

司会役の放送研究部長が軽快に叫んだ。

強張った表情で三人が壇上に現れた。ケンケン、抜けタツ、益田の順。なんだか、露払いにケンケン、太刀持ちに抜けタツを従えた横綱・益田山の土俵入りといった様相だった。新入生からどよめきがおこった。益田の巨漢振りに驚いたのだろう。

「諸君！」

ケンケンが第一声を放つと、マイクがすとんと落ちた。抜けタツがマイク位置を直す。鼻から息を吹くような笑い声が起こった。柔道部のパフォーマンスのお陰か、新入生はいい塩梅にリラックスしている。反して、舞台の上の空気は張り詰めている。益田は的当てゲームの鬼のように仁王立ちしている。

「諸君！　俺たちと一緒にアメフトをやろう！　クラブは発足したばかりで、俺たちも諸君と一緒、スタートラインは一緒です」

ケンケン、声が震えている。太い眉がくっつきそうだった。

「ええ、何が言いたいのかというと、本校は大学への予備校じゃないんだ。勉強ばかりしても何も残らないぞ。今を生きようじゃないか。アメフト同好会で一緒に汗を流そう」

言いたいことは分かる。だが流れが唐突で目茶苦茶だ。ケンケンに任せ切りで最終的な原稿チェックを怠ったのはミスだった。

「諸君！　受験勉強なんていつでもできる。しかし城徳高でのフットボールは三年しかできない。俺たちと一緒に精一杯の汗を流そう。勉強時間が足りなければ浪人すればいい。ポジティブ・シンキングで行こうじゃないか」

語感が力強くなってきた。抜けタツ、益田はしきりに頷いている。俺と山縣先生は顔を見合わせた。いつか壱番屋でラーメンを啜りながら俺が言った話だった。

「一浪や二浪、大した問題じゃない。その分長生きすればいいじゃないか。諸君！　時代はアメリカンフットボールだ。グラウンドで会おう！」

リラックスムードはどこかへ消えてしまった。ルーキーたちはざわめいている。入部希望者は国語科の佐藤吾郎まで、と捨て台詞のような調子で抜けタツが締め括って土俵入りが終わった。

「ポジティブ・シンキングか……」

山縣先生がつぶやいた。俺は思わず天を仰いだ。屈指の進学校へ希望に胸膨らませてやってきたルーキーに「浪人すればいい」と投げかけるのは絶対にまずいのだ。

一年生たちにとって浪人なんて存在は決して実感できない。彼らはひとり残らず難関大学に現役合格するつもりでいる。少なくとも中間試験の結果という現実に出会うまでは大いなる野望を抱いている。十五歳の若輩に自分のポジショニングを客観視できる能力はそう備わっていない。だからケンケンの演説は、

「アメフト同好会に入ると浪人するぞ」

そう受けとられても仕方ない。誰が入学一週間で浪人を決意するか。

悪いことに、直後に壇上に立ったクイズ研究部の代表が、ユーモアたっぷりの話術で会場を沸かせたのだ。金縁眼鏡をかけたクイズ部（なにがクイズ部だ！）のばか部長は「ウチは活動自体が受験勉強に直結してますから、部活をやればやるほどダメになります。どこかの運動部と違って浪人はさせません」などとほざいた。ケンケンの演説で会場に不安が走ったのを素早く読み取ったのだ。アメリカ大統領選挙なみのネガティブキャンペーンだ。ベアーズは完全に浮き上がってしまった。

「いやあ、緊張緊張。でもなかなかだったでしょ。やつら、神妙な顔して俺の話に聞き入っていたもんな。可愛いもんだぜ」

全クラブの勧誘演説が終わり、三人が職員室にやってきた。ケンケンは上機嫌だ。益田も抜けタツも、ただ立っていただけなのに焦った焦ったを連発している。

なかなか良かったと、焦った労を一応ねぎらっておいた。

「だがな、ケンケン。五人も入部すれば御の字だぞ」

理由を話すと抜けタツは口を尖らせた。ケンケンと益田は頬を膨らませている。

「いいじゃんよ、それならそれで。でもその五人はきっといいやつだと思うよ」

抜けタツは諭すように言った。常にプラス思考。人生すべてにおいてこういきたいものだ。

翌日、二時限目が終わって職員室でお茶を飲んでいると「いいやつ」がやってきた。学生服の金ボタンが五つともピカピカに光っている。

「一年F組の柳達也《やなぎたつや》です。アメフト同好会入部希望です」

ドイツ軍のヘルメットのようなおかっぱ頭をした色白の少年だ。一七二センチ六二キロ。中学では野球部、外野手の補欠だった。NFL*フリークで、ジェリー・ライス*のファンだと言った。

「本当ですか！」

「ライスが好きなら君に八〇番をやろう。ウチのエースになってくれ」

柳は下がっている目尻を跳ね上げて顔いっぱいで笑った。線が細く首が長い。コンタクトスポーツには向かない気もするが、格闘技の観戦マニアで仁侠《にんきよう》映画の大ファンというから、ガッツがあって義理堅い男なのかもしれない。

入部が決まったところでオリエンテーションの感想を尋ねてみた。

「僕は最初からアメフトやるつもりでいたから。クラスのみんなはですね、笑ってました」

柳はコシのなさそうな髪を右手でかき上げながら言った。

「やっぱり？」

「ええ。あれじゃ誰も入らないなって」

やっぱり。

しかし、好漢・柳の登場は新人勧誘の前途を明るくさせた。放課後、俺はジャージに着替えてグラウンドへ降りた。

遠巻きに何人かの詰め襟金ピカボタンが見学している中で、体操着姿の九人はのんびりとキャッチボールやストレッチングをやっている。本格派のパッシングフォームがぎこちない。金ピカ軍団の中には柳の姿もある。

「うぃーす！」

一斉に挨拶が飛ぶ。ケンケンが*ハドルをかける。

「*ファンダメンタル、しっかりいこう」

俺が短い檄《げき》を入れて練習開始だ。ケンケンを先頭に九人はゆっくりグラウンドを回り始めた。そんな光景を腕を組みながら険しい表情で眺めていると、見学組の中から柳をもう一回り細くしたようなのが近寄ってきた。

「あの。アメフト同好会の。あの、入ろうかなと思ってるんですけど」

またきたか。柳の訪問で俺は強気だった。

「入部希望かい」

「はい。いえ、まだ決めたわけじゃないんですけど。試験みたいなものが……」

「試験？　入部試験か」

「はい」

思わず吹き出した。

「あるわけねえじゃねえかそんなもん。可愛いねぇ」

「はい？」

「冗談冗談、ごめんよ。まずは自己紹介だ。俺は監督の佐藤吾郎」

「はい。一年A組の井上優《いのうえまさる》です。まさるは優秀の優です」

洒落じゃないのは顔を見れば分かる。一七五センチ五五キロくらいか。痩せているがエラが張っている。そのせいか顔が大きく見える。耳もでかい。お勉強はできそうなタイプだ。

「中学ではなにをやってた」

「英語研究部です。部長でした」

「スポーツは何も？」

「はい。浦高《うらこう》受けたんで」

浦高は県下一の名門校である。城徳高にやってくる生徒の二割は浦高を落ちた連中だ。やつらは浦高ズッコケに関して何故か鼻にかけたところがある。屈折したプライドというやつか。

「どうしてアメフトをやろうと思った」

「……先生、やっぱり試験じゃないですか。面接みたいだ」

「ああ、ごめんごめん。ひととおり聞いているんだよ。他意はない。俺たちは君を必要としているんだ。これ、英訳してみな」

「We need you」

「素晴らしい発音だ。君はどこがやりたいんだ」

「どこというのは……」

「ポジションだよ。クォーターバックとかランニングバックとか」

「実は……、ラグビーとの違いもままならないんです」

「全く知らないんだな」

「はい。それでも We need you ですか」

「もちろんだ。俺も大学でやるまではアメフトのアの字も知らなかった」

「どこの大学ですか」

「K大だ」

「K大の?」

「文学部。国文だ」

「高校はどちらだったんですか」

「OBだよ、ここの」

「ずいぶん……さぼったんですね」

ここで殺意を抱いては教員は勤まらない。大学時代、無礼な後輩にはニッコリ笑って思い切り張り手をくらわしたものだった。ニッコリが勘どころで、後輩は頬の痛みを裏切るこちらの表情に戸惑い、己の非礼を省《かえりみ》るのだ。

新入生を張り倒すわけにはいかない。かわりにニックネームを進呈してやることにした。こいつ、誰かに似てるんだが。長身痩軀《そうく》、短髪、つぶらな瞳、下脹《しもぶく》れ、大きな耳……。

「新入生の入部希望者はいるんですか」

「うん。あそこの、あいつ。今のところ君で二人目だよ」

柳を指差したとき、テニス部の部室の入り口を竹ぼうきで掃除している生徒が目に入った。耳なりが解消するように閃《ひらめ》いた。

レレレのおじさんだ。漫画『天才バカボン』に登場する「お出かけですか、レレレのレ」のお掃除おじさんに似ているのだ。

「井上君よ、昨日のオリエンテーションを聴いただろ。ウチに入ると浪人するかも知れないぜ」

すっきりしたところで、意地の悪いパスを投げてみた。

「ああ。みんなはアメフト同好会のことを『浪人形の館』なんて言ってますけど、僕は大丈夫です。まあ、東大京大というのだったらアレですけど、早慶クラスなら。慶応でアメフトやりたいんです」

　そりゃ結構。しかし浪人形の館とは敵ながらアッパレだ。あだ名はレレ、ポジションはワイドレシーバー＊。お目出たい男なので背番号はゾロ目で末広がりの八八番に決めてやった。長身を活かしてパスを捕ってもらいたい。

　ついに十一人揃った。そしてレレの入部をもって、ベアーズ初年度の部員勧誘活動が終わりを告げることになったのだった。

9

　薫風《くんぷう》は南からやってくる。五月の風が俺のジャケットを剝《は》いでいった。出来の悪い擬人法だが、本当に池袋の呑み屋にツイードのジャケットを置き忘れ、紛失した。銀でぶがレーシングジャンパーをクリーニングに出した。

　ゴールデンウィーク前、爽やかな風と一緒にギアがチームに届いた。四月いっぱいは跳んだり走ったり首を鍛えたり勉強会を開いたりして、フットボールドリルをするための練習をこなしてきた。

　平日の練習時間は午後三時半から二時間。大まかなメニューはこうだ。ストレッチングで筋肉を伸ばし、グラウンドを一周回ってフットボール体操で流汗を促す。号令に合わせてジャンプしたり体を捻ったりする。結構きつい。そしてアジリティドリルに移る。ツーポイントスタンスから足を小刻みにシャッフルさせ、サインの出た方向に腰を捻ったりステップを踏んだりする。ゲームでは瞬時の反応力が要求される。敏捷性、反応力を高めるドリルだ。

　次はダッシュだ。一〇ヤード、二〇ヤード、四〇ヤード、それぞれ往復五回、三回、三回。フォーポイントスタンスから本格派のコールで一斉に飛び出す。小刻みに土を蹴る。ライン六人とバックス五人の二組に分かれて走る。

　ダッシュが終わると五分間の休憩。水分を補給して鋭気を養う。水は飲みたいときに飲む。俺が中学の頃は「水を飲むとバテる」と妄信がまかり通っていた。今はいかにばかな体育教員でもそんなことは言わない。飲みたいときに飲ませるのは一度にたくさん飲ませない工夫だ。がぶ飲みしたらさすがにパフォーマンスの妨げになる。

　次はポジション別メニュー。ポジション別といっても十一人しかいないからラインとバックスに分かれるだけだ。ランプレーでブロックをかましてパスプレーではコースに出てボールを捕る重責のタイトエンド・力石は、ラインとバックスのユニットをいったりきたりする。ラインの六人は四股《しこ》を踏んだりスクワットをこなしたりジャンプしたりと下半身を強化する。バックスは本格派が柳とレレに短いパスを投げ、ランニングバックの抜けタツとドロ健はボールを抱えての腿上げやフットワークドリルをこなす。

まるっきりの素人集団だ。運動経験は体育の授業だけなんて輩もいる。焦らずじっくりと叩き上げなければならない。

ギアをつけない練習のみとはいえ、十一人の運動能力は白日の下にさらされた。特にラインメンの運動能力の劣悪さは目を覆うものだった。一〇〇キロ隊は相変わらずまともに走れない。一〇ヤードを全員横一列で走ると、トップのドロ健と益田は五ヤードも差がつく。益田は練習開始から十分も経たないのに、短い髪が風呂上がりのように濡れて苦悶の表情を浮かべている。

一〇〇キロ隊だけじゃない。レシーバーの三人も厳しい。一年生コンビと力石は本格派のパスが全く捕れない。レシーバーにはボールの落下地点を読む球カンとキャッチングセンスとが不可欠だが、柳は捕球センスはあるものの球カンがなく、力石は勘はいいがお手玉ばかりする。レレにはその両方がない。

アスリートはバックスに集中している。クォーターバック・本格派、ランニングバック・抜けタツ、ドロ健の三人だ。

本格派は飲み込みが早く、硬式球とは勝手の違うフットボールのスローイングもいい線いっている。プレーや戦術の知識もグングン吸収し、寡黙《かもく》ながらリーダーシップを発揮している。

抜けタツはガッツの男だ。もともと脚力に優れているが、負けん気の強さは密集に突っ込むフルバック向きである。練習でも一番口数が多い。皆の尻を叩く鬼軍曹役に納まっている。

ドロ健のスプリンター振りはオフェンスプレーの核になる。あとはタックルされても力強く走れるかどうかだった。

力石もいい。守備に回れば鋭いタックルを見せる。ラインバッカー*、ディフェンスキャプテン候補だ。がに股が気になるが、頑強な体はハードなラインバッカーに向いている。

それから、ニックネームのなかった益田と柳に立派なあだ名が付いた。

益田は「あうし」。

ダッシュは息を止めてセットし、クォーターバックのコールに合わせて息を吐きながら瞬発的にスタートする。「ウッ」とか「ドリャ」だとか「ファイト」「一発!」などと、思い思いに短い気合いをかけながら飛び出す。益田はスタートが極端に遅い。ドロ健と比べるとスローモーションのようだ。その益田のダッシュ時の気合いが「あーうし」なのだった。益田のあまりのドン足振りに突発的に腹を立てた抜けタツが、「てめえ、あうしあうし言ってんじゃねえ! なんでそんなに遅えんだ!」と怒鳴って益田の大きなケツを蹴りとばした。以来、益田はあうしと呼ばれるようになった。

柳は「オヤブン」。

英語の授業で、Whatever the boss of the house says(亭主の好きな赤烏帽子《えぼし》)を訳せと当てられた柳は、

「すべては親分の言うとおり」

　と答えた。担当の笹倉先生は「それでいいんだけど、親分じゃなくて主人とか亭主とか、ボスってのを意訳してもっとマイルドな単語を使えや」と苦笑し、クラス中が爆笑した。そして柳はオヤブンと呼ばれるようになった。それまで柳は名前が達也だからタツと呼ばれていた。「俺が抜けタツで、なんであいつがタツなんだよ。あっちがノーマルで俺が間抜けみたいじゃないか。あんまりだぜ」と言っていた抜けタツの面目もオヤブンの誕生で保たれた。親分然とした梅や親分肌のケンケンではなく、親分のイメージから最も遠い柳がオヤブンというのがおかしい。

　ついでに俺にもニックネームがついてしまった。

　ある日の練習前、抜けタツがニヤニヤしながらやってきた。

「イット・ネバー・レインズ・バット・イット・ポワーズって知ってる？」

「イット？　レイン？　なんだそりゃ。映画のタイトルか」

「違うよ。英文法の重要構文だ。It never rains but it pours」

「英語はからきしなんだ。もったいぶらずに教えろ」

「知らなきゃモグリってやつだぜ。少しは考えろよ。イット・ネバー・レインズ・バット・イット・ポワーズ、だ」

「雨は降らない……そのポワーズってのはなんだ。ああ、分かった。思い出した。覆水盆に返らずだ」

「はっはっは。全然違うよ。いい加減だな。それは It's no use〜 の構文だろ。正解は『降ればいつでもどしゃぶり』。ポワーズは激しく降り注ぐって動詞だ」

抜けタツは薄ら笑いを浮かべている。

「それがどうした」

「あだ名だよ。『どしゃぶり』。ぴったりだ」

抜けタツは俺の腹を指差した。

笹倉先生の仕業だった。It never〜but の構文を俺を引き合いに出して解説したのだ。

「降ればいつでもどしゃぶり。さしずめ吾郎さんなんかは呑めばいつでもどしゃぶり。呑んだら最後、必ず大酒を食らうわけだね。ほどほどということがない」

自分のことは大いに棚に上げている。要するに自制できないばかだ。部員にニックネームを付けて嬉々としていた俺にもあだ名が付いたわけだ。

ほどほどにしとけ——俺にとって、懐かしさと気恥ずかしさが交じり合った言葉だ。子供の頃、よくそう言われた。

二歳の頃は積み木がじょうずにできたのを褒められて、一日中お城や櫓《やぐら》を作っていた。小学校に入ると酒蓋の収集に熱中し、空瓶を探し求めて酒屋から酒屋へ歩き回った。集めた酒蓋は千や二千ではきかないだろう。それは今も段ボール箱ごと実家にとってある。当時は地酒など売っていないから集まってくる酒蓋は「大関」や「黄桜」「白鶴」や「力士」などのナショナルブランドばかりだった。友達を呼んで酒蓋千個で「神経衰弱」をした。勝負がつくまで少なくとも一時間はかかった。

小学四年になると将棋に熱中した。図書館で戦術書を読み耽り、市街の将棋道場へ通った。毎晩、会社から戻った父親に勝負を挑み、「ほどほどにしとけ」と呆れ顔をされた記憶がある。お陰で序盤の定跡《じょうせき》くらいは今でも知っている。柔道部に入った中学では稽古《けいこ》に熱中すればよかった。勉強の方は、何かというと平手打ちを連発する国語教諭とウマが合って国語だけを一生懸命勉強した。他の科目はさっぱりで、特に英語の成績は惨憺《さんたん》たる有様だった。高校では引き続き柔道に本腰を入れ、大学ではアメリカンフットボールにのめり込んだ。

そんな性癖のせいかどうかは知らぬが、酒もほどほどで切り上げることができない。とことんまで行かなくては気が済まない。体の大きさと胃腸・肝臓の丈夫さとで呑めてしまう。

ギアはひととおり揃えて八万円だった。分割払いだ。同好会は予算が下りない。ギアはもちろんボールやダミーなど全て自前となる。青春を謳歌するには相応の金がかかる。

新しいヘルメットは窮屈だ。ヘルメットをかぶること自体がストレスとなる。ギアが届き、やっときたか、すげえすげえと皆で喜んでいたが、ヘルメット、ショルダーパッド、ヒップパッド、サイパッド、フットボールパンツ、プラクティスメッシュとフル装備になると、全員の顔から笑みが消えた。

「うわっ。なんか頭が締めつけられるぜ。気が狂いそうだ」

銀でぶが情けない声を出す。あうしはすでに汗びっしょりである。

「すぐにフィットするようになる。それまで我慢しろ」

新しいヘルメットはジャストフィットではいけない。使っているうちに内部のエアパッドが少しずつ縮んでいい塩梅になる。ギアが馴染むころにはユニフォーム姿の似合う選手になっている寸法だ。

「よおし、いこうぜ！」

ケンケンの音頭で練習開始だ。全身真っ白の月面探検隊のような十一人は、ぺろんぺろんとグラウンドを回り始めた。

10

五月末は試験の季節、中間考査だ。

試験——。劣等生にはできれば避けて通りたいハードルだろう。俺も劣等生だったからいい思い出は少ないが、馬鹿馬鹿しいエピソードにはこと欠かない。

「試験は試験官との闘いである」

高校の頃、そう宣《のたま》ったやつがいた。いかにカンニングをうまくやるか。とはいえカンニングするのは数学と理科だけ。赤点回避程度に点を盗む。文科系クラスだから国語と英語は自力で勝負する。そのへんは筋が通っていた。

高校二年、一学期の期末試験だったか。生物の試験だった。

かん！　と、チャイムが鳴った。後ろの扉から廊下の様子をうかがっていたやつが叫んだ。

「福じいだ！　福じい発見！」

おおっ！　と教室が沸いた。福じいは漢文を教える近眼の老教諭で、まったく怒らない。試験のときには窓際に椅子を寄せてスポーツ新聞を読み込んでしまう。カンニングやり放題の試験官だ。

「ああっ、だめだ！　B組に入った！」

俺は二年E組だった。どの教員がどの教室に吸い込まれていくのか。廊下側の連中が偵察していた。

「栄作が来るぞ！」

栄作は地理担当の熱血漢だった。居眠りしただけで平手打ちが飛んできた。声が大きく睨《にら》みが利いた。とにかくおっかない。栄作が試験官なら自力で生物の問題と格闘しなければならない。赤点確実だ。

「よし！　栄作、A組、イン！」

よっしゃあ！　あせったぜばか野郎！　手を組んで祈っているやつもいる。

「おい！　デンカが来るぞ！　デンカ！」

デンカ！　よしっ！　デンカ来い！　デンカ、デンカ、デンカと囁《ささや》くようにデンカ・コールが起こる。

デンカは大酒呑みの数学教諭で、分厚い眼鏡の奥の瞳がいつも眠そうだった。肌の色艶が悪く、定規で背中を搔く癖があった。「逆は必ずしも真ならず、でんか」などと語尾に「でんか」を付ける。試験の時には教壇の机に伏して眠ってしまう。だからデンカが監督をやった試験のクラス平均点はいつも良かった。花丸特A級の試験官だ。

デンカ・コールに迎えられてデンカがE組に入ってきた。心の中で拍手喝采である。ガッツポーズをしているやつもいる。「おっ、やる気満々だな」などとデンカは言う。予想どおり、デンカは体中を搔きむしって試験開始二十分で眠ってしまった。前列に座っているやつが声なしの万歳をした。そして秀才の答案の写しがシステマチックに回覧されたのだった。

教員になると不正を取り締まらねばならない。俺には生徒たちのカンニングは百パーセント分かってしまう。隣りの生徒の答案を覗き込む程度なら見逃し。カンニングペーパー使用はだめ。文科系の数学、理科、理科系の社会、古文、漢文は目こぼしする。そう勝手に線引きしている。幸い、まだ一度もとがめだてしたことがない。

考査前の一週間は部活動は休みとなる。しっかり勉強せいよという我が校の伝統だ。ベアーズの面々も一週間のオフを経て試験に臨んだ。

三流の青春ドラマでは、秀才がクラブ活動を始めた途端に成績が急落し、監督が教頭あたりから嫌味を言われて葛藤《かっとう》する、なんて展開になるのだろうが、ベアーズきっての秀才、本格派は別段順位を下げることもなく平均八十点を叩き出した。クラスの上位五名は公表されるシステムだった。

本格派の家は魚屋だ。だから優秀だと踏んでいる。魚に含まれるドコサヘキサエン酸やらエイコサペンタエン酸やらが頭を良くするのではない。職業柄、早朝に叩き起こされるからだ。本格派の勉強時間は朝の五時から七時まで。小学校の時分から早朝に机に向かう習慣が付いたという。俺にも覚えがあるが、朝の方が仕事の能率は上がる。朝は夜と違ってゴールの時間が決まっている。せっかく早起きしたんだ、一分たりとも無駄にしないぞ、そんな意識が働く。朝はラジオの深夜放送はないし女の子の顔を思い出して物思いに耽ることもない。夜食を作る必要もない。夜ならウイスキーなどを嘗《な》めながら教材準備などを進めるが、朝はせいぜいジュースか番茶だ。コーヒーの飲み過ぎで眠れなくなる心配も無用。いやがおうでも集中力が高まる。

本格派の場合はバランスは取れていて、弁当を食べ終わると机に伏して昼寝を決め込む。本格派が授業中に居眠りしたなんて話は聞いたことがない。放課後、練習が終わると家へ帰ってめし食ってすぐに寝てしまう。生活にメリハリが利いている。秀才は朝作られる。

試験が終わって実に十日振りとなる練習だ。俺もフルスタイルでグラウンドに臨んだ。三時半、真っ先に本格派がグラウンドに姿を現した。クォーターバックは常に率先しなきゃいかんという教えを遵守《じゅんしゅ》している。すぐに一年生コンビが元気よく飛び出してくる。日々の練習は厳しいものだが、十日も練習から遠ざかっていると体を動かしたくなる。本格派はゆったりとした動作でレレ、オヤブンを相手に短いパスを投げ始めた。

続いて銀でぶ、でぶ海の豆タンクブラザーズが登場した。十日間のオフで二人とも太ったようだ。白い練習用メッシュの背中にそれぞれ「銀」「海」とマジックで大書している。

三時四十五分になっても五人だけしか集まらなかった。

「なんで五人しかいないんだ」

「物理の補習ですよ」

俺は本格派に尋ねた。

「物理？」

「みんな物理で赤点だったんですよ」

銀でぶ、でぶ海の理科系コンビはニヤニヤしながら俺と本格派のやり取りを聞いている。

「なんで補習なんだ」

「山本《やまもと》先生が。絶対分からせるって」

「山本さんが自主的に補習をやってんのか」

「山本先生、やる気満々ですから」

物理の補習で六人持って行かれちゃったのだ。

「お前は大丈夫だったわけだな」

本格派は頷いた。銀でぶ、でぶ海は揃って前歯をむき出しにした。何度見ても不気味だった。

「物理か……」

物理だ。文科系クラスで、私大を英・国・世界史または日本史で受験する輩にとって、数学や物理は鬼門、ガールフレンドの父親みたいなものだ。いや、数学はまだ単純な計算問題があるから点は稼げる。公式さえガッツで覚えておけば応用問題でも途中点がもらえる。物理はそうはいかない。そもそも問題文の用語の意味が分からない。だから答えようがない。

俺もさっぱりだった。物理教諭が決して怒らないジイサマで、授業は聴くも聴かぬも勝手だった。クラスの大半は雑誌を読んだり居眠りしたり鼻毛を抜いたり弁当を食ったり英語の予習をしたりして、一時間を好き勝手に過ごしていた。

ツケは掃除当番と同じで必ず回ってくる。試験の頃、至福の時間を享受《きょうじゅ》していた連中の顔は一様に青ざめた。城徳高の場合、赤点は三十三点以下。授業を全く聴いていない連中に試験の三十四パーセントが理解できるわけがない。物理の三十四点は英語の九十点に匹敵する。

当時の物理教諭はどこまでも優しかった。学年末の追試で物理の教室が溢れ返ることを危慎して「見込み点」なる摩訶不思議な救済措置を捻り出した。得点が二十点だとすると返ってくる答案用紙には三十六点と書かれている。赤点回避だ。十点取ると十九点。からくりは教諭の口からは明かされなかったが、自己採点と返ってきた見込み点とを元に理科系の秀才に頼んで方程式を類推してもらったところ、

見込み点$=2x-x^2\div100$

であることが判明した。この数式によれば、なるほど百点は百点、〇点は〇点だ。十九点取れば三十四点となって合格となる。

おかげで俺も追試を免れた。今はジイサマ先生はいない。物理教育に大いなるプライドを持ったファイト一発型の熱血教員だ。何人かの先生方と呑みに行った時、「物理を理解しないで高校を通過してしまうなんて本当にもったいない。僕が連中に物理の素晴らしさを教えますよ、必ず」などと言っていた。練習の能率優先のために若き物理教員の情熱に水を差すことはできない。

「本格派。補習ってのは今日だけか」

「期末まで、毎週やるそうです」

「木曜日に？」

「はい」

木曜日はスペシャルメニューの日になった。補習は六十分。六人がグラウンドに現れるまで、本格派はレレとオヤブンにパスを投げ込み、銀でぶとでぶ海と俺は相撲の三番稽古のようにひたすら*ワン・オン・ワン・ブロックに精を出す。なんだか、不純異性交遊で停学を食らった生徒の、元プレーボーイの父親のような心境だった。

かん！　とチャイムが鳴った。俺は教材を抱えて教室を出た。職員室に戻る最後のコーナーで伊東に出くわした。C組の四時間目は数学だった。うちのクラスはどうですかと、仕方なく声をかけた。

「どうかねぇ。へっ」

へっ、が伊東の口癖だ。三十二歳、一六八センチ五五キロか。音楽室にあるベートーベンの肖像画と同じ髪型をしている。色が白い。サッカー部の顧問なのになぜこんなに白いのか。

俺は職員室の引き戸を開けた。伊東は何も言わずに入っていった。授業が終わったばかりで職員室は閑散としていた。

「そうそう。佐藤君よ。うまくやってんの、三浦と大河原は」

伊東は通路側の自分の机に教科書を放って声を掛けてきた。俺は伊東を睨んだ。伊東はこっちを見ていなかった。

「三浦は問題ない？」

伊東はへっと付け加えて椅子に座り、足を組んで反り返った。

「問題といいますと？」

努めて穏やかな口調で言った。早く壱番屋へ行きたかった。伊東と話していると胃壁の血流が悪くなる。

「へっ。三浦はだめだろ。くそ生意気で」

俺は息を吐き出した。素直な高校生なんて気持ち悪い。生意気が当たり前じゃないかばかめ。くそは余計だ。

「抜けタツはうちのエースです。いいガッツしてます」

ガッツねえ、と伊東が言う。教員が次々と引きあげてくる。山縣先生も生徒と話しながら戻ってきた。

伊東は国立の有力工業大学を出て城徳高に来た。校長の遠縁だ。どう見ても教職に情熱があるとは思えない。エンジニア志望だったらしい。つまりはろくな就職ができなかったのだろう。就職は学歴よりも人柄だ。大企業の人事担当の見識を見直した。俺が人事責任者でもこんなやつは絶対に採らない。

「まっ、アメラグで引き取ってもらって良かったよ。三浦への苦情は聞くけど返品は受け付けないよ。へっ」

奥歯を嚙み締めた。左の奥歯が少し痛んだ。俺は山縣先生とすれ違って通路側へ向かった。

「アメラグじゃなくてアメフトと言って下さい」

「へっ」

伊東はにやついている。この野郎、へっ、って何だ。自分の蹴りが届かないように距離を保った。

「三浦が出てったお陰でチームの偏差値が上がったよ」

顔が火照《ほて》るのを感じた。本気でそんなことを言うばか教員が目の前にいる。

「おたくには渡辺がいるけどね。数学に関する限り、おたくは史上最も学力の劣る部だな。同好会だっけか」

「吾郎君！」

距離を詰めようと思った瞬間、大声で名前を呼ばれた。山縣先生だ。

「吾郎君！　ちょっとちょっと」

山縣先生が目を線にして手招きしている。伊東との会話を打ち切って窓側へ踵《きびす》を返した。

「彼が挑戦状を突き付けてきたんだ。国語科を代表して、いっちょやってやれ」

髪を七三に分けた銀縁眼鏡の三年生がにやりと笑った。俺の机にＢ４のコピーが一枚置いてある。現代文の後に設問が二問あった。

「小説指南書に載っていた問題だそうです。面白そうですよ」

問題文はショートショートのようだった。

問一　この小説の結末を答えよ
問二　結末を暗示する伏線を抜き出せ

やってみて下さい、現国の問題よりもタメになりそうですと七三眼鏡が言った。面白そうだった。

「壱番屋行きましょう。ラーメンができる間にやっつけてやれ」

俺はサインペンとレポート用紙を持って山縣先生の後に続いた。職員室を出るときに伊東のばか面が視界に入ってきたが、チャーシュー麺とチャーハンは食べるとして餃子を付けるかどうかを考えていた。

次の木曜日は快晴だった。グラウンドの砂が炒《い》ったように乾いている。日差しは夏だ。グラウンドでは抜けタツとドロ健がステップドリルをしている。本格派がボール片手に走ってくる。レレとオヤブンがサッカー部の用具庫からボール入りのポリバケツを運んでいる。銀でぶ、でぶ海が揃ってハドルだ。

「物理の補習はどうしたんだ」

ランニングバック二人に尋ねた。

「練習が大事なんだ。どうせ寝ちゃうんだから、もったいないぜ」

抜けタツが言った。

「山本さんには断ったのか」

「断るわけないじゃんか。サボだよ」

ここはお説教のシチュエーションだ。二人を残して五人はグラウンドを回り始めた。抜けタツは膨《ふく》れっ面《つら》、ドロ健は眉を寄せて俺の顔を見据えている。

「じゃあ、お前ら、もう物理はバッチリなんだな」

「まあ、なんとかなるよ」

抜けタツが言った。

「自信があるんだな」

「自信はないけど。俺たちには関係ないもんよ、物理なんて」

「なぜ関係ないと分かる」

「受験科目じゃないもんよ」

「人生の勉強と考えたらどうだ」

俺も偉そうなことを言う。

「お前ら。口を窄《すぼ》めて息を吹くと冷たい息が出るだろう。口を拡げて吐くと温かい息が出るよな。この違い、どうしてだか分かるか」

「知るかよ、そんなこと」

「即答するな。少しは考えろ。物理の範疇《はんちゅう》だ。物理の勉強は俺たちが生活していく上で無関係じゃないんだ」

「答えはなんだよ」

「知らん。自分で調べろ。俺も物理はさっぱりだったんだ。だから今、しっかり勉強しておけば良かったと思ってる。受験科目じゃないからこそ今しかできないんだぜ。山本さんがチャンスを作ってくれた。なぜそれに応えない。山本さんのガッツに応えてみろ。一発、期末で百点取ってみろ。スカッとするぞ」

「そいつは無理な相談だぜ」

説教は難しい。やり取りを神妙に聞いているドロ健はともかく、抜けタツは説教されているとは思っていない。俺はさりげなく深呼吸をした。

「いいか。与えられた状況でベストを尽くすんだ。お前らは練習を一生懸命やっている。決して手を抜いてない。いつもベストを尽くしてるじゃないか。それを授業でも物理の補習でも同じようにやるんだ。お前らが手を抜いて適当にやってる姿を俺は見たくない」

「……でも、練習の方が大事だと思ったんだ。なっ」

抜けタツの投げかけに、ドロ健は口を結んだまま頷いた。

「ベストを尽くすんだ。物理の勉強、それが今、お前たちがやるべき練習だ。たかだか六十分の補習に集中できないやつが複雑なランニングバックの*アサイメントを理解できるわけがない」

いい感じで決まった。俺にしては上出来だろう。

「行こう、抜けタツ。このままでも構わないだろ」

ドロ健が口を開いた。抜けタツは伏せた目をドロ健の顔に向けた。

二人はショルダーパッドを脱ぎ捨てると、競い合うように校舎へ走った。

11

夏がきた。きちゃった。

問題の八月だ。いくらカリフォルニアの青い空を思い浮かべても埼玉の空は透きとおらない。今日の練習は午後二時からだが、午前中から殺人的に晴れ上がっている。薄っぺらい雲が空を覆い、その雲は決して気温を下げることはない。天気予報によれば最高気温は三十六度。グラウンドの周りでは稲やらトウモロコシやらが見事に育ち、風景を彩っている。迫ってくる風に青い匂いが混じっている。

酷暑とはいえ冷房の効いた部屋でミーティングに終始するわけにはいかない。炎天下、へルメット、ショルダーパッド着用のフルスタイルで激しいドリルをこなすのだ。ヘルメットをかぶっているから日射病にはならないが、熱が籠《こも》る熱中症にかかりやすい。

どのスポーツが一番きついか――。酸素の供給がままならない水泳に決まってると言う方もいれば、ひたすら自分との闘いである陸上、それも長距離にかなうわけがないと主張する識者もあろう。千本ノックの凄《すき》まじさを知らないから悠長なことが言えると怒り出す人もいるだろうし、剣道の圧迫されたいでたちでの斬るか斬られるかの切迫感こそ最強だという意見もありましょう。インキンの痒さとの闘いもある柔道の精神的厳しさも捨てがたい。

そんなジャパニーズスポーツの現状の中で、俺はアメリカンフットボールこそが最もハードだと言い切ってしまう。アメリカンフットボールはウインタースポーツだ。夏練習はマゾヒストの才能に目覚めてしまうくらい理不尽にきつい。

日本の高校・大学にはナイター設備など皆無だ。だからグラウンドでの練習は日中に行われる。コンタクトを伴うアメフトの場合、通常の練習でもゲームと同じ格好をする。くそ暑いときに実に煩わしい格好で動き回らなければならない。

まずアンダーウエアーのTシャツと海水パンツをまとう。海水パンツは毎日の洗濯に適しているからで、別になんだっていい。俺は柔道着を短く切ってアンダーパンツにしていた。ソックスをはき、ヒップパッドとサイパッドとニーパッドの入ったフットボールパンツをはく。フットボールパンツは腿にぴっちり密着する。この段階で額に玉の汗が浮かぶ。

さらにスパイクを履き、ショルダーパッドをつけてその上からジャージを着る。クォーターバックやランニングバックなど、タックルされるポジションでは肋骨保護のブロッキングパッドをジャージの下に付ける。ブロック専門のラインマンは、ショルダーパッドの下にインジュアリーパッドをはさみ、首にネックロールを巻く。そして全員がヘルメットを被る。

さらに、お好みで肘にエルボーパッド、手の甲にハンドパッドを付ける。露出している部分は指と首と顔と前腕部のみ。この装いでハードなドリルに臨む。炎天下の。

考えただけで汗が滴ってくる。現役時代、休憩時間にアンダーシャツを脱いで絞ってみると、メダカのバスケットゲームができるくらいの水溜まりになった。ラグビー部なんか基本的にはラグビージャージと短パンだけ、涼しいもんだ。卓球部は爽やかなポロシャツ姿で屋内競技だし、水泳部なんかパンツ一丁じゃないか。

しかも本場・アメリカと違って練習場は土のグラウンドだ。アメリカではどんな弱小なカレッジ、ハイスクールでも、天然か人工芝の専用グラウンドで練習する。氷入りのスポーツドリンクが飲み放題で、場合によっては巨大な扇風機でフィールドに風を送り込んだりする。同じ高校生なのにえらい違いである。

夏までに俺を含めた十二人はずいぶん逞《たくま》しくなった。理不尽ないでたちで三か月間みっちり基本練習を積み上げてきたのだ。

まず、ビールを一日平均二リットル飲む俺の腹がずいぶん引き締まった。体重は四キロ減の九一キロ。ジーンズのウエストが二インチ縮んだ。いい汗をかいた分、居酒屋で飲み干すビールの旨さに拍車が掛かった。

そんなことはどうでもよかった。我がベアーズだ。でぶ軍団の顔つきが精悍《せいかん》になった。理不尽スポーツの代償としてライン五人は驚異的な減量に成功した。

ケンケンは一〇キロ減、銀でぶとでぶ海は揃って九キロ減。八キロ減った梅はアトピー性皮膚炎の症状が軽減した。医者によると新陳代謝がよくなり免疫システムが活性化されたためだという。だが、なんといっても特筆すべきはあうしの二〇キロ減だろう。

一学期の終業式の夜、俺の自宅にあうしのお母さんから電話がかかってきた。息子がスマートになったことへのお礼だった。フットボールを始めてからあうしの食欲は以前に増して旺盛になった。しかし顔付きが変わったような気がしていた。あるとき、ジーパンを履いている我が子を見て大量の脂肪が落ちたことを実感したのだそうだ。あうしに合うジーパンは市場《しじょう》にはなかった。翌日の練習で、痩せてモテるようになったかと尋ねると、あうしは目を閉じてゆっくりと首を横に振った。

高校生の新陳代謝は圧倒的上り坂だ。食べ過ぎてもがっちり運動をしていれば体重は適正値に近づく。太るのを気にして食事に気を配るより、しこたま食べて爆発的に運動するほうがいい。フットボールやラグビーなどの走り回り型のスポーツはとにかく運動量が多い。総重量五キロ以上のギアをつけてダッシュを繰り返すフットボールは余分な脂肪を削ぎ落とすのに格好なのかもしれない。銀でぶ、でぶ海、あうしの三人を「一〇〇キロ隊」と命名してジャニーズ事務所あたりに売り飛ばす計画も中止になった。腹踊りをさせれば受けると踏んでいた。そのかわり『フットボール・ダイエット』なる本を書いて一儲けしようと思う。

俺も物心ついたときから肥満児だった。チョコレートが大好物で、どろどろになった口の中をいつもコーラで洗い流していた。小、中学校と順調にでぶ呼ばわりされた。引っ込み思案に陥《おちい》った。国語や道徳などの教科書の物語に太った人間が登場すると、自分の事が馬鹿にされているのではと被害妄想を抱いた。

高校に入ると開き直った。でぶで結構と思った。柔道部に入り、一日五食腹いっぱい食べ、頭を五厘刈りにして下駄履きで登校した。定食屋でA定食とB定食とC定食をいっぺんに注文したこともあった。もちろん味噌汁も漬物もサラダも三つ平らげた。身長の方も伸びて高三の頃には一八五センチ一一〇キロあった。三年の夏前に柔道部を勇退し、一応受験勉強を始めた。運動を止めた途端に一二〇キロになってしまった。もう開き直りっぱなしだ。

やがて大学に入学した。文学部には女が多くて開き直ってばかりもいられなくなった。彼女が欲しくなったのだ。そんなときにフットボール部に勧誘された。

「スマートになれるぞ。すぐだ。君なら六本木の星になれる」

そう先輩に言われた。意味は理解できなかったが、本当に夏までに体重が激減した。一二〇キロから九〇キロ、三〇キロの減量だ。めしは好きなだけ食べた。フットボールの練習だけで減量したのだ。

人生がバラ色になるとはこのことだった。心に引っ掛かっていたものが脂肪とともに消えた。前を走る大型ダンプが右折して急に視界が広がったような清々《すがすが》しさだった。ポロシャツはLLが着られるようになった。それまではジーパンは勿論、着られるポロシャツなどなかった。力士型、それもアンコ型だった体型が格闘家型へシフトダウンした。でぶ呼ばわりされなくなった。

一気に自信を回復した俺は、文学部のちょっと可愛い女を片っ端からデートに誘った。全滅だった。痩せれば全てが好転すると思っていたのだ。英語の授業で左隣に座っていた娘《コ》が好きになり、授業中にメモを渡した。

「今度の日曜日、横浜スタジアムに行こう。フットボールの試合がある。ゲームの後、中華街で餃子でも食おう。OKなら笑ってくれ。NGなら黙ってメモを返してくれ」

その娘はメモを見て涼しげに笑い、固唾《かたず》を呑んでリアクションを待っている俺を尻目に黒板の英文をゆっくりノートに書き写した。それからメモを丁寧に畳み、ニッコリ笑ってメモを俺に渡した。俺はニッコリの部分だけを拡大解釈して嬉々となった。OKのサインは唯一無二で、それ以外のどんな紛らわしいサインもNGなのだった。授業が終わって「どこで待ち合わせる?」と言ったあとで、彼女の表情が呆れ顔に変った。

中学の頃から「お前は考えが甘い」とよく担任に言われていた。「喉元過ぎれば熱さを忘れる」を、苦しみもちょっと我慢すれば取るに足らないことだと解釈していた。楽天主義というのか。そのへんは今も変わっていない。見通しの甘さでは城徳高教員陣の中でも群を抜いている。

大学卒業までは全くモテなかったが、就職した製薬会社ではフットボールが女と話すきっかけを作ってくれた。淳子《あつこ》という同期入社で一番の美人だった。淳子はスーツの上から俺の胸をそっと触り「すごい筋肉。ゴツイわあ」と笑った。フットボールのことが知りたいと言うのでビールを飲みに誘った。俺が中ジョッキを三杯飲む間に二杯飲み込んでくるガッツが気に入った。長い睫《まつげ》と優しげな眉のアーチとガッツに、一発で惚《ほ》れた。

一か月の研修を経て、俺は大阪本社の営業部へ、京都の実家から通っている淳子はマーケティング部へ配属された。

退社するとき、淳子に「好きなんだ」と打ち明けた。「なに言ってるの」と大胸筋のあたりをひっぱたかれたりしたが、去年の夏から京都で逢うようになった。俺が日曜日の一番電車で京都へ行く。一か月に一度くらいの割りだが、安月給の身に新幹線代往復二万五千円は手厳しい。

グラウンドには小さな黒い影が十一。精鋭たちは眉間《みけん》に皺を寄せてストレッチをしている。夏休みの練習は三勤一休だ。休んで疲れをとることも練習のうちだった。明日は休み。俺は京都へ行く。全員がやる気満々の午後だ。

ダッシュが終わりポジション別へ進む。あと一か月半で試合だ。ラインたちの皮下脂肪が減るのに比例して、ドリルも実戦的なものへと移行している。

「よし、2《ツー》―2《ツー》リアクションだ！」

ケンケンが叫んだ。四ヤード幅に線を二本引き、その中に攻撃側と守備側が二人ずつ向かい合う。攻守ラインが激突し、開いた*ホールをボールキャリアが駆け抜ける。キャリアは四ヤード幅を出してはならない。守備側はブロックをはねのけてキャリアをタックルする。オフェンスラインのブロック、ディフェンスのタックル、ボールキャリアの走力、攻撃全体のタイミング、すべてが強化できる。

攻撃側にケンケンと梅。対するディフェンスはでぶ海、銀でぶ。キャリアの抜けタツ、ボールをハンドオフするクォーターバック・本格派、ケンケン、梅の四人がハドルを組んで*サインを決める。ホールはケンケンの左が一番、二人の間が二番、梅の右が三番。ホールとスタートコールを本格派が指示する。

「さあ、いくよ。二番ね。*ハットワン」

本格派が声を押し殺す。ケンケン、梅がセットする。

「セット！　ハット！」

コールの直後にヘルメットがぶち当たる――本格派からボールを受けた抜けタツは二番のホールに思い切り突っ込んでいく。ケンケンがでぶ海を一直線に押し、梅は銀でぶを押し潰した。抜けタツはタックルされずにホールを駆け抜けた。

「ナイスブロック！　梅！　ケンケン！」

「どうしたっ、ディフェンス！　完敗だぜ！」

ドリルを見守る五人から一斉に声がかかる。煽《あお》りに煽ってプレーヤーと自らの士気を鼓舞《こぶ》する。

もう一度同じメンツの勝負、キャリアは交替してドロ健だ。

「セット！　ハット、ハット！」

今度も二番のホールだ。快速ドロ健は滑らかにホールを走り抜ける。またしてもケンケン、梅コンビの完勝だった。

「くそっ！　スカスカじゃんか。もういっちょだ！」

でぶ海がつばを吐いた。いこうぜ、銀でぶ！　と力石が檄を飛ばす。

三度目もオフェンスラインの圧勝だったが、二番のホールにぶちかましたレレの足首が銀でぶにつかまれた。二ヤードゲイン。「ショウラク！（楽勝）」とでぶ海が叫んだ。なにがショウラクだばかめ。

メンツ交替だ。ディフェンスにあうしと力石が入る。ラインバッカーの力石はツーポイントスタンスをとる。オフェンスのメンツは変わらない。ケンケンはあうしをかち上げ、梅は低いブロックを力石にお見舞いする。オヤブンがわずかに空いたホールにつんのめり気味に飛び込んでいく。

次は、でぶ海・銀でぶvs.ケンケン・抜けタツ、その次はあうし・梅vs.でぶ海・力石と、メンツが入れ替わってドリルは続いていった。

何回目の組み合わせだろうか。ケンケン・銀でぶvs.抜けタツ・でぶ海の闘いになった。午後三時を回っても陽射しの強さは変わらない。ラインがぶつかり合うたびに汗が飛び散る。少数精鋭も悪いことばかりではない。各人のスタミナが問題だが、練習の密度はいやがおうにも高まる。

キャリアはドロ健。ラインがガツッと当たる。ドロ健は腿を高く上げながらホールを擦《す》り抜けた。ラストだ、とブレイクを入れようとしたとき、バスッと音がした。ケンケンのパンツから砂埃が上がった。抜けタツがケンケンの尻を蹴り上げた。抜けタツ得意の右ローキックだ。炎天下のグラウンドに緊張が走った。

「この野郎、つかむんじゃねえ。ホールディングじゃねえかばか！」

「いきなり何しやがる、つかんでねえだろ！」

ケンケンは一拍も間を置かずに右手で抜けタツのジャージをつかんで引き寄せた。抜けタツは左手を振り下ろしてケンケンの手を寸断した。二人は前屈みで睨み合った。

「やめろよ、おい」

でぶ海が小さい声を出す。レレ、オヤブンが振り返って俺を見た。

「ケンケン、ハドルだ。もういっちょいこう」

本格派がケンケンのジャージを引っ張って睨み合いを断ち切った。抜けタツは荒い息でディフェンスのポジションに戻った。「プレーで返せよ、抜けタツ！」と力石が怒鳴る。次々に「いこうぜ！」と声が上がる。ハドルが解け、セットするまで二人は睨み合ったままだ。

「セット、ハット、ハット」

ケンケンが抜けタツにぶちかました。低く速い。渾身の当たりだ。抜けタツは*ハンドシバーで勢いを止めようとしたが、腰が砕けて仰向けにひっくり返った。レレが逃げるように三番のホールを抜けていった。

「どけよ、この野郎！」

抜けタツが覆いかぶさっているケンケンのヘルメットに肘打ちをかました。

「抜けタツてめえ！」

ケンケンはヘルメット越しの頭突きを返した。抜けタツは巴投げを打つ。ケンケンの腹に蹴りを入れる。取っ組み合いになった。

「待て、本格派」

止めに入ろうとする本格派を俺は制した。

「二人に任せるんだ」

九人が俺を見た。レレは目を丸くしている。俺が仲裁に入るものと思っているらしい。

ほおっておけばいい。知る限り初めての取っ組み合いだ。遅すぎるくらいだ。フットボールはコンタクトスポーツだから怒りのホルモン・アドレナリンが盛大に分泌される。しかもフル装備、炎天下だ。夏、スーツを着込んで冷房のない満員電車に乗っているようなものだ。強烈なストレスを感じている上に常にぶつかっている。攻撃的になる。喧嘩のひとつやふたつ起こって当然だ。

抜けタツのローキック、ケンケンのタックル。ヘルメットを被っているから大事には至らない。

「ドリルはもう終わりか。次のセットを組むぜ」

俺は期待に応えてきっかけを作った。

「プレーで勝負しろよ。いこうぜ。ラストいこう。メンツ交替だ」

本格派が事態を収拾する。二人は睨み合いながら分かれた。二人の替わりにオフェンスに梅、ディフェンスにあうしが入った。

「セット、ハット!」

梅とあうしのヘルメットが激突する。

俺はソファーに体を叩き付けた。ばふっと破裂音がした。

夏の夕暮れの風景は優しい。一〇メートル間隔でグラウンドを囲んでいる欅《けやき》の緑がわずかに揺れている。日の当たるグラウンドにいたせいか宵の口は快適だった。窓からの風が白いカーテンをハープのように広げていく。

練習が終わり、職員室でくつろいでいると本格派がやってきた。

「取っ組み合いになったときは、ほおっておけばいいんですか」

言葉に棘《とげ》がある。本格派の刈り上がった頭からは水滴がしたたりそうだった。シャワーはない。運動部員は水道で体中を洗って家に帰る。俺は立ち上がって冷蔵庫から三五〇ミリ缶のコカコーラ・ライトを出し、窓際の席へ戻った。

「取っ組み合いは今日が初めてですけど、結構あるんです。口喧嘩なんてしょっちゅうで。一触即発というんですか……」

キャプテンが当事者なので替わりにクォーターバックが善後策を講じにきた。

「チームスポーツで一番大事なのは何だと思う」

「チームワークです」

即座に本格派は答えた。チームワーク維持のために職員室まで足を運んだのだ。

「そうだ。強いチームのチームワークは強固だ」

本格派は黙って頷いた。

「チームワークってのはな、単に仲がいいことじゃないんだ」

コーラのプルトップをこじ開けて口に含んだ。練習後の炭酸飲料も格別だ。ジュース類はあいにく一本しかなかった。飲むか、と缶を挙げると本格派は首を振った。

「喧嘩は誰だってしたくない。みんな仲良くやりたいよ。だがな、個人競技と違って団体スポーツの場合はどうしたって軋轢《あつれき》が出てくる。強くなって試合で勝とうという共通の目的がある場合は当然のことだ」

俺はコーラを飲み干した。

「フットボールに関して、どうしても妥協できないことが出てくる。俺は一生懸命やってる。お前は手を抜いている。そんなとき、黙っていては強くなれない。確かに〝てめえ、何やってるんだ〟ってことになると雰囲気は悪くなる。だがそれを黙認すると居心地のいいだけの仲良しクラブになっちゃうんだ」

「何やってんだって言われた本人が一生懸命やってる場合はどうなるんですか」

「やり合うべきだろうな。太ってる割には頑張ってる、本人なりに一生懸命やってる、だからいいとはならない。チームとしては四〇ヤードを速く走ってもらわないと困るんだ。必死で走っているあうしを抜けタツが蹴り飛ばしたとき、あうしは壁を越えるきっかけを与えられたことになるんだ」

「でも殴り合いは別でしょう。程度の問題ですよ。俺たちは十一人しかいないし、もしひとりでもケガしたら試合ができなくなっちゃいます」

「殴り合えと言ってるわけじゃない。やり合うというのは納得のいくまで話し合えってことだ。それでもお前の言うことは絶対に認められないとなるとな、これはもう殴り合うしかない。殴り合いは胆力の勝負だ。どれだけ自分に意地が張れるか。意地と意地との衝突なんだ」

本格派は眉を寄せている。山懸先生の席に座らせた。積んであった本が一冊、ばさりと落ちた。

「自分への意地の強い方が勝つ。おかしなもんでな、殴り合いまでいくと本当に仲良くなれるんだ。認め合えるわけだな。深く相手に踏み込んでいけるからな。てめえのパンチ、ずいぶん重いじゃねえか、なんて言ってな。差別するわけじゃないけど、女の喧嘩じゃこうはいかないよ」

俺はタオルを放った。本格派は大雑把に頭を拭いて立ち上がった。

「分かりました。でも、殴り合った方が手っとり早いって聞こえますよ」

本格派は失礼しますと言って職員室から出ていった。

偉そうなことを言った。今の話は全部受け売りだ。大学二年の時だった。練習中、些細なことが原因で同期のクォーターバックとラインバッカーが殴り合ったことがあった。その後でキャプテンが二年生を集めて聞かせてくれた話だ。いいこと言うなあとノートにメモしておいた。

説教じみたことを言ったあとは決まって顔が熱くなる。よく言うぜばかと思う。そして酒が呑みたくなる。

12

気合一番で東京発七時半のひかり号に乗り込んだ。十時前には京都に着いた。午前中だというのにひどく暑かった。上下左右から熱気が迫ってくる。プラットホームから見る京都の空に青みはなかった。雲がかき揚げ丼のかき揚げのように厚い。その雲からもわっと陽が降りている。

それでも炎天下のグラウンドほどではない。今日はショルダーパッドも着けていないしスパイクも履いていない。紺のポロシャツを着て薄手のチノパンツをはき、デッキシューズをつっかけている。前膊部《ぜんはく》の浅黒さが目立つ。フットボール選手は顔と腕とふくらはぎが日に焼けている。ラガーマンとフットボールプレーヤーを見分けるには足と顔を見ればいい。ラガーは腿が焼けている。フットボール選手の顔にはすり傷がない。

階段を降りると涼しくなった。汗が止まる。気持ちは飛び出しそうだった。

改札口に淳子がいた。俺が眉を上げると、胸の前で右手を小さく振った。大きな瞳が光った。

一六五センチ五二キロ。理想的だ。世の女性は身長とは無関係に五〇キロを越えることに抵抗があるようだが、淳子はそのへんを気にしなかった。スリムなホワイトジーンズにはちみつ色のローファーを履き、白っぽいサマーセーターを着ている。Vの字のネックから白い胸元が覗く。焼きとりの串で心臓をつっ突かれたような気分だった。

「オッス！」

淳子は言った。冷たさや厳しさのない、可愛いらしい円《まる》い声だ。俺は電話を掛けないから、ほぼ一か月振りに声を聴く。俺の中に優しい風が吹き込んでくる。

「そのセーター、いいな。バナナジュースみたいだ」

挨拶替わりに言った。淳子は顔を上に向けて笑顔を見せた。

「オートミール色いうんよ。でもバナナジュース色いうのもええなあ。吾郎のセンス、なかなかええわ」

淳子は薄めの色が好きだ。会うたびにマシュマロの詰め合わせみたいなコーディネートだと思う。見ているだけでふわふわと気持ちが柔らかくなるようだった。不意に銀でぶとでぶ海のはんぺんのような白い腹が頭を過《よ》ぎった。俺は首を振った。

「オートミールって、お粥《かゆ》みたいなやつか」

「そう。オーツ麦を煮たものよ。健康食品やね」

「ダイエットか。ひどくまずそうだな」

「作り方によるんよ。私はクリームソースで煮てチーズ乗せてグラタンにするけど。美味しいんよ。でも、それやとダイエットにならへんか」

淳子はふわっとしたショートボブの髪を揺らして笑った。柔らかい京都弁に弱い。背骨が蕩《とろ》けてしまいそうになる。

「ねえ、どこ行く？　私ね、考えたんやけど、車借りてドライブせえへん。琵琶《びわ》湖の方に行ってみいひん？」

「いいよ。ナビゲーターはあっちゃんだぜ」

赤いファミリアで琵琶湖のドライブコースを走った。車はないが運転には自信がある。傍《かたわ》らに女性を乗せたことは皆無だが、二年間の営業経験は伊達じゃない。

「ごめん」

淳子はそうつぶやいて助手席のウインドウを下ろすと、スウェードのバッグからシガレットケースを取り出した。セブンスター。普通、女性はバージニアスリムやセーラムなる銘柄を好むそうだが、淳子はセブンスターがお気に入りだった。

「小さい頃ね、おばあちゃんのお遣いでたばこ屋さんまでよくいったんよ。いつもセブンスター二箱。その思い出が大きいんかな」と言った。初めて一緒にビールを飲んだときにはびっくりした。清潔そうな肌、上品に彩られた赤い唇、白い歯。煙を吹き出すとき目元が細くなった。淳子にたばこは似合わない。

信号が赤になった。淳子は伏し目がちにたばこを唇に挟み、麻雀の点棒を二回り大きくしたような細いライターで火をつけた。マニキュアは薄いピンクだった。生温い空気が煙の匂いを運んできた。

道中、『ホテル琵琶湖イン』やら『ホテル・コートダジュール』やら『サザンクロス・琵琶』などの看板を見てドキリとしたり、俺が持ってきたビートルズのアンソロジーテープをカーステレオでかけて『デビル・イン・ハー・ハート』を二人で口ずさんだり、イタリアンレストランでトンノスパゲティーときのこのクリームリゾットと生ハムのピッツアとシーフードサラダをたいらげたり、湖畔の岩畳みに寝ころがって数分間眠りに落ちたり、目を瞑《つむ》っている淳子の長い睫を見つめたりした。

ハンドルを握りながら、なぜか連中のことばかり考えていた。

ここまで、へこたれずによく頑張ってきた。オヤブン、レレの一年生コンビもよくついてきたが、やはりラインの五人だ。拍手を贈りたい。誰か脱落すると思っていた。ケンケン以外の四人は危うかった。銀でぶとでぶ海は揃って辞めそうだったし、梅も何の前触れもなしに部を去りそうなタイプだ。あうしにとって練習は苦痛以外の何ものでもない。ダンプカーがラリーコースを走らされているようなものだろう。いつ逃げ出してもおかしくない。なにしろまともに走れなかったのだ。だが連中は頑張った。

何かがうまくいかないとき、俺はそれを「でぶ」のせいにしてきた。足が遅い、懸垂が一回もできない、勉強ができない、意地汚い、女にもてない……。すべて太っているせいだった。小学校の頃を思い出す。やたらと校庭を走り回らされる体育の授業の日は朝から胃が痛くなった。でぶが露呈するプールの授業は仮病を使って何度も休んだ。だから雨が好きだった。雨が降れば体育館でドッジボールなどをやる。広い校庭を走らずに済む。プールも中止だ。

遊びはもっと残酷だった。鬼ごっこや缶蹴りではお荷物扱いされる。二組に分かれる鬼ごっこではリーダー格がじゃんけんをして交互に仲間を取り合った。俺はいつも最後まで残った。でぶは戦力にならない。でも悔しくはない。でぶだから仕方ない……。ならばジョギングするなり減食するなりして痩せればいいのだが、そういう発想は浮かばなかった。問題と向き合わないところがでぶの特徴だ。でぶだから仕方ないと自他ともに認めてしまう。何に対してもすぐに諦《あきら》めてしまう。

そんなでぶの弱さを知ってるつもりだった。だがラインの連中にはでぶの屈折感が見当らない。ケンケンと梅は高校受験で急に太ったから別としても、でぶ歴の長い銀でぶ、でぶ海、あうしには暗い影が差していない。俺はだぶついた腹を人に見られるのが死ぬほど嫌だった。銀でぶたちは白い腹と垂れ下がった胸とを出して平気で歩き回っている。

「吾郎！　もう！」

淳子の声が聞こえた。黄信号で止まった。

「またフットボールのこと考えとったん。私の声も聞こえんようになってしまうんやから」

独り言のようにつぶやいた。俺は頬を緩めて微笑《ほほえ》んだ。淳子がまなざしを返した。目を伏せてたばこに火を付けた。俺はアクセルを踏んだ。

河原町《かわらまち》に戻ったときには空が暗かった。淳子の髪を泳がせる風に雨の匂いが混じっている。雨の京都を知らないが、夕暮れ時の濡れた風景はこの街に似合っている。学生のカップルと次々に擦れ違う。淳子と歩いていると学生時代のゆるやかな気分に戻ったようだった。

淳子はロフト風の居酒屋へ案内してくれた。大皿料理が目の前にあるカウンターに落ち着いて生ビールを飲んだ。パイントグラスのビールを俺は一口で飲み干し、淳子は一息で三分の一を飲み込んだ。

「……美味しいわぁ。吾郎、もう一杯やろ」

乾杯のビールは美味かった。全身の汗が引いていった。淳子といるとわくわくして楽しかったが、妙に口が渇いた。昼食のイタリアンは味が分からなかった。ビールはいい。ビールの助けを借りれば肴も美味しい。

「隣の課の課長がB型でね。もう、ほんまええ加減なんよ。自分でハンコ押さはって『わしはそんなこと知らんで』やて。全然書類を見はらへんのよ。典型的なB型やと思わへん？」

「思わへん」

淳子はそう言ってたばこを灰皿に押し付けた。

俺は笑った。性格が四通りに分類できるわけがない。俺が「典型的なB型」などと言ったなら、山懸先生や笹倉先生からたちまち物言いがつく。ばか審は語意や言葉遣いにうるさい。でも、淳子の笑顔の前ではそんな理屈も蕩けてしまう。

淳子はいつもスイカのような匂いがした。なんだと聞くのは初めてだった。

「カルバンクラインの『エスケイプ』いうんよ。いややわ、スイカやなんて。どうせならメロンの匂い、言うてよ」

そう言って淳子はレモンイエローのハンカチを差し出した。日常的に運動していると食餌体熱誘発機能が活性化されるらしく、食べると汗が出る。ズボンの尻ポケットに手を突っ込むとバンダナが入ってなかった。いつもどこかに忘れてしまう。淳子のハンカチはやっぱりスイカの匂いがした。この優しい匂いは淳子の匂いなのだと思った。

乾杯から三時間くらい経っただろうか。カウンターの奥に押しやられたガラスの灰皿に長い吸い殻がたまっている。淳子がちらっと腕時計を見た。ちくりと胸が痛くなった。どんなにさり気なく見たつもりでも相手には分かる。男同士で呑んでいてもいい気はしない。だから俺は腕時計をしない。

店を出ると舗道《ほどう》は濡れていた。存外に涼しい風が頬をかすめた。

「俺はもう帰らなきゃいけないのか」

「……もう八時半やもん」

「まだ八時半だぜ。もう少しあっちゃんと呑んでいたいんだ」

「新幹線に間に合わへんよ」

「朝一番で帰ればいいんだ。練習は午後からだから」

「今度は、私が東京に行くから」

「来週？」

「……今月はちょっと忙しいの」

かん！　とチャイムが鳴った。白い腹の銀でぶ・でぶ海コンビが歯ぐきをむき出して鐘をひっぱたいた。俺は片目を瞑った。

ひかり東京行き最終に乗り込むことになった。またしても外泊計画は頓挫《とんざ》した。抱き締めることもできなかった。ブロックはしつこさが肝心と銀でぶやでぶ海に常々言っているくせに、自分はこのざまだ。どうにもこうにも情けない。東京までまた照れ隠しの痛飲か。キヨスクでサントリーモルツのロング缶四本とクーラー替わりの冷凍みかんを買い込んで改札口に立った。

「またね……。飲み過ぎたらあかんよ」

淳子はそう言って俺を見つめた。目から微笑みが消えている。息を呑んだ。初めて見る表情だった。刺すように俺を見つめている。

抱き締めて、キスしたい――。

右手を淳子の背中に回して体を傾けるだけでいい。唇の赤に吸い込まれそうだった。

奥歯を嚙み締めた。

ごつんと音がした。ビールの入ったビニール袋が落ちた。俺は腰を折って袋を拾い上げた。

「あっちゃんが望むなら禁酒したっていいぜ」

頰を上げて笑顔を作った。淳子はうつむいて微笑んだ。睫が長かった。顔を上げたときには優しい目元に戻っていた。胸がちぎれそうだった。

淳子の腕時計が別れを迫っている。

「試合、頑張ってね……」

頷いた。言葉が出なかった。苦労して眉を上げた。左手を挙げて振った。淳子は胸の前で右手を小さく振った。

外泊計画に特別の意味はない。長い時間一緒に居たいだけだ。胸の高鳴りを数えながら京都へ行き、缶ビールで額を冷やし冷やし東京へ戻る。闇の風景を見遣《みや》りながら帰路につくのはもう飽きた。

プラットホームは閑散としていた。新幹線のホームは情緒がない。どの駅も構えが一緒だ。駅前のホテルが見える。アンバー色の部屋のあかりが恨めしかった。

「ばかっ！　ばかばか、ばーか！　どしゃぶり、ばかじゃねえの。なにやってんだよ！」

目を瞑ると抜けタツが出てきた。本格派、ドロ健、力石も笑っている。ラインの連中が掌を上に向けて肩をすくめた。レレとオヤブンが親指を突き出してアウト！　のポーズをした。苦笑した。俺は京都でもやつらのことばかり考えている——。

プラットホームには一組だけ若いカップルがいた。男は大きなスポーツバッグを持っている。女が見送りなのだろう。女は楽しげに笑っている。ソフトボール部キャプテン風の清潔そうな美人だった。列車が入ってきた。俺は禁煙車自由席に乗り込んだ。プラットホームで女が手を振っている。ショートカットの髪型が可愛らしい。女の笑顔を見て胸が軋《きし》んだ。なぜ手を振る淳子がいない——。

ドライブの途中で喫茶店に寄った。淳子はバッグから白いマシュマロを取り出して自分のコーヒーに入れた。しゅっと音がしてマシュマロが溶けた。俺が驚いていると淳子は口を閉じて微笑んだ。そして俺のコーヒーカップにもマシュマロを浮かべた。ブラックコーヒーが好きなのだが、マシュマロコーヒーは上品な甘さだった。切ない味がした。

車窓に斜めに水滴が走る。雨に追いついてしまった。闇に映った自分の横顔を眺めながら、一本目のビールを飲み干した。

13

夏休みは各部でグラウンド使用のシフトを組む。だからグラウンド全面が使える。夏は恐怖のメニュー、一〇〇ヤードダッシュの季節でもある。

通常は四〇ヤードダッシュが終わってブレイクとなるが、夏の練習ではそのあとで一〇〇ヤードダッシュを往復二回走る。これがキツい。約九〇メートルの全力スプリントを四本だ。ゲームで一〇〇ヤードを走り切るシーンは稀《まれ》だが、ガッツを養うことができる。

アメリカンフットボールは合理的なスポーツだ。試合で最高のパフォーマンスを発揮するために練習する。だから腕立て伏せ百回など訳の分からぬ練習メニューはない。日本の運動部特有の根性主義とは無縁だ。俺もシゴキは大嫌いだ。だが、フットボールの運動量と強度は並じゃない。攻守兼任ならなおさらだ。ゲームではきつくて死にそうになるシーンがいくらでも出てくる。そのときに猛暑の中で一〇〇ヤードを走り込んだことが支えになる。もちろん俺もビール腹を揺らして走る。

「ようし、一〇〇ヤードだ！」

四〇ヤードダッシュが終わってケンケンが叫んだ。いこうぜ！　と雄叫《おたけ》びが挙がる。十一人はヘルメットを脱いだ。俺もヘルメットを脱ぐ。陽射しが汗を焦がす。汗の匂いがする。頭から熱気が蒸発していく。

「くわっ。メット脱げて嬉しいぜ、ちくしょう」

抜けタツが首を振る。梅が頰を両手で挟みつけるように叩く。オヤブンがおかっぱの髪の毛を掻き上げる。「スカッと行こうぜ！」とでぶ海が吠える。それぞれの流儀で気合を入れている。俺は首をぎきりと鳴らした。

ライン、バックスの二組に分かれて走る。俺はラインの六人と一緒だ。

「いきます。ハットワン。セーット！　ハット！」

どりゃぁあ――。

田園風景が小刻みに揺れる。土を駆ける振動が両耳に伝わる。夏の熱気を突き破っていく。

不思議と呼吸は意識しない。

全力で走り切る。絶対に手を抜かない。手を抜かないことが肝《きも》だ。自分との闘いだ。俺はラインの中ではトップ。二着が力石、三着がケンケン、四着は梅。銀でぶ、でぶ海がつんのめりながら走り切る。あうしは圧倒的に遅い。

「てめえ、あうしっ！　それで走ってるつもりか！」

徐行する大型ダンプを煽るように抜けタツの罵声が飛ぶ。あうしが唸る。続いてバックス。三〇ヤードまではドロ健と抜けタツが競っているが、そこから先はどんどん差が開いていく。ドロ健、抜けタツ、本格派、オヤブン、レレの順だ。往路を走ったら一分のインターバルを置いて本格派がコールをかける。

「いくぞ！　頑張ろうぜ！　ハットツーね、ハットツー。いくぞ、ライン、いくぞ、あうし！　銀でぶ、いくぞ！　でぶ海、頑張れ！　いきます！　セット、ハット、ハット！」

せいっ！　と飛び出す。あうしの「あーうしっ！」が後ろで泣いている。五〇ヤードを過ぎると気力だけで走る感覚になる。走り切ったあとは全員が地べたにうずくまる。田畑の緑が恨めしい。芝生のグラウンドなら気分も違うだろうに。

でぶ海、銀でぶの表情は汗にまみれて歪《ゆが》んでいる。目を開けているのか閉じているのか分からない。体が熱い。それでも悪寒《おかん》がする。俺は立場上、真っ先に立ち上がった。

「お前ら、しっかりしろ！　ガッツだガッツ！　乗り越えるぞ！　一〇〇ヤード先に恋人が待ってると思え！　あうし！　オヤブン！」

よし、とケンケンが腰を上げる。あうしは牡蠣を食い過ぎて腹を壊したような顔をしている。練習前に「今、どんな風呂に入りたい？　俺はシュワシュワのサイダー風呂」などと軽口を叩いていたでぶ海も、その問いに「生ビール風呂だな」と即答していた力石も、言葉なく俯いている。俺は樽酒の升風呂に入りたい。意を決したように立ち上がった梅が、あうしのショルダーパッドを強く叩いた。

大学時代を思い出す。一〇〇ヤードダッシュが一番嫌だった。走るのが苦手だった。夏の練習では一〇〇ヤードを三往復した。倒れてしまえば木陰で休める。そよぐ風が緑を揺らしていた。オーバーワークは良くないぜ、そう手招きしているようだった。

一年生の頃は木陰の誘惑に負けて何度かリタイアした。キャプテンに「もうだめです」と言った。死にそうな表情を装っているのが自分でも分かった。ベンチで仰向けになったとき、少しも楽にならなかった。なぜもっと頑張らなかったのか。こんな情けない気持ちになるくらいなら、気絶するまで走ったほうがいい。俺は死にそうな顔をするのをやめた。

もうだめだと思ったとき、ふと、気持ちが前向きになる時があった。やってやろうじゃねえか、こんな練習なんでもないぜ、人生は楽しい——やけっぱちの躁状態だろうか。それは一〇〇ヤードを走ればいつでも訪れる感覚ではなく、もうだめだと思ったときに何度か感じたものだった。K大は関東学生リーグ二部の中位をうろちょろするレベルのチームだったが、胸を張って卒業できたのはそんなシーンの積み重ねに満足したからかもしれない。

「ラストッ、いくぞ！　ハットワン——」

本格派の怒号が俺たちを鼓舞する。本格派の声は太く大きくクリアだ。いいクォーターバックはたいていいい声をしている。ようし、いこうぜ！

九月第二週の日曜日が秋のトーナメント緒戦だ。相手は県下屈指の実力校、栄新《えいしん》学院高に決まった。初試合が秋の大会では心許ない。かといって夏にオープン戦を組んでくれるチームはない。春に数試合のオープン戦をこなしてチームの長所短所を洗い出し、夏を経て実力を上げていくのが普通のチームの年間計画だ。試合経験を積まなければ厳しい練習は活きない。

＊

そこで母校のK大へ赴いた。ストレッチからポジション別まで練習に参加させてもらい、スクリメージを組んでもらった。

対戦したのは一、二年生中心のジュニアチームだった。惨敗だった。相手にならなかった。

体が違うし、なによりスピードが違った。足の速さではない。リアクションのスピードだ。ドロ健が右のオープンを駆け抜けようとする。K大ディフェンスは一斉にドロ健を包み込む。プレーを読んで行動に移すスピードに差がある。オフェンスもタイミングがぴたりと合っている。ライン五人が五本の指のように機能している。ブロックも執拗だ。

スクリメージのあと、十一人は各ポジションに分かれて指導を仰いだ。ラインの五人は実戦的なブロック法の勘どころを教わり、三人のレシーバーはコース取りとキャッチングのコツを叩き込まれた。本格派は三年生のQ　B《クオーターバック》に手取り足取りパッシングフォームを矯正《きようせい》された。「君は素質十分だ。ウチに来いよ」とK大のキャプテンから肩を叩かれた本格派は「はい。頑張ります」と笑った。大人である。本格派の学力からするとK大はすべり止めにもならない。レレなら軽口を叩いてひっぱたかれている。

K大グラウンドから二子玉川園駅《ふたこたまがわえん》まで、多摩川の土手を歩いた。十一人の頰を夕陽が染めている。

「おい、お前ら。みんなで何か青春の歌を唄おう。夕日に似合うやつを誰か一発いけ」

俺が言うと皆はあはははと笑った。「テレビの見過ぎだよ」と銀でぶ。「どしゃぶり、中村雅俊気取りだぜ」と抜けタツが小声で言った。まんざら冗談ではなかったのだが。

大学時代にふられた典子《のりこ》ちゃんの横顔を思い出していた。典子ちゃんはもう結婚したのだろうか。こんな時に酒が呑みたくなる。少しずつ、ベアーズは前進していった。

14

練習が終わって誰もいない職員室に戻った。応接用のソファーに体を投げ出す。氷をぶち込んだ番茶を啜る。淳子の涼しげな笑顔を思い出していた。

今度は私が東京に行くから――。

今まで十数回、すべて俺が京都へ行っている。往復五時間かけても逢いたい。やる気の問題だ。ガッツだ。淳子に俺と同じガッツがあるのか。一〇〇ヤード、手を抜かないで走り切るガッツが。

そんなことを考えていると、よれよれのTシャツに袴《はかま》姿の生徒が入ってきた。C組の、ジョージこと吉祥寺満《きちじょうじみつる》だった。ジョージは右手を伸ばしながら、うぃーすと近付いてきた。黴《かび》と汗の入り交じった古風な臭いがする。

「吾郎さん、ちょっといいすか」

一七五センチ六五キロ。さっぱりとした角刈り、細く鋭い目。ジョージは剣道部のホープ、二段の腕前だ。

「どうした。金ならないぜ」

「それは分かってます。実はね……」

　十二人目の入部希望者かと心躍らせたが違った。市街にある県立女子高の生徒が好きになったという。乞《こ》う・恋愛指南だ。

「その娘のことを考えると眠れないんすよ。朝稽古はきついし、つらいっす」

「それで授業中はいつも白河夜船《しらかわよふね》なんだな」

「なんすか、それ」

「辞書引いとけ。それで、あれか。美人なのか」

　俺は目を細めた。最高の美人っすとジョージは胸を張った。

「場数《ばかず》が要るぞ。美人相手だと」

「場数は……ほとんどないなぁ。稽古不足っすね」

「稽古よりも試合だ。実戦だな。男は美人に弱いからな」

「吾郎さんは弱いんすか」

「弱い」

　弱そうだもんな、とジョージは口元を緩ませた。それで？　と俺は聞いた。

「その、手紙をね、出そうかなと思うんすよ。それで……」

「ラブレターの書き方を教えろというのか」

　ジョージは素早く二度、頷いた。

「それはおカド違いだな。モテない俺に聞いてどうする」

「だから聞いてるんすよ。オレもモテたことないから」

俺は一笑した。筋を通したわけだ。

「じゃあ、こうしろ。まず、今夜にでも書け。すぐ書け。体裁なんか気にしないでとにかく書け。がんがん書け」

「それを添削してくれるんすね」

「よくそんな恥ずかしいことが言えるな。それは誰にも見せなくていいんだよ。もちろん彼女にも出さない。机の奥にでもしまっておけ。それで解決。今夜からぐっすり眠れる」

「はあ？　でも、それが何になるんすか。自己満足じゃないすか」

「自己満足か。まあそうだな。とにかく、俺の言ったとおりにやってみろ」

「それで……うまくいくんすか」

「不眠症は解消する」

「違うすよ。その、彼女と、その、つき合うという……」

「それは知らん。お前が世界一の名文を書いたとしても、彼女の心が動くとは限らない」

「そりゃあそうすけど。じゃあ、がんがん書く理由を教えて下さいよ」

俺は頷き、ジョージをソファーに座らせた。棚の上にあるバスケットから梅干し飴《あめ》を摘《つま》み出してテーブルに放った。ジョージは手刀を切ってセロファンを剝《は》がし、飴を口に放り込んだ。太くてしなやかそうな腕だった。剣道選手の腕は美しい。

「ラブレターってのは一方的なもんだ。面と向かって『付き合って下さい』と言うのとはわけが違う」

ジョージは目尻に皺を作って頷いた。この飴は酸っぱい。

「会話は相手の顔を見ながら相手の気持ちを考えながらするだろう。いえ、そういう意味じゃなく、とか、こんなこと言ってごめんね、とか言いながら」

「はあ」

「そこへいくと手紙は一方的だ。自分の気持ちばかりが便箋《びんせん》を埋めている」

「こんなことを書くと驚くかも知れませんが、なんて書くじゃないすか」

「それも自分の頭の範疇でシミュレートしてるだけだ。手紙というものは一方的なものなんだ」

「はあ」

「書くことに意味がある。それが誰に読まれようが関係ない」

「はあ」

「その娘のことを好きなのはお前の都合だろう。彼女の立場になってみろ。いきなり手紙をもらうのは迷惑なんだ。お前のことが嫌いじゃないとしてもだ。手紙というのはそういうもんだ。書き終わった時点で止めておくに限る。面と向かって言うのが一番いい」

「ラブレターはだめということすか」

「誤解を恐れず言えばな」

自分の吐いた言葉を悔やんだ。どんな場合にせよ、誤解を恐れずなどと言うべきではない。

「じゃあ、書いても無駄なんすか」

「無駄じゃない。待ち伏せして付き合ってくれと言った方が早い。書くことはいいことだ。自分の思いを文章にするのは難しいからな。いざ、胸の内を打ち明けるときに効いてくる」

はあ、とジョージ。

「相手の気持ちを考えたら、とてもじゃないけど手紙なんて出せない。俺はそう思うな」

「……じゃあ、がんがん書きます」

ジョージは一礼し、黴臭い空気を連れて職員室を出ていった。

中学三年の時だった。隣に座っている娘が好きになり、ラブレターを書いた。クラスで一番成績が良く、一番綺麗な娘だった。美人過ぎて誰も手が出せないタイプだ。いついつの何時にどこそこで待っているなどと書いた。その手紙は細かく破って川に捨てた。待ち続け、途方に暮れてセンチメンタルな気分に浸ることがあほらしく思えたからだ。万が一彼女が姿を現しても、後の状況は面と向かって手紙の内容を告白した場合と変わらない。堂々と勝負した方が早い。

それで俺は授業中、意を決して彼女のノートをひったくり、「君のことが好きだ。俺は君とデートしたり一緒にラーメンを食ったりしたい。今度の日曜日、うどんでも食おう。たのむ」と書きなぐって彼女に返した。彼女はノートを見て目を丸くした。しばらく目を伏せてからシャープペンシルを立てて、ノートを俺に渡した。俺の文字のすぐ下に返事があった。「好きな人がいるの。ごめんなさい」。彼女は、茫然としている俺の手からノートを引き揚げ、俺のメッセージと彼女の回答を消しゴムで綺麗に消してしまった。冷めた仕草だった。授業が終わるまでなんとか頑張り、チャイムとともに屋上に駆け登った。消しゴムをノートに擦り付けている彼女の横顔は今でも覚えている。睫の反り返った、ポニーテールの似合う娘だった。

夕立だ。短距離走のような勢いで降る。構わずピンク色のビニール傘を持って学校を出た。鞄を肩にたすきにかけて傘を差す。ほこりっぽい匂いがする。強く生温い雨だ。雨が跳ね上がっている。傘を盛大に叩く。徐行する車のワイパーが忙《せわ》しなくいききする。

五〇ヤードも進まないうちに靴の中がびしょ濡れになった。独りぼっちだ。雨脚がバリアを張る。雨音しか聞こえない。世界から孤立するようだった。だから相合い傘に憧れてしまう。傘の中は二人きりだ。

雨が弱くなった。雨雲が街に涼しさを置いていった。気持ちのいい夕暮れになりそうだった。どこかで一杯ひっかけていこうかとも思ったが真っ直ぐアパートへ帰った。明日の授業までに本を一冊読まなければならない。

ドアに紙が挟んであった。大家のところに小包が届いていた。ずっしり重い。淳子からだった。

紐を引っ張って包装紙をひっ剝《ぺ》がした。瓶詰めのビールが一ダース出てきた。シメイの赤ラベル、青ラベル、白ラベルが四本ずつ。ベルギーの修道院で作られているビールだ。たまにバーで飲む俺の好きな銘柄だった。少しも嬉しくなかった。

ボトルの隙間に折り畳んだ便箋が挟まっていた。薄いピンク色が淋しげだった。内容は予想どおりだった。

ごめんなさい。もう逢えない——。

またか。

目を閉じた。瞼の裏にセーターのオートミール色と唇の赤が浮かんだ。

便箋は二枚重ねになっていた。二枚目の左端には「さよなら　どしゃぶり吾郎」と書いてあった。角のない丸みのある文字が懐かしかった。文面はそれだけだった。左上には淡い朝顔のイラストがあった。あぶり出しかとも思ったが、ピンクの空白は俺をユーモラスな気持ちにさせてくれなかった。

理由を考えようとしたがやめた。窓を開けると、電線の向こうに夕焼けが広がっていた。スイカの匂いは嗅げないのか。甘い仕草や笑顔に、もう触れることはないのか。夕焼けを眺めながら、ピンクのマシュマロが弾んでいる様を思い浮かべた。

こんなとき、敬愛する健さんやフィリップ・マーロウならどうするのだろう。俺は煙草は吸わないしギムレットを飲ませるバーも知らない。

目を閉じて息を吐き出した。瞬きと呼吸を意識するようでは話にならなかった。ネクタイを外してシャツを脱いだ。喉が渇いていた。XXLの黒いポロシャツを着て、本棚から『負けない麻雀』を抜き出した。財布の中身を確認して部屋を出た。

「とにかく誰にも会わないで勝手に酔っ払っちまった方が勝ちさ」

吉田拓郎の唄を思い出すのは、決まってこんなときだ。

15

背の高さの揃った稲が青々と風に揺れている。白い鳥が三羽、稲穂の隙間で戯れている。鷺《さぎ》か。違うな。鳥や花の名前はさっぱりなのだ。

風が優しくなった。こんな風景に囲まれた家に住み、庭先にテーブルを出して友人たちとビールが飲めたら。傍らの大きなたらいには氷とビールがぶち込んである。グリーンボトルのハイネケンかキリンのハートランドがいい。水色のエプロン姿の妻が料理を運んでくる……。

二学期が始まった。始業式の翌日、一学期の総復習と銘打った英・国・数の特別テストが行われた。抜けタツが国語でまた名前を書き忘れた。五十点満点で三十八点だったのだが厳しく○点にした。答案用紙の裏にはオフェンスプレーの○×図が何種類も書いてあった。ランプレーのアサイメントが間違っていたので、大きな×を付けてやった。

　あと三週間で試合だ。ゲームで使うプレーを繰り返したり、相手のオフェンスを想定してディフェンスをシミュレーションしたりと、練習も仕上げの段階に入っている。

　この大事な時期に二年生は修学旅行に行った。函館、小樽、札幌、日高。一週間かけて道南から道央を回った。

　レレとオヤブンにパスキャッチとダッシュをやっておけと言い残し、俺たちは北海道へ飛んだ。山懸先生が二人にパスを投げる。悪球を捕る練習も有意義だ。

　九人の部員には朝食前のストレッチと就寝前のネック*とシットアップ*、プッシュアップを義務づけた。夏に培《つちか》ったポテンシャルを低下させてなるものかの意気だ。

　札幌では笹倉先生たちと『ビア・ファクトリー』へ繰り出した。大広間で生徒たちと一緒に食べる夕食を控えて、呑ん兵衛の有志で旅館を抜け出した。引率とはいえ札幌での夕飯を番茶でやっつけるわけにはいかない。『ビア・ファクトリー』は東京では考えられない大規模のビアホールで、生ビールが抜群に美味かった。料理すべてにボリュームがあった。ごく普通のジャーマンポテトが絶品だった。水と空気が違うせいだろうか。美味いビールのためだけに札幌へ越してきてもいい。東京で生活していると、どこか損をしているような気になる。

そして帰ってきた。北海道と比べると関東平野はまだまだ暑いが、陽射しは八月の比じゃない。

涼しさに刺激されて夏の疲れが出てきた俺とは対照的に、連中は元気溌剌《はつらつ》だ。五人のラインマンは北海道の美味いものをたらふく食べてますます血色が良くなった。でぶ海と梅がまた太った。

天高く　海（梅）　肥える秋

といった塩梅である。

ベアーズは逞しくなった。練習での動きが違う。ギアに慣れ、暑さを乗り越えてパフォーマンスがスムーズに見える。五月の頃は罵声を挙げていたのは抜けタツだけだったが、今では無口な梅も怒号を発するようになった。オヤブンがオーバースロウ気味のパスをダイビングキャッチしたりすると、けたたましい喚声が挙がる。

でぶ軍団のあごのラインが浮き上がってくるのに呼応して、オヤブン、レレのスリムコンビの上半身にしなやかな筋肉がついてきた。チームが秋に向けて紅葉していくようだ。連中の顔と腕は真っ黒だ。皆、肘に無数の痂《かさぶた》を作っている。これはやつらの勲章だ。

試合まであと一週間に迫った日、ユニフォームが届いた。上下濃紺。ＮＦＬのシカゴ・ベアーズのユニフォームをほとんど真似た。番号は白抜きで背番号の上には「JYOTOKU」とアルファベットが入る。フットボールパンツのサイドには赤白赤の3本線が入っている。一番強そうなユニフォームにしようと専門誌を参考に山懸先生と検討したのだ。ヘルメットは濃紺に塗った。シカゴ・ベアーズのヘルメットには「C」のロゴがあるが、ベアーズはなにもなし。シンプルなほうが不敵でいい。

その日の練習前に写真部がやってきた。卒業アルバム用の撮影だった。卒業する生徒がいなくても全クラブの写真を掲載するらしい。職員室から山懸先生を呼び、渡りに船とばかりにユニフォームをまとって整列写真を撮ってもらった。

「きりっとしろ。写真を見返したとき、ニッコリよりキリリの方が断然見栄《みば》えがいいんだから」

アドバイスを送ったが、やつらは新品のユニフォームを着て浮かれている。各部を回らなきゃいけないとかで、写真部はシャッターを押してそそくさと行ってしまった。

ハドルで、スターティングメンバーを発表した。スタメン発表は背筋が伸びる。その精神的効果を狙った。

「栄新学院高校戦のスタートメンバーを発表する」

いよっ！　と銀でぶ。でぶ海はイェイ！　などと言う。誰もスタメンから漏れる心配はない。緊張感はなかった。

「まずオフェンス。*プロI。レフトタックル、梅。レフトガード、銀でぶ。センター、ケンケン。ライトガード、でぶ海。ライトタックル、あうし。オフェンスを支える黄金のラインだ」

　喚声と拍手。頼んだぞ、と掛け声がかかる。

「タイトエンド、力石。クォーターバック、本格派。フルバック、抜けタツ。テールバック、ドロ健。ワイドレシーバー、オヤブン、レレ。最強の得点ユニットだ」

「いよっ、日本一！」

　と銀でぶが囃《はや》す。拍手、指笛。

「続いてベアーズディフェンス。*5《ファイブ》―2《ツー》だ。ディフェンスから見て左から、エンド、でぶ海。タックル、あうし。ノーズガード、ケンケン。タックル、梅。エンド、銀でぶ。以上フロント5。ラインバッカーは左が力石、右が抜けタツ。セカンダリーは左コーナーバック、レレ。右、本格派。ストロングセフティー、オヤブン。フリーセフティー、ドロ健」

　心なしか十一人の顔が引き締まって見える。

「フットボールマガジンに聞いてみたんだけどな。オフェンス・ディフェンス完全フル出場は大学チームも含めて俺たちだけだ。正直、しんどいと思う。でも、お前らは春からよく頑張った。自分たちの頑張りにプライドを持って欲しい。勝つことを信じて、ラストスパートいくぞ！」

八月の陽射しは十一人の皮膚のメラニン色素を刺激し、自信を植えつけていった。校舎を囲む風景は青々としてフットボールグラウンドの天然芝のように見える。あと一週間、ベアーズの緒戦である。

16

強い陽射しを顔に感じて目覚めた。窓を開けると街並みの上に見事な秋晴れが広がっている。遥か遠くに秩父《ちちぶ》連山が見える。爽やかな空気がきんもくせいの匂いを運んでくる。甘い匂いを嗅ぐと背筋がぞくぞくする。

試合当日だ。ここ数日ですっかり秋の陽気になった。全員完全両面出場のベアーズには涼しさがなによりの声援になる。こんな日に飲むビールは美味い。試合の後、山懸先生と祝杯をあげたい。外堀の条件は揃った。あとはこちら側の問題、勝つのみだ。

試合会場は大宮美しヶ丘高校だった。この日は二試合行われ、ベアーズのゲームは第二試合、メーンイベントになる。全員で第一試合の雑用をやらなければならない。七時半に川越駅で待ち合わせ、十三人で大宮へ乗り込んだ。山懸先生はホワイトジーンズにネイビーブルーのポロシャツを着てやってきた。ハムのような腕がシャツの袖から生《は》え出ている。こんな爽やかな山懸先生を初めて見た。ビッグサイズコーナーの品揃えも豊富になった。

キックオフは午後一時半。集合からの六時間は瞬く間に過ぎた。一階にある教室が控え室になっている。そこでベアーズは真新しいユニフォームを着た。ビジター用の白いユニフォームだ。番号は紺。格下だからホーム用のカラーユニフォームは着られない。しかしビジター用ユニフォームは緒戦らしく爽やかだった。シンプルでいいセンスだ。

俺もワイシャツを丸めて紺のポロシャツ、白い半ズボンに着替えた。フットボールの監督は野球と違ってユニフォームは着ない。ＮＦＬのヘッドコーチはスーツ姿か派手なウインドブレーカーをまとってサイドラインに立つ。気取っているわけではない。フィールドの選手に一目で存在をわからせるためだ。監督がブロックサインを送るケースが多い。選手が並んでいるサイドラインで、逆にごく普通の格好をして自らを目立たせる。しかしベアーズには関係ない話だった。なにしろ、ゲームが始まるとベンチに残るのは俺と山懸先生だけ。いくら連中が注意力散漫でも、俺と山懸先生の区別くらいはつく。

やたらと欠伸《あくび》が出る。豪傑の抜けタツも口数が少ない。ドロ健は不精髭を撫でている。梅は右手の親指を鼻の穴にねじ込み、小指で眉を掻いている。

栄新学院高のニックネームはレイダースという。黒いジャージ、白いパンツが不気味だった。専門誌のメンバー表には「チームカラー／パンダ色」と書かれていた。吹き出してしまった。パンダよりは強そうだった。だがこっちは熊だ。熊がパンダちゃんに負けるわけにはいかない。

入念なストレッチングが終わり、練習の時間になった。グラウンドを半分ずつ使ってウォーミングアップを行う。十一人のベアーズにはやたらと広く感じる。片や総勢五十人近くがエイエイオー・エイエイオーと叫びながらシステマチックにドリルをこなしている。敵のクォーターバックを見た。本格派より小柄だが、ドロップバックが滑らかだった。パスのリリースも速い。だが本格派は冷静で屈強だ。勉強もできる。クォーターバックは五分五分だと思う。

そのクォーターバックが矢継ぎ早にパスを投げる。パスの弾道が直線に近い。気の利いた仲居のような小気味良さでレシーバーがパスを捕る。捕ってボールを即座に腹に抱え前へ走る。捕る、抱える、走る。三つの動作が徹底されている。フィールドの右を向くと、本格派が三人のレシーバーにショートパスを放っている。レレが五ヤードのイージーパスを弾いた。ボールが高く舞い上がってセットしているオヤブンのところへ飛んだ。オヤブンがそのフライを落とした。本格派が腰に両手をあてた。俺は目を瞑った。

オフィシャルがチームエリアにボールの点検にきた。いよいよだ。

ゲーム前のセレモニーが始まった。

ケンケン、力石、本格派が五〇ヤードライン中央へゆっくり歩いていく。向こうのベンチからは七七番、五〇番、一〇番が胸を張って向かってくる。七七番がキャプテンだろう。一七五センチ九〇キロくらいか。贅肉が少なく強そうなラインだ。

コイントスはベアーズの勝ちだった。前半のオフェンスを選択する。ケンケンは勝負事に強い。ジャンケンでは負けたことがないと言う。大風呂敷を広げやがってと勝負を挑んだら五戦全敗だったことがある。「ジャンケンは弱いんだ。勝った試しがない」と言うと、「だめだめ、それじゃ勝てっこない。最初から言い訳してるようじゃだめですよ。絶対に勝つと思ってやらなきゃ。ジャンケンは気合なんですから」と諭されたことがあった。おまけに「だから女にモテないんですよ」と駄目を押された。淳子の顔を思い出して息が詰まった。俺は眉を上げるしかなかった。

三人が戻ってくる。ケンケンがハドルをかける。

「お前ら！　俺はお前らの夏の汗を知ってる。お前ら自身も知ってるはずだ。自信を持っていけ！　思い切っていけ！　底力を見せつけてやれ！」

俺は尻上がりに語気を強めて煽った。おう！　と声が揃った。

「いこうぜ、ベアーズ！」

ケンケンの雄叫びでハドルが解ける。十一人はグラウンド一杯に散った。空が広かった。雀《すずめ》が鳴いている。向こうのサイドラインには三十人近く選手が並んでいる。パンダ色のユニフォームの他にも白いポロシャツの青年が十人ほどいる。同じポロシャツを着てサングラスをかけ、黒いベースボールキャップを被っているのが監督だ。体育大学でクォーターバックをやっていた往年の名選手である。黄色いメガホンを片手に小さい体を反り返らせている。

キックオフは*タッチバックになった。敵のキッカーの蹴ったボールが*エンドゾーンを越えたのだ。十一人がオフェンスのハドルを組む。ベンチには俺と山縣先生だけが残っている。苺《いちご》のないショートケーキのように心細かった。俺は胸を張った。負けてたまるか。

最初のオフェンスシリーズが鍵を握る。先手必勝だ。自陣二〇ヤードからのオフェンス、ケンケンがハドルをかける。紺と白のユニフォームがハドルから弾ける。ラインアップ。

立派なチームになったなと感慨に浸る暇もなく本格派がでかい声を張り上げた。

「5―2、5―2、セット！　ハット、ハット！」

記念すべき公式戦第一プレーは抜けタツの*左オフガードダイブだった。挨拶替わりのランプレーだ。これがノーゲイン。敵のディフェンスも5―2を敷いていて、フロントの五人がでかくて強い。梅の対面はキャプテンの七七番だ。走路は塞がれ、行き場をなくした抜けタツはスクリメージライン上で梅の背中に激突して潰された。

第二ダウン一〇ヤード。右サイドの同じプレーだ。結果は同じだった。あうしは対面にコントロールされ、抜けタツの走る穴はなかった。一ヤードも進めない。

第三ダウン一〇ヤード。ここはパス・シチュエーションだが、本格派は守備力を測るようにもう一度抜けタツを走らせた。右のオフガードへ抜けタツが飛び込む。二ヤードゲイン――。

第四ダウン八ヤード、*パント。パンターは抜けタツだ。元ストライカーだけあってキック力はある。ボムッと鈍い音がしてボールが舞い上がった。敵陣四〇ヤード付近でボールデッド*になった。攻守交替、敵は十一人全員が入れ替わる。ベアーズは全員がフィールドに居残る。頑張れ。

敵のオフェンスもプロIだった。だがレシーバーの位置が違う。二人のレシーバーがフィールド一杯に広がる。クォーターバックのパス能力が高い証左だ。コーナーバックのレレと本格派はカバーのためにレシーバーについていく。ディフェンスは拡散を余儀なくされる。

第一プレー、敵のクォーターバックがドロップバック*した。長いパスだ！

左右二人のレシーバーが一直線にエンドゾーンへ走る。レレと本格派が懸命にカバーする。一五ヤード走った時点でレレは完全に振り切られた。レレが追う。クォーターバックが右のレシーバーにロングパス一投――。

「レレ！」

俺は怒鳴った。怒鳴った時にはレシーバーがパスを捕っていた。敵のレシーバーはそのままエンドゾーンへ走り込んだ。追いすがるレレとの差は二〇ヤードもあった。

一発タッチダウン*。審判のホイッスルが俺の胸を突き刺した。一回表、一番打者に第一球をスタンドへ叩き込まれたようだった。上へ上へ昇っていった気迫に急ブレーキがかかった。レレがつんのめってひっくり返る様を見て息をしてないことに気付いた。トライ・フォー・ポイント*のキックも決まって〇―七。授業なら、かん！　とチャイムが鳴って打ち切れるのだが。フットボールにコールドゲームはない。長いゲームの始まりだった。

青々とした空にホイッスルが響いた。

タイムアップ！　審判が怒ったような声で叫んだ。

〇―九四。激負け、記録的大敗――。十四本タッチダウンを奪われ、十本のトライキックを決められた。敵も何点取ったか分からなかったようだ。試合後の整列でオフィシャルが「九十四対〇、ナイスゲーム」と宣言したとき、ちぇっ！　という声が聞こえた。あと一タッチダウンで百点だったぜ、か。スコアボードの得点を足し算するのも面倒な大量点を献上したのだ。

十一人がベンチへ引き上げてくる。抜けタツがつばを吐く。レレ、オヤブンは啜り泣いている。ドロ健は真っ黒な顔に涙のラインを浮かべている。梅のユニフォームは右肩が破れている。銀でぶ、でぶ海、あうしは今にもへたり込みそうだった。ケンケンは虚ろな目付きをしている。力石は憮然として顎を上げている。本格派は上を向いて目を閉じている。ゲームでは練習とは違った体力を使う。全員が疲れ果てていた。

隅の木陰でハドルを組んだ。鼻を啜る音、唾を吐く音が聞こえる。

「残念だがこれが現実だ。もう大会は終りだけどな。ここから始まるんだ。なぜ九十四点取られたか、なぜ一点も取れなかったのか。考えてこい」

穏やかに言った。返事は返ってこなかった。ばか野郎！　と怒鳴る声がする。栄新学院高の監督だった。

十一人は言葉少なに家路に着いた。俺と山懸先生は大宮で反省会を開いた。ビルとビルの間に空が見えた。いつのまにか雲が厚くなっている。気持ちのいい夕暮れ時になるはずだった。

酒は楽しいときに呑めと言ったのは親父だった。大学のゼミの教授からは仕事や勉強が一段落したときに呑めと教わった。競馬雑誌の編集をしている髭面の叔父さんは「まず呑め。呑めばほとんどの問題は解決する」と宣う。俺は迷わず叔父さんの意見を採用した。

「けやき通り」のアーチを潜って最初に目に付いた縄暖簾に入った。焼きとりの匂いが香ばしい。カウンターのないテーブル席だけの店だった。八つあるテーブルは二つ空いていた。椅子に腰掛ける前にビールを二本注文した。ビール会社提供のコップに大瓶を注ぎ合う。二つのコップは瞬時に空になった。喉が渇き過ぎていた。冷たくて美味かった。

「しかし吾郎君。なんであんなに差が……。同じ高校生ですよ」

山懸先生のコップにビールを注いだ。注いだそばからコップが空になる。

「あんなゲーム、彼らにとって何もいいことないでしょう。九十四対〇だ？　野球の十対〇以上じゃないですか。あれでは泣くに泣けない」

辛抱強く山懸先生のコップにビールを注いだ。ついでに俺のコップにも注ぐとキリンラガー大瓶は空になってしまった。

「実は予想どおりなんです。点数は取られ過ぎですけど」

「予想どおり？」

　ビール、もう二本だ。

「モメンタムが実力以上に点差を広げたんです」

「勢いの差か」

「連中は技術的にも体力的にも劣っていましたけど、それ以上に気持ちで負けていたんです。勝てるわけないよ、って」

「気持ちの問題か、九十四対〇は」

「そういうことです」

　四本目のビールも簡単になくなった。このままビールで引っ張っても切りがない。腰を据えた。酒だ。紙パックで売っているナショナルブランドの酒だった。「テレビで宣伝している酒にいい酒はありません。ひどいのになると三増酒もある。なるべく呑まないように」と山縣先生が言っていた。結構だ。今日はひどい酒がお似合いだ。

　山縣先生は、ええと、お酒はね、ぬるっとさせて下さいと言った。ぬる燗を頼むときに是非とも使いたい名句だ。正一合ではない白い徳利が二本出てきた。ぬる燗ではなく熱燗だった。いやに甘ったるかった。喉を通るときに引っ掛かる。それでも山縣先生は白い猪口《ちょこ》の底裏をすぐに見せる。酒を注ぐ。山縣先生は一息で呑む。厚い唇が濡れている。

「あいつらの、あの夏の努力はどこへいくんだ。厳しい練習を黙々とこなしてきた彼らの努力は否定されてしまうんですか」

「それは違います。あいつらにとって、苦しい練習を乗り越えてきたことは間違いなく自信になってます。猫背だったあうしが今では胸を張ってます。ただ、練習の辛さが、報われるシーンが少な過ぎました。それが問題なんです」

「そうだ。いいことが何もなかった。せめて一点でも。タッチダウン一本でも取ってくれれば」

　そうだ。試合中、ガッツポーズがたくさん飛び出せばそれでいい。ガッツポーズが練習の辛苦《しんく》を昇華《しょうか》してくれる。正確なスタッツは後で連盟が送ってくれるが、ベアーズの*ダウン更新はたったの一回、本格派のパス成績は十回投げて一回成功。ドロ健はトータルで二〇ヤードもゲインしていればいいところだろう。あれだけボールを持った抜けタツは、記録上は一〇ヤードも走っていない。ディフェンスはザル同然、芳しさは皆無だった。

　徳利を二十本近く呑んでしまった。徳利を頼む度に猪口を持ってこさせた。二十二個の猪口でフォーメーションを作り、テーブル上でプレーをシミュレートした。さらにそれから二、三本呑んだ。酒は議論するためのガソリンだった。それにしても燃費が悪すぎる。店の親父に「お客さん、プロレスラーかい」と言われた記憶がある。そのとおりだ！　パンダ山懸だ！　と山懸先生が叫んだような気がする。店を出たときには肩を組んで校歌をがなっていた。ばか審議委員が聞いて呆れる。我ながら大ばかだ。

大宮駅までどうにかたどり着き、電車に倒れ込んだ。埼京線のグリーンのシートにもたれた途端、頭の中にらせん階段が現れて階段自体がぐるぐる回り始めた。記憶が錐揉《きりも》みしていく。また、どしゃぶりか……。

喉の渇きで意識が戻った。目が開かない。車の走り去る音が滑っている。雨だ。手酷《てひど》い宿酔《ふつかよ》い——。頭の中が発酵している。眉から上を鋸《のこぎり》で切り取りたい気分だった。強い雨音が聞こえる。京都の夕暮れを思い出した。センチメンタルな気分にはならなかった。

水を一升飲んで熱い風呂に入った。気分は変わらない。熱いカフェオレをたっぷり啜ってもだめ。逆立ちしても腕立て伏せを二十回やっても一分間息を止めても効果なし。なにをやってもだめだった。ただし迎え酒を呑む気にだけは断じてならなかった。

窓を開け放った。雨の風景だ。街が黒っぽい。電線に雨垂れが並んでいる。裸で雨の中へ飛び出したかった。

ビニールの傘を差してアパートを出た。吐く息が熱っぽい。駅から学校へ歩く間にコカコーラ・ライトを二缶飲んだ。げっぷでアルコールが抜けると笹倉先生から教わったのだ。効果は薄かった。雨がワイシャツを濡らし、汗がTシャツを湿らせた。じめっとした嫌な朝だった。

重い頭に叔父さんの髭面が浮かんだ。叔父さんの顔は下半分が髭だ。髭の中に口と鼻がある。いつも目尻が下がっている。だから叔父さんに嗤笑《ししょう》されているような気がした。

二時限目の授業はC組で、一番前に座っている生徒から「酒臭いぜ。また、どしゃぶったな」とからかわれた。山懸先生は「少し呑み過ぎましたね」と居住まいはいつもと変わらない。安い酒で口の中が甘くなったので、帰宅してから酔い醒ましの吟醸酒を呑んだという。日本酒の山懸、ビールの笹倉か。俺はなんだ。大酒をくらうだけなら誰にでもできるじゃないか。

午前中の三コマの授業を終えて昼休みになった。雨はコンスタントに降り続いている。汁ものを体に入れたかった。宿酔い回復の決め手は飲んだり食べたり汗をかいたりして代謝を高めることだ。ビニール傘を差し、気力を振り絞って壱番屋へ向かった。

ラーメン普通盛りを注文して椅子にもたれかかった。ウォータークーラーの水を二杯飲んで一息ついた。うつむいて静かな雨音を聞いていると、視界に誰かが入ってきた。

「おや、佐藤君。ずいぶんと御機嫌そうだね」

俺を姓で呼ぶのは新卒教員と伊東だけだ。顔を上げた。

「百点取られたんだってね。へっ」

伊東は真向かいに腰掛けると、チャーシュー麵、麵少なめねと店の親父に告げた。

「アメラグで百点取るってのは難易度的にはどのくらいなのかね」

伊東を睨み付けた。九十四点だばかめ。最悪の気分のせいか強気になっていた。伊東は眉毛の両端を下げて笑っている。

「ウチも強いとは言えないけどね。Jリーグとやっても百点は取られないだろうね。へっ」

城徳高サッカー部が浦和レッズとゲームをやって百点取られるかどうかを検討しているところへラーメンが届いた。食欲がさらになくなった。

「しかしだめだな、アメラグは」

スープを啜りながら伊東の声を聞いていた。

「いやいや、おたくのことじゃなくてね。日本のアメラグがだめなんだ。京大が日本一になれるんだろ。そんなスポーツあるかよ。へっ」

麺を口にねじ込んだ。聞き流そうとしたが、伊東の高い声が耳に絡み付いてくる。雨音を聞きながらゆっくりとラーメンを啜る目論見だったのに。

「野球やサッカーで東大京大が優勝することなんてあるかよ。要するにアメラグはスポーツとして未熟なんだよな。競技人口が極端に少なくて、底辺の競技年齢が高いわけだ」

「だからいいんじゃないですか。これからのスポーツですよ」

そう言って水を飲み干した。伊東の指摘は正しかった。大学からフットボールを始めた連中が日本一になってしまう。

チャーシュー麺がテーブルに置かれた。俺の丼にチャーシューが一枚、飛んできた。びっくりして顔を上げると、伊東が食えよと言った。俺はチャーシューを麺の底に沈めた。

「これからのスポーツって言うけどね。アメラグの日本協会ってのは六十年の歴史があるそうじゃない。今まで何やってきたんだ?」

伊東は足を組み直して胡椒を丼にふりかけた。俺は立ち上がって水を半分ほど汲み、自分の丼へ注いだ。丼を抱えて汁を飲み干した。麺は残すことにした。壱番屋でラーメンを残すのは初めてだった。

「お先に失礼します。次、頑張りますから」

立ち上がった。伊東は残り四つあるチャーシューを全部丼の縁に引き上げて並べた。四枚のチャーシューがスープの温泉につかっているようだった。さすがは東の横綱、妙なことをする。

急いで麺を啜ったせいか汗が出てきた。作戦どおり気分が良くなってきた。電話を一つ入れようと思い付き、水溜まりを避けながら小走りで校舎へ戻った。

六時限目を終えて職員室に戻ると、山懸先生が机の前に立っていた。

「えらいことになった」

「どうしました」

「ドロ健が伊東君を殴ったんだ」

息を呑んだ。C組の六時限目は数学か。

「早く校長室へ行くんだ！」

教材を机に放った。走った。まずはC組だ。

連中は席に着いている。ドロ健もいる。いつもと変わらぬ顔で座っている。

「どうしたっ！」

ドロ健が俺の目を見た。頭を小突いたんだ」

「悪いのは伊東だぜ。頭を小突いたんだ」

抜けタツが立ち上がった。俺は頷いた。

「かいつまんで状況を教えろ。なぜ、伊東さんが小突いたんだ」

「アメフト部がだめだって言ってよ。でも、ありゃあひでえぜ。俺でもタックルかましてたよ。絶対に正当防衛だ。なっ」

「分かったから状況を教えろ。伊東さんは何て言ったんだ」

　練習問題を黒板で解けと当てられたドロ健は、分からないと言って動こうとしなかった。伊東はできるところまでやれと言ったが、ドロ健は絶対に分からないと席を立たなかった。こんな基本問題ができないなんてサル以下だ。アメラグにうつつを抜かしてるからだと伊東がドロ健の頭を継ぎ竿のような指示棒で突っ突いた。百点取られるような最低のチームなんかやめちまえと、さらに顔を突いた。ドロ健はうるせえと言って指示棒を払いのけた。伊東がドロ健の胸ぐらをつかんだ。ドロ健はそれを下からかち上げて、伊東の頬に左フックを一発お見舞いした――。

「大丈夫だろっ。正当防衛だろっ。なっ。俺たち全員が証人になるから。停学とか謹慎とか、そういうふうにはならないよな」

抜けタツが言った。教室は静まり返っている。抜けタツの熱っぽい語調に胸が締めつけられた。俺は分かったと言って教室を出た。

校長室の扉を開けた。伊東は前のめりに、校長はソファーにもたれて話をしていた。

「やっときましたか。吾郎先生、ま、座って下さい」

校長は言った。伊東の顔を見た。右の頬は普段と変わりないようだった。大したパンチじゃなかったのだ。ドロ健の脚力はベアーズ屈指だが、腕っぷしは中の下だ。ドロ健は昨日のゲームでタックルされまくっている。ボールをかばっていた両腕は痣《あざ》だらけだ。打撲痛でフックどころではないはずだ。俺は鼻から息を吹き出し、伊東と並んでソファーに腰を下ろした。力石に殴られたらその程度じゃ済まないぞ。

「退学だな。教師に手を出すようじゃしようがない」

伊東が俺を睨んだ。歪んだ視線を受け止めた。情けない目だった。悪いのは弟だと母親に言いつける子供の目だ。

「伊東先生、謝ります。許して下さい。今、教室へ行ってきました。あいつも反省してます」

頭を下げた。伊東は「へっ」と言った。

「暴力はいかんでしょ。大河原はアメフト選手だ。アメフトは格闘技なんでしょ。ボクサーが人を殴ったらただじゃ済まないでしょ」

「おっしゃるとおりです。大河原はものすごく後悔しています」

俺はもう一度伊東に頭を下げた。伊東は黙っている。頭を上げて校長を睨んだ。

「伊東先生を殴ったことは弁解のしようがないです。それはいいとして校長、状況を客観的に把握されたんですか」

校長は目を逸らさずに睨み返してきた。

「それはいいとしてとはなんだ！　把握もヘチマもないだろう。大河原が教師を殴った。事実はそれだけだろう」

伊東が言う。俺は自分のことを教師とは呼びたくない。校長の前にはペンとレポート用紙が置いてある。なにやら草書体で走り書きされている。事情聴取か。

「校長。殴ったことは悪いことです。その点は俺が徹底的に叱ります。大河原のいいところを潰さないで下さい。お願いします」

「へっ、ばかな。なにがいいところだ。佐藤君は生徒に殴られても平気なのかよ」

「生徒に殴られたら……殴り返します。校長に泣きつく前にね」

「なんだと！」

「次に自問しますよ。なんで殴られたかってね。殴らせるまでに追い込んでしまったんじゃないかってね」

「おいおい。私が大河原を追い込んだっていうのか。盗人猛々《ぬすっとたけだけ》しいとはこのことだ」

「人をサル呼ばわりする、棒で頭と顔を小突く、アメフト同好会をこき下ろす、胸ぐらをつかむ……。殴られても仕方ないと思いますね」

「なに言ってるんだ！」

「あいつはいい男なんです。俺に任せて頂けませんか」

「なに言ってるんだ君は。よくて停学だ。アメフト部は廃部だ。同好会か」

「この野郎」

思わず立ち上がった。伊東は口を開けて俺を見上げている。間抜け面が目に入った一瞬、俺の中で何かが小さく弾けた。気付いたときには左腕が前に伸びていた。

「うわあっ」

伊東がソファーから転げ落ちた。左フック！

全身が空洞になった。左拳の鈍い感覚——背骨が熱くなった。踏み込んだ。尻餅をついている伊東の胸ぐらを右手でつかんで立ち上がらせようとした。

「やめないか、卑怯者《ひきょうもの》！」

校長の鋭い声が俺を留めた。

「殴ってどうするんだ！　ばか者！」

俺は右手を離した。拳を握ったまま校長を見た。

「大丈夫ですか」

校長は立ち上がる気配のない伊東の肩をさすった。伊東は頷き、右手で左頬を触りながら腰を上げた。惚《ほう》けたような顔をしている。

「声を荒らげてしまった……。二人ともそこに座りなさい」

俺はソファーに座った。伊東は頰を押さえて下を向いている。

「順番にいきましょう。まず伊東先生。通りがかりの見知らぬ人を殴ったのなら、これは誰が考えても悪い。議論の余地はないでしょ。ところがですよ。生徒が教師を殴るというのは、これは相当の理由があってしかるべきでしょ。大河原は無闇《むやみ》に暴力を振るう生徒ではない。すぐにキレてしまう少年とは違う。しかも大河原は元サッカー部員だ。伊東先生は恩師にあたるわけでしょ。吾郎先生が言われたように、大河原は追い込まれていたのでしょう」

伊東は黙っている。俺は組んだ指を見ながら話を聞いていた。左の拳が赤い。

「あなたの話には内省《ないせい》が欠けています。なぜ大河原が殴りかかったのか。一晩くらい考えてもいいでしょ」

伊東は頷いたようだった。沈黙。俺は顔を上げた。校長と目が合った。

「君のやった行為は絶対に許されるものではないんだ」

奥歯を噛み締めた。

「いいですか。君は絶対に殴ってはいけない相手を殴ったんだ。だから卑怯者と言ったんです」

柔らかい口調だった。俺は背筋を伸ばした。

「生徒が教師を殴った。これはいけないことです。しかし大河原の心情もよく分かる。君は大河原の担任でクラブの監督だ。大河原をかばう気持ちはさらに分かる。大河原はいい男だ。君はいわば正義の味方で、ここにやってきたわけでしょ」

校長は大きく唾を飲み込んで目を丸くした。

「漱石の『坊っちゃん』なら、君は坊っちゃんか山嵐だ。伊東先生は赤シャツでしょ。しかも君はアメフト選手で屈強だ。普通にやり合っても君が勝つ。誰が見ても理は君のほうにある。それなのに君は殴った」

舌を飲み込みそうになった。俺は卑怯者……。

「私は君の欠点を含めて買っているんだ。だが、暴力だけはいかん。絶対いかん。もっと言えば、君は暴力さえ振るわなければ、何をやってもいい男なんだ」

柱時計の秒を刻む音だけが聞こえる。校長室はなんて静かなんだ。

「伊東先生に謝りなさい」

俺は左を向いてすみませんでしたと頭を下げた。伊東は目を合わせなかった。

「ホームルームは終わっていないんでしょ。教室に戻るんだ」

立ち上がった。校長室を出るときにもう一度すみませんでしたと大声で言った。不覚にも声が震えた。伊東は座っている。

校長室の扉を閉めた。雨が廊下の窓に降りかかる。止みそうにない嫌な雨だ。大学一年生で初めて試合に出たときと同じ気分だった。逃げ出したかった。

気持ちが前へ行かない。深呼吸をして首を鳴らした。指の関節も鳴らした。C組に戻った。俺が教室に入ると話し声が止んだ。全員が席に着いていた。

「遅くなった……」

B組やD組はホームルームを終えて掃除の時間に入っている。机を引きずる音が聞こえる。

「殴っちゃだめだ。それも、いきなり殴ったらだめだ。殴ったお前の気持ちは否定しない。だが殴るなら相手も同じ土俵に上がらせなきゃだめだ」

ドロ健はわずかに頷いた。

「お前は殴ったあと、自分を正当化する理由を全力で考えたはずだ。俺は悪くない、悪いのは伊東さんだとな」

なぜか分かるかと続けた。

「後悔してるからだ。殴った傷と向かい合いたくないから、自分を正当化するんだ」

授業のときにいつもするように、後ろの黒板を見つめながら話した。黒板には「自習、熱烈希望！」「無駄話大歓迎！」「本日の指名おすすめ。前置詞の鬼……大石　英作文の魔術師……小笠原　アルファベットの達人……三浦」と書かれている。授業と違って全員に注目されているのが分かった。

「言いわけをしないで反省するんだ。人が人を殴っていいわけがないんだ。殴るなんて弱いやつのやることだ……。明日までにその髭をきれいに剃ってこい。それで伊東さんに謝るんだ」

誰かが鼻を啜った。教室の空気が軽くなったようだった。

「おい、それで終りなんだな？」

抜けタツが口を挟んだ。おいとはなんだと思ったが、なぜか気にならなかった。

「あとは……中間テストで満点を取れ。伊東さんの鼻をあかしてやれ。それが男のけじめだ」

「それだけなんだな？」

抜けタツはしつこい男だ。

「俺は殴るよりもひどい暴力があると思う。言葉だ。人を傷つけることを平気で言うやつは許せない。その件に関しては俺が決着をつける。ドロ健は髭を剃って、いきなり殴ったことを詫びる。それから数学で満点を取る。それで終りだ」

「よっしゃ！」

「おーっし！」

「だーっ！」

風船が破裂するように一斉に教室が沸いた。抜けタツとジョージが音頭を取って万歳が始まった。梅も両手を挙げている。大きく息を吐いて左手の拳を撫でた。俺はどうすればいいのか。謹慎か懲戒免職か……。

掃除が終わり、梅、抜けタツ、ドロ健が教室に居残った。ケンケン、本格派、力石、あうし、銀でぶ、でぶ海、オヤブン、レレが教室に入ってきた。今日のヤマはまだ越えていなかった。ミーティングだ。

学園祭を一週間後に控え、隣の隣のA組の教室ではバンドが下手くそなコピーを練習し始めた。ギターのボリュームがやけにでかい。エリック・クラプトンの『コカイン』か。こっちは一様に意気消沈している。ベースギターのビートが軽くなった頭に響く。

「けがはあるか」

ノーアンサーは否定を意味する。まずはなによりだ。フットボールでのけがは、骨折や脱臼、筋断裂や靭帯《じんたい》損傷などをいう。もちろんタックルの標的になった抜けタツ、ドロ健、本格派の体は傷だらけだ。ラインの連中も首筋から肩にかけて強烈な打撲痛が走っているはずだ。全員が長いディフェンスを強要されて打たれまくっている。一日経った今日は箸《はし》を持つのも億劫《おっくう》なくらいあちこちが痛んでいる。

机をコの字型に並べ変えさせた。重い空気が教室に漂っている。

「反省を聞きたい。いや、反省というより初めての公式戦の感想だ。一晩考えてきたことを言ってほしい。なんでもいい。ひとりずついこう。ケンケン」

ケンケンはゆっくりと立ち上がった。俺は右手をかざして座れと指示した。ケンケンは立ち上がった時の倍の時間をかけて座った。

「きつい練習をしてきたつもりだったけど。試合のきつさは練習の何十倍でした。正直言って、勝ち負けまで気持ちがいかなかった。九十四点も取られるなんて……。俺たちのやってきたことは正しかったんですか」

次は銀でぶ。

「あがってしようがなかった。オフェンスのときはそれほどでもなかったけど、ディフェンスがメチャクチャ疲れました」

ぼそぼそとうつむいて喋る。屈託のない銀でぶらしくない。

次はでぶ海。

「……銀と一緒です」

でぶ海らしくない。授業なら、〜と一緒なんて発言は絶対に許さない。

あうし。

「体力がなかった。死ぬほど疲れたんですけど、充実感が全然ないです。いいプレーが全然なかった気がして。勝つためには、あれ以上きつい練習をしなけりゃいけないんでしょうか」

　あうしはそう言って、うっ、うんっと咳払いをした。最中《もなか》の皮のような情けない咳払いだった。

　梅。

「トイメンが強かった……。勝てなかった。悔しいです」

　力石。

「オフェンスが全然進まないんで、精神的に疲れました。俺としてはもっとパスを捕りたかった。ディフェンスでは、向こうのガードの当たりがすごく強かった。うちのラインの誰よりもね」

　本格派。

「何をやっても止められそうな気がして。パニックになってました。〇点は俺の責任です」

　抜けタツ。

「あいつらぶっ殺してやると思ってたんだけどね。ダメだったね。俺たちこんなに弱《よ》えぇとは思わなかった」

　ドロ健。

「もっとオフェンスがやりたかった。それから、やっぱ十一人じゃ勝てないと思いました。

オフェンスもディフェンスも両方やるのは無理なんじゃないすか。死ぬほど疲れた。向こうはリャンメン出てるのは誰もいなかったし」

レレ。

「ディフェンスはタックルが甘かったと思います。一発のタックルでは倒れてくれない……」

オヤブン。

「僕のカバーしてたレシーバーへのパスはほとんど通されました。だけど自分は一本も捕れなかった。情けないです」

的確に落ち込んでいる。初めてのゲームの緊張感と九十四点取られた虚無感は一晩ではクールダウンできないのだろう。バンドのバスドラムが頭に響く。力任せのビートが腹立たしい。

「まず、ケンケンの疑問だがな。俺たちのやってきた練習は決して間違ってない。考えなければいけないのは、練習でやってきたことをゲームで一〇〇パーセント出し切れるかどうかだ」

俺はケンケンを睨んだ。ケンケンは口を結んで目線を返した。

「劣等生ほど参考書をコロコロ替える。練習方法を模索する必要は常にあるけどな」

「でも……悔しいですよ。吾郎さんはいいですよね。大酒呑んで、どしゃぶって」

ケンケンの声が震えている。

鈍い頭で考えた。酒を呑むことは逃避だろう。だが大いなる充電だ。その術《すべ》がこいつらにはない。体は酷使している。しかし気持ちのはけ口がない。いいところが一つもなかったのだ。

「呑みたきゃ呑め。だが俺は監督だ。打撲だらけの体に酒を入れることは認められない」

論点をぼかしている。

「お前らが落ち込んでるのは分かる。それで俺も酒を呑んだ。だがな。気持ちのやり場がないと文句を言う前にやるべきことがあるんじゃないのか」

酒呑むことがやるべきことかよ、と抜けタツあたりに言われそうな気がした。俺がやったことは電話を一本掛けたことだけだった。

重い沈黙。バンドのギターがソロを間違えて不協和音が聞こえてきた。本格派が眉をひそめた。

「負けた試合でも、バスケのときは敗因が納得できたんです。でも昨日は……。死ぬほど疲れてるのに、敗因が分からない……」

ケンケン、涙声になっている。

「敗因ははっきりしてるぜ。弱ええからだ」

抜けタツが悪態をつき、大袈裟《おおげさ》に反り返って足を組んだ。

「ラインが弱ええ。弱すぎる。穴があかなきゃバックスは走れねえぜ。何度俺たちが裸単騎でタックルされたと思ってるんだ。冗談じゃねえぜ」

抜けタツの罵声にケンケン、銀でぶ、でぶ海、あうし、梅はうつむいて黙ったままだ。

「バックスもだめだった。俺自身パニックになってたし、抜けタツにしろドロ健にしろ何度もタイミングをミスしてる」

本格派が言う。言って下を向く。

「ディフェンスがだめなんだ。九十四点取られたのはディフェンスの責任だ。特にラインとラインバッカー。あれじゃザルだぜよ」

力石が言う。

「お前ら、思ってることを言え。ラインの五人、黙ったままでいいのか」

俺は穏やかに言った。

「お前らふざけんなよ。オフェンスが出ないのもディフェンスが止まんないのも全部ラインの責任かよ！」

銀でぶが口を開いた。ケンケンが立ち上がった。

「確かに俺たちは弱かったけどさ、ラインのせいにするのは簡単なんだぜ。ランが出されりゃラインが悪い、パスが通ればラインのプレッシャーが足りないってな。試合中に後ろでがたがた言うのはやめてくれ。敵がどっちだか分からなくなる」

「仲間割れはやめましょう。僕が思うに、両面出場じゃ百点満点のプレーは続けられません。

つまり、百点のプレーを続けて勝てるかどうかという相手に、両面じゃ勝てないわけですよ」

　オヤブンが声を震わせて言う。

「レレ、言いたいことはないか」

　水を向けると、レレはひょろりと立ち上がった。

「はい……アメフトの面白さって戦略ですよね。前半はAというプレーで攻めて、後半からBやCを使ってDで崩すという。ディフェンスにしたって、敵の攻撃を戦略で止めていくはずです。それなのに僕たち……はっきり言ってオフェンスは無策だし、ディフェンスは敵のタッチダウンを待つだけで。やっていて全然面白くなかった」

　ちっと、誰かが舌打ちした。

「ようするにさ」

　でぶ海が切り出す。

「俺たちは相撲で言えば序ノ口か序二段なんだよ。あいつらは関取クラスだ。どんなに頑張っても勝てっこねえんだよ」

「開き直るな、ばか！　てめえみてえなのがいるから九十四点も取られるんだ」

「なんだと、この野郎！」

　抜けタツの罵声になぜか銀でぶが吠える。最悪の雰囲気だった。俺は腰を上げた。

「いいか、お前ら。自分がボクサーだと考えろ。そのボクサーはフットワークが悪くてリーチが短く、パンチ力がなかったとしよう。その上、トレーナーも三流だ。試合はノックアウト負けだ。そこでお前ら、どうする？」

皆、眉を寄せている。俺は自分でもわけの分からない比喩を使うことがある。分かりにくい話になりそうな気もしたが、話し出した勢いだ。

「フットワークの悪い足を責めるか？　リーチの短さを責めるか？　パンチの弱さを責めるか？　『お前のせいだ』なんて右手と左手が喧嘩するか？　いいか、それが今のお前らだ。ベアーズは俺たち全員で一人のボクサーなんだ。フットワークが悪ければ走り込む。リーチが短けりゃ接近戦で勝負する。俺たちが考えなきゃいけないのはそういうことだろ。負けた原因はお前ら全員が分かってるはずだ」

俺は右手を挙げながら続けた。

「勝てると思ってゲームに臨んだか」

沈黙。質問の意図が見えないのか。

「でぶ海が言ったように、勝てっこないと思ってフィールドに立ったのか、と聞いている」

「勝てる気はしなかったけど勝てっこないとは思わなかった。ベストを尽くそうと思った」

ドロ健が言った。俺は頷いた。

「俺はな、勝てっこないと思ってた。漫画じゃないんだ。戦力、経験、全てに劣っている。

奇跡が起こるか不戦勝以外に勝つ見込みはなかった」

「なんだよそりゃ」

抜けタツがつぶやいた。

「いいか。俺たちは勝つために練習してきた。そうだな。でも勝つことだけが目的じゃない。勝つか負けるか二つに一つじゃないんだ。お前らは何点か取られた時点で『こりゃ負けだな』と思ったはずだ。問題はその後だ。誰もベストを尽くしてない。ドロ健が言ったな。ベストを尽くそうとしたって。だが違うぞ。全員が『このままじゃ終わらねえぞ』って思っていたら、あんなに点差は開かない。楽になりたいという気持ちがあったんじゃないか。心のどこかでタイムアップのホイッスルを待ってたんじゃないのか」

授業よりも淡々と話した。大学二年のときだった。レギュラーの卒業でチームは弱体化した。春のオープン戦は二試合連続で百点取られた。俺は攻守タックルでフル出場していた。情けなくて部をやめようと思った。

「敵が九十四点も取れたのは何故だ。相手の立場に立って考えて見ろ。勝負は前半で決まっていた。それなのにやつらは手を抜かなかった。体力的な余裕はあったにせよ、ベストのプレーをタイムアップまで続けた。勝とうが負けようが、自分のプレーに満足できれば胸を張ってホイッスルを聞けるんだ。自分が一番分かってる。あの時にいい加減な気持ちでブロックしてたってな。そんな気持ちを払拭《ふっしょく》するために一〇〇ヤードを死にそうになって走ったんじゃなかったのか」

一つ深呼吸をした。

「物理と一緒だ。その瞬間にやらないでいつやるんだ。結果は結果でいい。ベストを尽くせば結果が赤点だっていい。ベストを尽くしたときに、初めて見えてくるものがあるんじゃないのか。……全然勉強しないで大学受けて落ちる。そこから何が学べるんだ？　絶対受かると準備したのに落ちた。それで初めて何が足りなかったのか見えてくるんじゃないのか」

ばん！　と音がした。抜けタツが机に両手を叩きつけた。俺は表情を変えなかった。反応力が鈍っていた。宿酔いのおかげだ。

「分かったよ。そのとおりだ。次、見ててくれよ。初めてのゲームだから戸惑う部分が多過ぎたんだ。やる気をなくしたわけじゃないよ。なっ」

十人は肯定の表情を見せたようだった。

「次は春の大会だ。それじゃあ間が開き過ぎる。一か月後、K大と試合をする」

おっ、と反応が揃った。

「夏に練習したジュニアチームですか」

ケンケンが口を開く。

「決まったばかりだから詳しいところまでは詰めてない。大学はリーグ戦の真っ最中だ。興が乗ればスタメンが出てくるかも知れない。どっちにしても、昨日の相手よりは手強いだろうな」

よし、やろうじゃねえか、と銀でぶが言った。威勢だけは取り戻したようだ。俺は苦労して笑顔を作った。

「明日から、ファンダメンタルしっかりやって気合い入れて行くぞ。次はガッツポーズ続出のゲームを期待してるぜ」

ＢＧＭが『ペイパーバック・ライター』に変わった。ビートルズは不滅だ。

17

十月が好きだ。

朝の空気がいい。日射しが優しい。酒場から出たときに暑くも寒くもない。春よりも秋のほうがいい。肥満児だったせいか、ニュートラルな季節でも寒さに向かう街並みの方が好きなのだ。

中間試験が終り、体育の日の前日に体育祭が行われた。運動部は持ち時間十分でパフォーマンスをやった。ベアーズの出し物は「大相撲・アメリカンフットボール同好会編」。露払い・でぶ海、太刀持ち・銀でぶを従えた横綱・あうしが上半身裸で曙ばりの土俵入りを務めた。雲龍型だった。メーンは取組だ。呼び出し兼行司はレレで、あとの十人はヘルメットを被って即席の土俵の上で相撲を取った。結びの一番、梅があうしを一気のぶちかましで突き出したときには拍手が巻き起こった。俺の方も「教員対抗・鉄人レース」にノミネートされ、網を潜ったり、畳を担いだり、手押し車をしたり、テスト十枚の採点をしたりして、トップで四〇〇メートルを走り切った。死にそうになった。

左フック事件の顛末《てんまつ》だ。翌日、伊東は風邪で学校を休んだ。翌々日、髭を剃ってきたドロ健が伊東に謝った。伊東はわずかに頷いた。中間テストのドロ健の数学の得点は四十二点だった。俺はがっかりしたが、お前にしては頑張ったと伊東に言われたそうだ。謹慎や休学などの処分はなかった。

俺は髭を生やしていないので頭を丸めた。五分刈りにしたのは高校の柔道部以来だった。洗髪が簡単でいいのだが、ネクタイが似合わないのには閉口した。学校帰りに居酒屋に寄る回数が激減した。確かに自粛の効果がある。

クラスには「とどめの左フック」のことは話していない。連中は俺がドロ健のために頭を丸めたと思い込んでいる。どしゃぶり見直したぜと抜けタツが話していたらしい。訂正のしようがないので黙っているが、なんとも情けない。

さっぱりとした頭になって首を洗って待っていたのだが、「製薬会社の営業部員同士が酒場で殴り合った場合、会社から処罰されますか？　されないでしょ。せいぜい係長あたりに小言を言われるだけでしょ」と校長に諭され、お咎めなしになった。担任が無罪放免のところを生徒の処分ができるわけがない――校長は怒ったような口調で言った。私立高校の臨機応変さに感謝した。

伊東を殴ったことは山縣先生だけに話した。山縣先生は「そうか、殴ったか」とつぶやいて悲しげな顔をした。伊東君は横綱陥落だなと言った。横綱に陥落はないから引退か廃業ですねと言ったら少しも笑わずに「君に殴られて、そのうえばかの横綱呼ばわりされたのでは気の毒過ぎる」と言った。

第三日曜日を迎えた。K大とのオープン戦だ。

K大は関東大学リーグ二部Aブロックのリーグ戦の真っ最中で、この時点で二勝二敗。ブロック優勝の可能性は消えたものの二試合を残している。控え選手を出してくるのだろうが、こっちは気合い満点である。

昨日の夕方から降り出した雨が夜中にはどしゃぶりになった。朝、部屋のカーテンを開けると、朝日が俺の顔を刺した。どしゃぶりの翌朝は気持ち良く晴れる。雀がご機嫌そうに鳴いている。風の匂いが清々しい。絶好のフットボール日和だった。だがグラウンド状態は悪い。泥ねい戦は必至だろう。

K大多摩川グラウンドには乾いた青空が広がっている。いつもは埃っぽいグラウンドも、今日は土の匂いしかしない。

軽音楽部の練習だろうか。フュージョンの軽快なメロディーがグラウンドまで聴こえてくる。やはり大学生だ。聴き心地がいい。ドラムスとベースギターのリズムが安定している。

今日こそは美味いビールが飲みたい。

K大の監督、高橋《たかはし》さんは六期上の先輩だ。俺の現役時代の監督は九州にいる。指揮官は転勤などで頻繁に交替する。日本の大学チームの監督はアメリカと違ってビジネスにならない。当然、仕事の片手間になる。

俺はクリーム色のポロシャツ、紺の半ズボン。山懸先生はいつものネクタイ姿だ。

ゲームはランニングタイムで一Q《クォーター》二十分。ボールキャリアがサイドラインから出たりパスが失敗したりすると時計が止まるが、ランニングタイムは一Qの時間を五分多くして時計を止めない運営法だ。だからゲームは正味八十分になる。キックオフは全てタッチバック扱いでパントは四〇ヤードのゲインとする。不用意なケガを防止するためだ。キッキングゲームは省略。トライ・フォー・ポイントも省略。これはベアーズにとってありがたい。キッキングは全員が長い距離を走らされる。その疲労も大量失点の一因だった。

「吾郎。高校生だとは思わないぞ。次の相手がお前らと同じ体型なんだ。クォーターとレシーバーは一本目を出す。あとは全部控えでいく。思い切りやるぞ。そっちも思い切ってこい」

試合前の打ち合わせで高橋さんは言った。望むところだ。

ジャンケンで攻守を決める。K大は七五番をつけたキャプテンが出てきた。ベアーズは紺のユニフォーム、Ｋ大が練習用の白いジャージを着ている。ケンケンがグーを出して勝った。握った右腕が力強い。先攻だ。

「オフェンスだ！　いくぞ！」

ケンケンがハドルをかける。本格派が胸を張ってファーストプレーを伝える。

「セーット！　ハット！」

ケンケンがボールをスナップした。本格派は素速く体を右に開き、右ワイドレシーバーへ速いパスを投げた。五ヤード走って振り返ったオヤブンの腹にボールが突き刺さった。オヤブンはボールを捕った勢いで膝を付いた。

*パスコンプリート！　五ヤードのゲインだ。大会から一か月、力石と一年生コンビは一日百球ものレシーブ練習をこなしてきた。本格派が投げる、力石が捕る。本格派が投げる、レレが捕る。本格派が投げる、オヤブンが捕る——。本格派は毎日三百本パスを投げ込んだ計算だ。「ナイスキャッチ、オヤブン！」と山懸先生ががなる。ワンプレーで俺の上半身は熱くなった。

第二ダウンは力石への*タイトエンドショートだった。六ヤードゲイン、ダウン更新！　鳥肌が全身に転移して風邪をひきそうだ。

何やってんだ！　Ｋ大のベンチから罵声が飛ぶ。

ディフェンスも必死だ。高校生相手だから気楽だと考えるのは大間違いだ。高校チームに一点でも、一回のダウン更新でも与えてなるかの心境だろう。K大のディフェンス陣、ベンチは浮ついたところがない。いいチームだ。

　自陣三〇ヤードで第一ダウン。今度は左サイドのレレへクイックパス。これはオーバースロウだった。プレーの組み立ては本格派に一任している。パスで守備陣を揺さぶって抜けタツ、ドロ健を温存する作戦だった。

　第二ダウン、ドロ健の左オフタックル。ノーゲイン。鳩が一斉に飛び立つような規律正しさでディフェンスが反応する。ライン戦では大学側に一日の長がある。ベアーズのオフェンスラインにとって、*パスプロテクションすることはできてもディフェンスを押し込むことは難しい。五人のラインのユニフォームはすでに泥にまみれてしまった。

　第三ダウン一〇ヤード。*パスシチュエーションだ。本格派がドロップバックする。刹那《せつな》、待っていたドロ健へボールを渡した。ドローだ。それでもラインバッカーは本格派の動きに惑わされず、迅速にドロ健を包囲した。二ヤードのゲイン。パントになった。

　K大のオフェンスは自陣三二ヤードから。クォーターバックはスタメンの三年生だ。一六五センチと小柄だが、ユニフォームから伸びている腕は太い。二人のワイドレシーバーも一軍だ。恐らくパスは投げてこないだろう。ベアーズは5—2のシフトをとり、セットしたオフェンスにアジャストした。

「5—2、セット、ハット！」

子供のようなかん高いコールだった。パスだ。クォーターバックが滑らかな動きで右にロールアウトする。右ワイドレシーバーは一直線にエンドゾーンに向かって走っている。「レレ！」俺は思わず叫んだ。クォーターバックがパッシングフォームをとった時にはレレは完全に抜き去られていた。一発タッチダウンか。ボールは綺麗なスパイラルを描いて長身のワイドレシーバーの手に納まった。K大のベンチは全く喜ばない。手抜きのゲームをするほど暇じゃないのだ。

もう一本、パスでタッチダウンを取られて第一Qが終わった。〇—一二。ベアーズの攻撃はパントに終り、K大のオフェンスはショートパスをつなげて進む展開だった。

第二Q、K大は一転してランプレーを使ってきた。四八番の丸々太ったバックスが中央から飛び込んでくる。スピードは遅い。ボールを抜けてロングゲインされることはないが、ディフェンスラインが押されて四ヤードは持っていかれる。三回でダウン更新だ。単純なプレーだが止められない。タンクローリーが迫ってくる感じだった。ケンケン、梅、あうしが踏ん張って走路を塞ぎ、力石、抜けタツ、オヤブンが必死にタックルしてようやく止まる。でぶバックにじりじり進まれ、タイトエンドへのショートパスで三本目のタッチダウンを奪われた。

オフェンスが回ってきたときには十分が経っていた。第二Qの半分を守っていたことになる。審判はK大のレギュラー陣が務めている。ボールデッドの位置や反則の判定などK大側に厳しい。しかしベアーズに甘いわけではない。

十一人は全身泥だらけだった。ユニフォームのナンバーが分からない。銀でぶとでぶ海の区別がつかない。K大の白いジャージはでぶバックとオフェンスラインを除いて綺麗なままだ。

抜けタツの左ダイブ、ドロ健の右オフタックル、力石へのタイトエンドショート。そしてパント。ゲインは二ヤードだけだった。

また、でぶバックだ。過積載の大型ダンプ並の迫力で飛び込んでくる。K大は同じプレーを続けるつもりなのだ。分かっていても止められない。苛立《いらだ》ちが広がっていった。ディフェンスも決して無策ではない。五人のフロントを左右に*スタントさせたり、スナップと同時にラインバッカーがオフセンターから*ブリッツしたり、パスカバーを放棄してオヤブンとドロ健がラインバッカーと同じ位置に上がったりしている。それでもでぶバックは止まらない。

前半は四本のタッチダウンを取られた。〇—二四。*ハーフタイムになった。皆、泥だらけで帰ってきた。

「あのでぶ、なんとかならねえか」

抜けタツが声を吐き出す。ヘルメットを脱ぐ。顔だけがまともだった。

「でぶの弱点は足なんだ。でもオフェンスラインと一緒に出てくるから低くタックルできない。ずるずる持っていかれちゃうんだ」

本格派が分析する。頭から湯気が立っている。

「オフェンスラインをなんとか剝がせねえか」

力石が言った。

「だめだ。強いししつこい。押されないだけで精一杯なんだ」

ケンケンが息を吐く。あうしが頷く。梅がタオルで額の汗を拭う。銀でぶ、でぶ海が肩で息をしている。

「よし。あうし、梅はガードの前にセットしろ。ケンケンと三人で中央の穴を潰すんだ。押されそうになったらその場で潰れろ。分かったか」

俺はホワイトボードに○×を書きながら早口で言った。

「タックルするのはディフェンスエンドだ。銀でぶ、でぶ海、いいか」

二人は眩しそうにホワイトボードを見つめた。

「スナップと同時にスクリメージラインを割って入れ。走路はフロント三人とラインバッカーで塞ぐ。でぶバックは遅いから横からタックルできる。足を狙え。低くヒットしろ」

両ディフェンスエンドは頷く替わりに眉間に皺を寄せた。口は閉じている。

「俺がサインを出すまで今言ったシフトで守るんだ。次、オフェンスだ。いいか本格派、ランはダイブを使うな。やつらの逆だ。ドロ健に左右のエンドラインを走らせろ。ドロ健は切れ込まずにサイドラインに出るつもりでフィールド一杯に流れろ。ラインバッカーを揺さぶるんだ。ドロ健が疲れたらサイドラインパターンのパスを投げろ。タイミングの遅いパスだ。できるだけディフェンスを走らせるんだ。ラインバッカーが混乱すれば抜けタツのダイブが進む。ラインはガッツで本格派を守れ。ホールディング*してても構わない。レシーバーがカバーされてたらオーバーパスを投げろ。いいな」

本格派は頷いた。この前のゲームとは目の色が違う。誰も諦めていない。二十四点のビハインドなど忘れた。後半から勝負だ。〇―〇からのスタートでいいじゃないか。後半は勝とう。

ギターのカッティングが聴こえてきた。山懸先生が腕を組んでいる。フィールドを見て激突の音を聞く以外、五感が働いていなかった。俺は顔を二度三度と挟み付けた。

第三Qはディフェンスからだ。敵のハドルは前半とメンツが変わっていない。でぶバック健在だ。ディフェンスはでぶシフトを敷いた。

でぶバックがボールを持ってきた。銀でぶとでぶ海が左右から襲いかかった。右から銀でぶが足を仕留め、左からでぶ海がショルダーパッドにぶちかました。でぶバックの体は簡単に落ちた。ノーゲインだ。

「ナイスタックルだっ！　銀でぶ！　でぶ海！」

俺は怒鳴った。見事なコンビネーションだ。足を狙えと指示したが、挟み撃ちの場合は一方が高く打ち込むほうが有効だ。力石のサインか、二人のアドリブか。よくぞ。ストレッチングでリタイアした銀でぶ、でぶ海がよくぞここまできた。

だが第二ダウン、オフェンスは銀でぶ、でぶ海をしっかりブロックしてきた。でぶバックはもたついたものの五ヤードゲイン。さすがは大学チーム、一発で守備側の意図に対応してくる。もう一度でぶシフトだ。第三ダウン五ヤードからでぶバックに持たせてきた。なめられているのか。銀でぶ、でぶ海はブロックに潰されたが九人掛かりでダイブを阻止した。三ヤードゲイン。初めてK大の攻撃をパントに追いやった。また鳥肌が立ってきた。

次のオフェンス、ドロ健のエンドランが封殺された。K大のえんじのヘルメットがドロ健を包み込んだ。梅干し飴の中に青いビー玉が紛れ込んだようだった。第三ダウンロングでの力石へのパスは失敗。パントだ。

K大オフェンスは、でぶバックとラインのダイブドリルのつもりなのか。パスは投げず、ひたすらでぶバックを送り込んでくる。ライン戦は地力ではかなわない。徐々にディフェンスの気力が奪われていくようだった。

第四Qに入ると、でぶバックがロングゲインし始めた。七ヤード、八ヤード、時には裸単騎でドロ健の前まで飛び出してくる。ひっくり返ったドロ健の脇を、乗り損なった最終電車のような非情さででぶバックが駆け抜ける。大したスタミナだ。K大のプレーの八割がでぶバックのダイブだった。泥だらけのジャージはまん丸の腹がクローズアップされている。ベアーズ守備は体力負けしている。だがでぶバックも条件は同じだ。でぶバックを支えるオフエンスラインも困憊《こんぱい》している。胆力の勝負、殴り合いと一緒だ。どれだけ自分に意地を張れるか。
長い時間をかけたベアーズのディフェンスがK大のスコアボードに六点を加えることで終
わると、ベアーズオフェンスは四回でバトンを渡すことになる。体力を温存しているK大守
備陣のタックルは容赦なく、ドロ健、抜けタツを鋭くヒットしてくる。
ハドルに向かうケンケンが右足を引きずっている。両目を瞑っている。俺は大声でケンケ
ンを呼んだ。「踏まれただけです！」とケンケンは右手でOKマークを返した。
大学二年の秋だった。センターだった同期の岡田《おかだ》が試合中に左膝を負傷した。二年でレギ
ュラーになるくらいだからセンターの控えはいなかった。岡田は顔を歪めながらプレーを続
けた。当時の監督は足を引きずる岡田を罵倒した。俺はハドルで大丈夫かと聞いた。岡田は
汗にまみれた顔で頷いた。試合は七—二一で敗れた。岡田の左足はカブのように腫れ上がっ
ていた。救急車で病院に運び込まれた。膝の靭帯が切れていた。負傷したのは第一Qだった。
なぜ試合を続けたのだと医者からも罵倒された。岡田はユニフォームを着て二度とグラウン
ドに立つことはなかった。コーチとしてチームに残り、一緒に卒業した。同期が集まれば必
ずその話が出る。ケンケンがハドルをかける姿を見て、俺は岡田の歪んだ顔を思い出した。
〇—四二。七本のタッチダウンを奪われた。後半は三タッチダウン。大健闘だ。よく頑張
った。

でぶバックが悪びれもせずに真ん中から飛び込んでくる。ケンケン、あうし、梅は力なくブロックされ、力石、抜けタツは押されてきたケンケン、あうしに巻き込まれてでぶバックに触れもしない。

　またロングゲインか、そう思った瞬間だった。ドロ健が、ブロックされてひっくり返っているオヤブンを飛び越えてでぶバックに猛然とタックルをかました。難なく八ヤードゲインしてきたでぶバックは不意を突かれて前に倒れ、ついでにボールを零《こぼ》した。*パシュートしてきた本格派が転がるボールを押さえた。

　*ファンブルリカバー！　*ターンオーバー、攻守交替だ！

　遅すぎるチャンス到来ではある。だが、敵陣三〇ヤード地点、初得点のチャンスだ。

　ばか野郎！　と怒鳴りながらK大ディフェンスがフィールドに入ってくる。ターンオーバーの場合は攻守が回り舞台のように入れ替わる。ベアーズは全員が居残りだ。せめて、という気持ちで*タイムアウトを取った。十一人は色褪せた表情でチームエリアに走ってきた。

「メットを脱いで楽にしろ。……いいか、これが最後のオフェンスだと思え。このシリーズが終わったら立ち上がらなくていい。ひとりひとりがプライドを懸けてプレーするんだ。自分の力を出し切るんだ。全員でだ」

　自分に言い聞かせるように言った。はい、と気合いが返った。俺は全員の目を順繰りに見た。目だけがギラついている。オヤブンが泣き出しそうな顔をしている。

十一人がフィールドへ戻った。プレーの話は要らない。体力の限界をとうに越えている。フィールドを見つめている山懸先生はハーフタイムから口をきかない。組んだ白い腕に鳥肌が立っている。

第一ダウンは右のエンドラン。ドロ健は渾身のスピードでオープンを駆け抜けようとするが、ブロックを外したラインバッカーにヒットされてノーゲインだった。

第二ダウン一〇ヤード。ここはパスの一手だ。第三ダウンロングになればパスケアのディフェンスを敷かれる。ランでショートヤードを稼ぐ場合じゃない。

本格派のプレーコールは力石へのタイトエンドショートだった。力石は五ヤード走った地点で振り向きざまにパスを捕った。力石はそのまま前方へなだれ込んだ。フリーセフティーが一発で力石を仕留めた。七ヤードゲインだ。

勝敗には関係ないが、この攻防だけを切り取ればスーパーボウルも逃げ出す名勝負だろう。首から上の感覚が麻痺していくようだ。小便をこらえる感じの震えが俺の下半身を覆っている。

敵陣二三ヤード、第三ダウン三ヤード。本格派はドロップバックした。ディフェンスラインが本格派目がけて飛び込んでくる。本格派は擦れ違い様に抜けタツにボールを渡した。クイックドローだ。ケンケンとでぶ海の間に大穴が開いた。抜けタツは一直線にホールに飛び込んだ。抜けた！　ラインバッカーが抜けタツのヘルメットを砕く。抜けタツは足の回転を止めない。ももを上げ、しぶとく進んでいく。パシュートしてきたディフェンスエンドが後ろから子泣きじじいのようなタックルをかました。抜けタツは両腕を一杯に伸ばしてグラウンドに倒れ込んだ。一五ヤード、ロングゲインだ。

「ナイスゴー！　抜けタツ！　ライン！　ナイスブロックだ！」

両目の視力はともに一・二だが、グラウンドの光景はぼやけ始めている。

ファーストダウン。敵陣八ヤードまで迫った。ゴールラインまで八ヤードだ。四回の攻撃で八ヤード進めばタッチダウンだ。だがディフェンスも守り易くなる。守るエリアが狭くなる分、オフェンスは最大の抵抗を受ける。ディフェンスはゴール前シフトを敷いてきた。四人のセカンダリー以外が第一線に並ぶ。パスはある程度捨て、ラン、主にダイブを警戒するシフトだ。

一発で決めるならパスしかない。このディフェンスにランは進まない。

本格派は第一ダウンで抜けタツを左から飛び込ませた。ディフェンスが壁のように立ちはだかる。ノーゲイン。

第二ダウンはドロ健が走った。右のオフタックルを突く。壁に弾き返された。ノーゲイン。

サードダウンになった。第三ダウン八ヤード。どうするんだ。

ディフェンスはゴールラインシフトを解除して通常の5―2に戻した。ランでは八ヤードは進まないと判断したのだろう。これでパスが通しづらくなった。

ケンケンのスナップを受けた本格派は、突進してくる抜けタツにボールを渡した。ディフェンスが抜けタツの走路に群がった。右へスライドした本格派は、一目散に右オープンへ走り込んだ。本格派の前にはドロ健がひた走る。

ダイブフェイクのクォーターバックキープ！　抜けタツにボールを渡すと見せてクォーターバックが逆方向へ走るトリックプレーだ。

「クォーターだ！　オープン！」

抜けタツを押さえ込んだディフェンスの怒号が響いた。

「行けっ！」

俺はありったけの大声を張り上げた。

「行けっ！　本格派！」

フリーセフティーがドロ健を潰した勢いで本格派に襲いかかる。わずかにゴールラインの手前でボールデッドになった。

七ヤードゲイン！　タッチダウンまで一ヤード。

ハドル。第四ダウン一ヤード。ラインの連中は俯いて肩を震わせている。泣いているのか、泣くなばか。本格派が最後のプレーをコールする。全員で手を叩いてブレイクだ。ディフェンスは再びゴールラインシフトを敷いてきた。最後の勝負だ。

「セット！　ハット！」

ボールは抜けタツに渡った。抜けタツは銀でぶの背中目がけてぶちかました。銀でぶの丸い体が前に倒れる。抜けタツはボールを持った両手をいっぱいに伸ばしてエンドゾーンに飛び込んだ。

オフィシャルの両腕が挙がった。タッチダウン――。

「やった！　吾郎君、やった！」

山懸先生は万歳してその場で何度も飛び跳ねた。立ち上がった抜けタツがエンドゾーンの中でボールを高々と挙げた。本格派が手を叩いて抜けタツを迎えにいく。ケンさん！　と叫びながらオヤブンがケンケンに抱きついた。力石、ドロ健、レレ。皆、泥だらけで目だけが白い。

俺は泥の上に座り込んだ。尻が冷たくなっていった。ひざが抜ける状態になったのは、大学時代に渋谷でチンピラに追いかけられて「撃つぞ」と叫ばれたとき以来だった。

18

多摩川に日が落ちた。熱いシャワーで汗と泥を落とした十一人は、K大の学生たちと渋谷行きのバスに乗り込んだ。念のために学生服はフットボールバッグにしまわせた。皆、白いポロシャツ姿だった。抜けタツはポロシャツの襟を立てて裾を黒いズボンから出している。あうしは第一ボタンまで掛けている。見るからに窮屈そうだ。梅だけが白いワイシャツを着ている。来年あたり、チームロゴ入りのポロシャツをあつらえてもいいだろう。

山縣先生がK大のキャプテンに折り畳んだ札を渡した。キャプテンは腰から頭を下げて礼を言った。アフターゲーム、敵味方一緒にメシを食えるなんていいものだ。酒も入るか。力石が「渋谷なら地酒の安い店を知ってます」などとキャプテンに言っていた。力石は小学四年から酒を呑み始めた。高知は人口八十万そこそこなのに日本酒の販売量が大阪、東京を抜いて全国二位なんすよと自慢した。一位はどこだと尋ねたら、「秋田に決まってるじゃないすか。秋田だけはどうしても抜けないんす」と笑った。

俺はバスの窓からケンケンを呼び、「ビールだけにしろ。他の酒は呑ませるな。二次会にはいくな」と耳打ちした。ケンケンは力強い目をして頷いた。屈強な保護者替わりが大勢いる。目溢《めこぼ》しとするか。

山縣先生と俺は高橋さんを誘って三軒茶屋《さんげんぢゃや》にビールを飲みに行った。アフターゲームの酒肴は無限だ。あのプレーは良かった、五二番のタックルは凄いですね、タイトエンドショートのタイミングは絶妙でしたね、でぶバックは本当にタフですね——。でぶバックは次のゲームからスタメン起用だという。高橋さんは抜けタツの負けん気を褒め、本格派の冷静さと梅の重心の低いブロックを称えてくれた。そして、ベアーズの十一人は羨《うらや》ましいくらいナイスだと言った。

最初の店を出て散会した。池袋あたりでもう少しと誘ったのだが、感激は分割しようと山懸先生が引いたので帰ることにした。部屋に着いたのは十二時前だった。

冷蔵庫から缶入りコカコーラ・ライトを取り出してプルトップを引いた。エビオス錠を三十粒くらい口に放り込んでコーラで流し込んだ。我流の宿酔い対策だ。コーラを取るとき、冷蔵庫の奥にシメイのボトルが見えた。

独り二次会といくか。

ゴブレットを棚から引っ張り出し、札幌のビアホールで失敬してきた極厚のコースターの上に乗せた。

赤ラベルのシメイの栓を抜き、ゆっくりとゴブレットに注ぐ。クランベリー色の液体がゴブレットを満たしていく。

泡が立たない。

冷え過ぎか。八月から二か月、ずっとぶち込みっぱなしだった。ここ何日かは冷蔵庫を開けていない。凍る寸前まで冷えている。注ぐそばから泡が死んで行く。ゴブレットが汚れているせいなのかもしれない。

一口飲んだ。苦い。重いコクが口の中にひろがっていく。酸味が強くてとても飲み干せない。

「なんだばか野郎。ドライの方がうめえじゃねえか」

口に出してみた。半分ほど飲み込んでゴブレットを机に置いた途端、クランベリーがにじんできた。ゴブレットがぼやけてしょうがない。茜《あかね》色のクリーミーな泡がゴブレットに蓋をしている。俺にはそう見えた。

淳子の声が聞きたかった。電話をしたらだめだと思ってきた。シメイが冷蔵庫で眠っている間、何のアクションも起こさなかった。返し損なったレモンイエローのハンカチも捨ててしまった。当たり前だ。フラれたのだ。男は諦めが肝心だ。でも、今夜は淳子の声が聞きたかった。健さんだって『駅』の中で別れたいしだあゆみに電話していたじゃないか。電話をかけるくらい女々しいことじゃない。

初めてタッチダウンを挙げたんだ——。

首を振った。初得点くらいじゃだめだ。

勝ったらいいだろう。春、勝ったら電話しよう。

そう思うとさっぱりした気持ちになった。俺はゴブレットを空けた。

よし、今夜は一人で飲み明かそう。連中のプレーをいちいち振り返ってやれ。センターのケンケンから。ちょうどいい。レビューの時間は一人一本だ。

俺は冷え切った十一本のボトルを冷蔵庫から取り出し、オフェンスのフォーメーションを作って机の上に並べた。

19

マンションの駐車場に十三の長い影が寄り添う。山懸先生と抜けタツと俺を除いて長袖長ズボンの体操着姿だ。抜けタツはジーンズに厚手のTシャツを着ている。

クリスマスイブはベアーズの納会だ。二学期の終業式の後、十三人は山懸先生のマンションへ集合した。盛大にちゃんこ鍋をやる予定なのだ。買い出しはまだしていない。やっておくべきことがある。

「うひょう、寒いぜ」

銀でぶとでぶ海がハーフスクワット状態で背中を擦り合せている。ラインの連中にとっては初めて迎える冬だ。大量の脂肪を落として寒さが骨身に凍みるのだろう。

「寒くて気持ちいいくらいだ」

あうしが毅然《きぜん》と言った。さすがに汗はかいていない。暑がりのあうしにはいい塩梅なのだ。あうしには悪いが、盛大に分泌されるアドレナリンがじきに体を温めてくれることになる。

「納会の前に協力してもらいたい。山懸先生の部屋の大掃除だ。ビシッとフォーメーションを組んでやれば一時間で綺麗になるだろう。では、山懸さん」

「えー、納会の会場となる部屋がですね、若干、散らかっているわけですね。で、諸君の力を貸してもらって、一気呵成に大掃除をやって頂きたい。その後は盛大に御馳走しますからね」

山懸先生は皆に軍手とマスクを手渡した。山懸先生の部屋がどんな状態か、全校中に知れ渡っている。それでも掃除を嫌がるやつはいない。好奇心は若さの特権だ。

オヤブンは「弟二人と三人で一部屋使ってますからね。物凄く散らかってますよ」などと言う。「俺の部屋だって三年は掃除してないぜ」と銀でぶが応じる。なぜか男には部屋の乱雑さを自慢する性癖がある。上には上がいる。今にチャンピオンの圧倒的パワーを思い知ることになる。

「冬休みは練習もオフに入る。そこでちょっと偉そうなことを言う」

俺は伸びてきた頭を掻きながら言った。

「うちの高校は大学進学に関しては優秀だ。だが上には上がいる。勉強だけじゃなく、世の中、上には上がいるんだ。だから、驕ることなく、謙虚に、自分を高めてほしい。いいか、世の中、上には上がいる。必ずいる。そのへんをこれから厳しく勉強したいと思う。では」

「では、行きましょう」

山懸先生がドアを引くと「うわっ」と誰かが言った。闇の向こうから例の臭いが漂ってきたのだろう。俺は抜かりなく嗅覚を殺している。部屋は真っ暗だった。この期に及んでも雨戸を締め切っている。

「臭せえ！　ぶた臭せえ！」

抜けタツが叫んだ。あうしが「あうしっ！」と唸った。俺は思わず吹き出した。瞬間、臭いを嗅いでしまった。確かにぶた臭せえ。抜けタツの表現力に二重丸をやりたかった。

「さあ、諸君、ちょっと散らかってるけど一気呵成にやっつけちゃいましょう」

電気が点くと同時に、十一人が声を挙げた。

「ぎゃあー！」

上り調子の悲鳴を挙げたのがケンケン、でぶ海、銀でぶ、あうし、梅。

「おぉーっ……」

尻下がりに感心したのが本格派、抜けタツ、ドロ健、力石、オヤブン、レレ。ラインの連中は意気地がない。オヤブンは「まいった」と呟き、レレは「アンビリーバボウ」と肩をすくめた。山縣先生が胸を張ったような気がした。「かん！　だぜ」と、でぶ海が叫んだ。

入り口のドアに雑誌を嚙ませて開け放ち、部屋中の窓を全開にした。澱んだ空気を追い立てるように冷気が流れ込んできた。部屋を子細に観察し戦略を練った。まず、ゴミの排除だ。捨てる捨てないは山縣先生の判断を仰いでいたのだが、どう見てもゴミとしか思えない数年前の週刊誌の束を「うーん、それはどうかなぁ」などと言って腕を組むので、各人の判断で捨てることになった。部屋に落ちている物を片っ端からビニール袋にぶち込んで行く。ビニール三十八個分あった。ゴミ清掃車を呼ぼうと力石が言った。呼べばたぶん来ますよとレレ。

ビールの空き瓶は百三十二本あった。酒屋へ運べば六百六十円になる。この段階で部屋は見違えるようにさっぱりした。紛失していた部屋の鍵が一つ出てきた。

次にダニの温床となっているカーペットを剝がした。山懸先生は「気をつけて下さい。繊維が腐っている可能性がありますから」などと口ばかりを動かしている。

カーペットをめくると、ゴキブリの死骸が五つ出てきた。

「ぎゃあー！」

でぶ海が悲鳴を挙げて一ヤード後ろにジャンプした。忍者のように軽快だった。

カーペットを剝がしたそばから掃除機でゴミを吸い取っていく。フローリングが蘇っていく。掃除機はレレが持ってきた。ゴミ箱さえない部屋に掃除機があるわけがない。カーペットは丸めて捨てた。

最後に冷蔵庫がある角のスペースを掃除する段になった。なぜかいやな予感がして、冷蔵庫のコーナーをしんがりに回していたのだった。

冷蔵庫は一人暮らし用の小型ワンドアタイプだった。本格派とドロ健が、せえの、で冷蔵庫を持ち上げて前方にずらした。

「あれ。なんだこりゃ。なんか、カーボン紙みたいなのがついてるぜ。冷蔵庫の裏ってこんな感じだったっけ」

ドロ健がつぶやいた。冷蔵庫の裏側が黒いカーボン紙のようなもので分厚く盛り上がっている。理科室の黒いカーテンが風を含んで膨れ上がっているようだった。胸騒ぎがする。

「これ、ゴキブリじゃないの」

本格派が囁くように言った。

「うぁあーっ！」

俺は思わず後退りした。

「ショエーッ！　ふざけんなよ！」

でぶ海は靴も履かずに部屋から出て行ってしまった。やつもずいぶん足が速くなった。

ゴキが、数十、数百、五百以上はいる。親指大の立派なゴキだ。温かい冷蔵庫のパイプに寄り添っているのだ。ショッキングな光景なので目を逸らすことができない。俺はゴキを二匹以上同時に見たことがない。

「こりゃ凄い。佃煮《つくだに》にして売ったらひと儲けできるんじゃないすか」

力石が呑気な冗談で沈黙を破った。

「川越名物・ゴキ佃《つく》か。悪くないアイディアですが、たぶん懲役《ちょうえき》を食らうでしょう」

山縣先生が他人事のように言う。軽妙な切り返しだが誰一人笑わない。俺は当分、佃煮を食べない決意をした。

「ハドル組もう。作戦を立てよう。その前にそれを戻そう」

俺は冷蔵庫を指差した。本格派とドロ健が、せえの、で元の場所に冷蔵庫を押し込んだ。

「でっかい袋を作ってさ、冷蔵庫にすっぽり被せてそのまま捨てちまおう」

銀でぶがダイナミックなプランを出した。

「だめです。冷蔵庫は宝物ですから」

「じゃあ、バーナーで一気に勝負に出よう。ゴキ炎上だ」

ケンケンは乱暴だ。ダイオキシンが出るからだめですよとレレ。山懸先生は表情を変えずにネクストと言った。

「特大のゴキブリホイホイを仕掛けるのは？」

オヤブンがつぶやく。

「どこにあるんだ、特大のが」

力石が厳しい口調で跳ね返す。

「ゴキは日光に弱いから、冷蔵庫ごと外に出したらどうですか」

レレがまともな意見を出した。

「うーん、それもだめだ。持って行くまでにたぶん逃げちゃうだろう」

と本格派。誰が持って出るのか。俺は監督の権限でパスさせてもらう。

「逆上すると飛ぶしな」

本格派が付け加えた。

「おいおい冗談じゃないよ。飛ばれたらかなわないぜ」

あうしが脂汗を額に浮かべている。

「なんだっけ、ヒッチコックの映画。カラスだかなんだかの大群が襲って来るやつ」

抜けタツが聞く。

「『鳥』ですよ」

オヤブンが応える。

「ゴキが一斉に飛んだらヒッチコック並だな」

抜けタツが笑う。笑いが引きつっている。

「たのむから、やめてくれったら」

あうしが大げさに首を振る。

「すると『コックローチ』ですね。タイトルは」

レレ。

「語呂が悪い。『ザ・コック』の方がいいでしょう」

山懸先生が言う。

「英語でコックローチって言うのか、ゴキは」

銀でぶが言う。常識ですよとレレが言うと、てめえと銀でぶがレレの頭を小突いた。

「掃除機で吸い取っちゃうのは」

あうしが建設的な意見を出した。

「勘弁して下さい。まだ新品なんですから」

レレが頭を押さえながら言う。

「このままにしとこうぜ。これだけ見事なゴキの巣は見たことないからな」

抜けタツの発案は案外いけると思ったが、やっぱりだめだ。ゴキ巣が気になって酒が美味くないだろう。酒の匂いに誘われて起き出されても面倒だ。

「殺虫剤かなんか、ないですか」

本格派は冷静だが洞察力に難がある。この部屋にそんな物はない。

「じゃあ、ママレモンは?」

「そういうのは、ないんだ」

この部屋にはゴミの他にはろくな物がない。

「オヤブン! 殺虫スプレー買ってこい。芳香スプレーもだ。レモンの香りがいい」

俺はオヤブンに千円札を二枚渡した。殺虫スプレーが到着する間に、俺たちは冷蔵庫を気にしながら新聞紙を堅く丸めた。結局、オーソドックスな作戦で行くことになった。パワープレーだ。

「殺虫剤、一個だけしか売ってませんでした。今時置いてないよって言われちゃいました。レモンの香りもありませんでした」

オヤブンが息を弾ませて戻ってきた。作戦開始だ。

二枚重ねにしたビニール袋を慎重にゴキに被せる。その上からゴキ叩きでゴキをこそげ落として一網打尽《いちもうだじん》にする。被せ口から漏れてきたゴキには本格派がスプレーをお見舞いする。そして他のメンバーが叩き潰す。完璧なストラテジーだ。

レレとオヤブンが恐る恐るビニールを被せる。顔を背けるレレ。真剣なまなざしのオヤブン。他のメンバーは丸めた新聞紙を握って息を殺している。

ビニールのセットが完了した。よし、と声を入れて力石が新聞紙を一振りした。ビニール袋の内側が弾けた。レレとオヤブンが押えている隙間から次々にゴキが出てきた。

「助けて！」

レレが叫んだ。二人はビニール袋を放した。

「ばか！　放すな！」

ケンケンが怒鳴る。それを合図にゴキが飛び出してきた。斜面に正露丸をばらまいたようだった。寝起きの割には素早い。袋を閉じろ！　と抜けタツが声を振り立てた。許してください！　とレレが叫んだ。涙声だ。ゴキは壁を目指してどんどん拡がっていく。

「叩け、叩け、叩け！」

力石が怒鳴る――。

「ギャーッ！」

「そっちだ！」

「キエーッ！」

「飛んだっ！」

「ばか、飛ぶな！」

「ばかばかばか！」

「勘弁してっ！」

「あーうしっ！」

阿鼻叫喚《あびきようかん》――。俺たちはアドレナリンを分泌させて闘った。均等に部屋に散り、ゴキ叩きを構えてゾーンディフェンスを敷いた。特に力石は確実にゴキをヒットした。さすがはディフェンスキャプテンだ。

午後二時からたっぷり二時間が過ぎた。仕上げに「芳香スプレーきんもくせいの香り」を部屋中にまき散らして大掃除が終わった。レレが泣きながらすみませんでしたと詫びた。謝ることはないだろうとケンケンが笑う。泣くな、ばかと力石。泣くなよ、と皆が笑った。

季節はずれの金木犀の匂いの中、皆はぐったりとして壁にもたれかかっている。

「縄文時代だか石器時代だかのさ、なんだっけ。ほら、遺跡遺跡」

ケンケンがつぶやいた。

「なんだそりゃ」

本格派が面倒臭そうに応える。

「遺跡だよ、ゴミ捨て場みたいなさ、なんていったっけな」

「貝塚か」

「それだ！」

「貝塚がどうした」

「ゴキ塚だ。この部屋は」

殺風景になった八畳間に、フルボリュームの笑い声が轟《とどろ》いた。

20

十人は近くの銭湯に行き、俺と山縣先生は途中退場のでぶ海を連れてマーケットに出かけた。真っ先に肉売り場へ行き、でぶ海の押すカートに豚もも肉、牛もも肉の薄切りをそれぞれ五キロ放り込んだ。

「それと吾郎君、豚ばらを買って。ついでに煮込むから」

俺は頷いて豚ばら肉一キロの塊を三パック追加した。

「豚ばら？　角煮でも作るの？」

でぶ海が訊く。チャーシューをこしらえるんですと山縣先生は言った。

今夜の特製ちゃんこ鍋はキムチ味噌仕立ての肉鍋だ。柔道部から借りた合宿用の特大鉄鍋に、豚もも肉五キロ、牛もも肉五キロ、木綿豆腐十丁、油揚げ三十枚、しらたき二十玉をぶちかまして紙パックの安い酒と水を注ぎ、叩き潰したニンニクを一摑み放り込んでキムチ二瓶と赤味噌で味を整える。油揚げは油抜きし、しらたきは下茹でしておくのが勘どころで、あとは適当にタマネギ、白菜などを放り込んで食べる。これが旨い。体が内側から熱くなってくる。滋養があってビールが進む。そこへ豚ばら肉を沈めておく。もも肉に脂がない分、旨いダシを出す。ちゃんこを食う段階ではバラ肉には手を付けない。脂が抜けたらしょう油とみりんで甘辛く煮る。特製チャーシューのできあがりだ。これがべらぼうに旨い。ビール、日本酒、焼酎、ウイスキー、何にでも合う。仕上げは残った汁に御飯一升をぶち込み卵二十個を投入して蒸らす。特製おじやで酔いを醒ます寸法だ。

ビールはヱビスの大瓶を二ケース四十本、奮発した。酒は山形の純米酒『住吉《すみよし》』を一升。台車を借りてでぶ海に運ばせた。プラスチックコップと椀も抜かりなく買い込んだ。部屋に戻り、見違えるほど綺麗になった冷蔵庫にビールを詰めて残りは窓の外へ出しておいた。

俺と山懸先生とでぶ海で交互にシャワーを浴びた。さあ、宴会だ。

「ベアーズ納会を始める。では、山懸さん」

ニンニクと味噌の香ばしい匂いがたちこめ、きんもくせいの香りと交じり合っている。幸せの匂いだ。もうすぐアルコールの匂いが加わる。

「今日は本当にありがとう。あまりにも綺麗になり過ぎて、なんだか落ち着かない感じです。

今夜は思う存分食べて、ちょっとだけ飲んで下さい。では、吾郎君」

俺はジーンズの尻ポケットからレポート用紙を一枚取り出した。

「乾杯の前に。今年度のベアーズのチームスタッツを発表する」

戦績……………○勝二敗
総得点…………六
総失点…………一三六
トータルヤード…オフェンス／一二八ヤード
　　　　　　　　ディフェンス／▲八五三ヤード
ラン成績………ドロ健／二十四回五〇ヤード
　　　　　　　　抜けタツ／三十回五〇ヤード（1TD）
　　　　　　　　本格派／十二回▲二九ヤード
パス成績………本格派／二十回中六回成功、五七ヤード
レシーブ成績……力石／三回三八ヤード
　　　　　　　　オヤブン／二回一五ヤード
　　　　　　　　レレ／一回四ヤード

「分かったよ。早く食おう」

記録に無関係の銀でぶが言う。ラインはアンサング・プレーヤーと呼ばれる。歌にも出てこない裏方。だが、すべてのレコードはラインマンが支えている。

「吾郎君、鍋も煮えたし、始めましょう」

ヱビスの栓を抜く。ビールを注ぎ合う。全員のコップがアンバー色に変わる。

ブザーが鳴った。入り口のそばにいたレレが立ち上がってドアを押した。でっぷり太った初老の男性が立っている。大きな皿を抱えてにっこり笑っている。

「先生！　うちのが世話になってます！」

野球帽をかぶった頭を下げながらスニーカーをぬいで上がり込んできた。濃紺の前掛けが粋《いき》だった。

「ちょうどいいタイミングだ。刺身の到着です」

本格派が腰を上げた。太い眉が似ている。本格派の親父さんだ。俺と山懸先生は立ち上がって挨拶した。

「うわっ、こりゃすごい」

直径五十センチはある水色の大皿に刺身が盛り込んである。

「こりゃすごい。縁がわまでありますよ」

山懸先生が皿を覗き込んで言った。拍手が起こった。赤身、大とろ、はまち、かんぱち、たい、ひらめ、あじ、サーモン、赤貝、鳥貝、たこ、いか、うに。好物のほたてといくらもある。雄叫びを上げたくなった。

「どうぞ、食ってやって下さい。イキのいいやつ引いてきましたから。ずいぶんいい匂いがしますな。純、飲み過ぎるなよ。さ、やって下さい」

挨拶もそこそこに、店があると言って親父さんはスニーカーをつっかけた。俺は親父さんの後に続いて駐車場へ出た。

「先生、ありがとうございます。うちの、アメフトやり始めてから急に大人になったような気がして」

「渡辺は僕なんかよりよっぽど大人ですよ。あいつに教わることの方が多いくらいですから」

「あれが野球をやめたときは怒ったんですよ。若いうちは運動しなけりゃだめです」

今度ゆっくりやりましょうと右手で猪口をあおる仕種をして、親父さんはワゴン車のドアを閉めた。車が見えなくなるまで俺は腰を直角に曲げて頭を下げた。走って部屋へ戻った。ビールの泡が死んでしまう。

「始めましょう。吾郎君」

「よし、今日は打ち上げだ。大いに食ってちょっとだけ飲め。俺と山懸先生は飲んで食う。乾杯の音頭はキャプテン。ケンケン、いけ」

俺ですか、とケンケンが頭を掻く。

「よし。みんな、来年は勝とう。勝つぞ。絶対勝つぞ。乾杯！」

おぅ！

俺は乾杯の発声が宴の始まりだとは思わない。グラスを掲げてから数秒後、沈黙を破る体の呻きがキックオフのホイッスルなのだ。

「うまいっ！」

頼もしいことに全員がコップを空にした。

「ヒャッホー！」

「しょう油よこせよ」

「一切れずつ食えよ」

「とろは一個ずつだ」

「縁がわは俺と山懸先生に取っとけ」

「じゃあいくらはやらないよ」

「いくらは一粒ずつ食え」

「うめえうめえ」

「よく嚙んでゆっくり食え」

「あちっ」

「アク取れよ」

「ばか、アクがうめえんだ」

「ばか、アクは酸化した脂だぞ」

「ばか、酸化した脂がうめえんじゃねえか」

刺身はどれも抜群に旨かった。脂ののったひらめの縁がわを嚙んだら涙が出そうになった。ちゃんこ鍋の評判も上々だ。俺と山縣先生はビールをぐいぐい飲んだ。

「運動のあとのビールは美味いと言いますけど、それは違いますね」

山縣先生が目を細めて言う。

「バラエティー番組なんかでアホな芸能人が野球なんかをやるでしょう。そのあとユニフォーム姿で缶ビールを飲んで『やっぱりうまい！』なんて言ってるじゃないですか。あれは嘘だ」

頷いた。山縣先生の言いたいことが分かるような気がした。

「練習もせず、ただ試合をしただけではビールは絶対に美味くない。どのくらい試合までに情熱を注いだかですよ。時間と、汗と」

こんなに美味いビールを飲んだことがない。しかも直前に大仕事を終わらせている。晴れ晴れとした気持ちで飲むビールは堪えられない。

「でも山縣さん。勝ったわけじゃないんですよね。あんまり浮かれてばかりもいられない。

初得点を挙げただけですからね」

浮つく気持ちにブレーキをかけるように、俺は心にもないことを口にした。

「いいじゃないですか吾郎君。初めての得点でこれだけ美味しい酒が呑めるんだ。勝ったときの酒がどれほど美味しいか。そう思うと楽しいでしょ。そのときを目標に努力していくことが素晴らしいんですよ」

「いいこと言うなぁ。おっしゃるとおりだ。よし、呑みましょう」

十一人は忙しく鍋をつついている。暖房設備などなくとも部屋は熱気で暑いくらいだ。あうしはバンダナでしきりに額の汗を拭っている。山縣先生と俺は居酒屋の感覚で、油揚げをちょいとつまんではビールを飲《や》る。ビールを二本ずつ空けると、山縣先生は湯気で曇った窓を開けて一升瓶を引き揚げた。

「吾郎君はまだビールでしょ。刺身ならやっぱりこれです。僕はビールをチェイサーに住吉を呑みます。吾郎君は住吉をシュナップスがわりにしてビールを飲むといい」

うまいことを言う。力石は「そっちの酒の方がいいや」などと言う。抜けタツがケンケンと本格派にビールを注いでいる。「アドレナリンを使い過ぎたから、アルコールでホルモンバランスを取ってやらなきゃいけないよな」と本格派。ドロ健がレレとオヤブンに身振りを交えてスプリントフォームを説法している。銀でぶとでぶ海が鍋の肉を争っている。梅は喉を掻きながらひたすら食い、あうしはバンダナで首筋の汗を拭っている。

ブザーが鳴った。顔の赤いレレがドアを開けた。ジーンズ姿の青年が立っている。足元には赤いビールケースがある。

「毎度！　お届けです！」

代金は頂戴してますと青年はドアを閉めた。

レレがビールケースを抱えてきた。ビールの中瓶が十本、コカコーラのペットボトルが十本入っていた。ビールはグリーンボトル、キリンのハートランドだった。

「差し入れですか？」

俺は尋ねた。山懸先生はハンカチで唇を拭きながら首を振った。

「吾郎君、心当たりありますか？」

笹倉先生か。いや、打ち上げのことは俺も山懸先生も話していないはずだ。山懸先生は眼鏡を右手の中指で押し込んだ。

「お前たち、打ち上げのこと、親に話したか」

はい！　言った！　あうし！　あちこちで肯定の返事が挙がった。

「ビール飲むって言ったか」

言ったぜと力石。他の連中は適当にごまかしたらしい。

「力石のところの差し入れか？」

「……いや、違うと思うな。山懸先生の住所なんて知らないし」

「じゃあ……あうしか」

あうしは首を振った。

「オヤブンの親父か？」

「こんな気の利いたこと絶対しませんよ」

配達の青年は何も言わずに行ってしまった。誰の差し入れなのか。

校長か。いやいやそれはない。打ち上げにビール飲んだことがバレたら大目玉を食らう。

今度は一分刈りにしなければならない。

「吾郎君。分かったぞ」

山懸先生が目を線にして言った。

「伊東君だ。伊東君の差し入れだ」

伊東？　伊東ってあの伊東？　ベートーベン伊東？　フック伊東？　連中から声が挙がる。

「伊東先生ですか？　あの？」

信じられなかった。

「たぶん間違いない。実は呼んだんですよ。断られましたけど」

「伊東さんをここに呼んだんですか？」

山懸先生は頷いた。二重あごが盛り上がっている。

「忘年会ですからね。まあ、吾郎君ともいろいろあったけど、一緒に酒でも呑めれば楽しいかと思いまして」

伊東って酒呑めんのかよと抜けタツが言った。多少はいけるだろと力石。毒が入ってるんじゃないのと銀でぶ。笑い声。

「全部ビールでないところが伊東君らしいな」

俺は頷いた。まだ信じられなかった。

「分かった！　これは罠だ！　俺たちにガンガン酒呑ましてさ、校長にチクってベアーズを廃部にしようって魂胆だ！　そのへんにカメラ持って隠れてんじゃないの」

でぶ海が言った。大爆笑。俺も笑った。笑わなければ洒落にならない。かん！　と銀でぶが噺す。

「ドロ健！　見回りに行けよ」

銀でぶが言う。また爆笑。

「こらこら。人の好意を茶化してはいけないぞ。ありがたくいただこう」

山懸先生が言う。

「そうだよ。せっかくだからさ、ヱビス飲んじゃってさ、偉大なるベートーベン伊東のビールをいただくとしようぜ！」

抜けタツが言う。おおっ！　と声が揃う。ドロ健も笑っている。

「諸君、間違っても伊東君に『ご馳走さま』なんて言うなよ。君たちはコーラ。ビールを飲んだのは僕と吾郎君だ」

うぃーす！

梅がコーラに手を伸ばした。しかし、伊東をここに呼ばれたらかなわない。俺も連中もリラックスできない。しかも伊東は下戸じゃないか。

おや、と思った。下戸の伊東がビールの銘柄など指定するだろうか。酒屋はビールを届けろと言われたらキリンラガー、一番搾り、サッポロ黒ラベル、スーパードライのどれかを持ってくるはずだ。ハートランドはプレミアムビールで値段も高い。置いていない酒屋だって多い。いや、それよりなにより、伊東がこんな粋な振る舞いをするなんて……。

山懸先生を見た。肉を食らう。一回二回と嚙んだだけで飲み込む。あごの肉が震える。ビールを飲む。のどの肉がうねる。目が線になっている。その線と目が合った。

山懸先生だ。山懸先生の仕業だ。

俺やドロ健たちに気分よく酒を呑ませるための狂言——。しかし注文する段で酒好きの欲が出た。さすがにヱビスは注文できないからハートランドを頼んでしまった。

だが……。正月が明けて、俺が伊東に礼を言ったらどうなる？　計画はパーだ。

やっぱり伊東の計らいなのか。

「ビール少ないから遠慮してたけどよかったぜ。おい、伊東のビール、外に出して冷やしとけ」

力石が言った。レレが返事をして腰を上げ、ケースを持ち上げて窓辺へ運んだ。

「うわぉ！　雪です！　雪が降ってます！」

窓を開けたレレが振り返った。本当か！　力石が叫んだ。皆が顔を上げた。おおっ、と声が上がった。窓から鍋の湯気が逃げていく。

雪だ。降り始めのようだった。舞うように落ちてくる。見上げると宙に浮いているようだった。落ちた雪が路面に吸い込まれていく。

「でも、全然寒くないぜ」

銀でぶが言う。当たり前だ。八畳に十三人、しかも大兵《だいひょう》が半数以上いる。

「ゴキの次は雪か。『黒と白』だな。スタンダードだっけ」

力石が言った。あうしが顔を歪めた。

「『赤と黒』だろ。それじゃ五目並べだ」

ケンケンが言って笑った。

「それに、スタンダールですよ。岩波の文庫で売ってます」

レレが言う。力石がレレを睨む。レレは上目遣いに表情を返す。

しばらく窓を全開にして雪見酒と洒落込むことにした。力石が山懸先生に酒をねだる。山懸先生は笑って首を振る。

俺はビールを飲み干した。オヤブンがヱビスを注いでくれる。右手を瓶の底に添えている。

コップを上げて礼を言った。

さらさら降る雪を見て考えた。

やっぱり山懸先生の画策だ。俺が気付くのも計算済みなのだ。ビールがラガーやドライだったら俺も信じてしまうだろう。ビールにヒントを仕掛けたのだ。ハートランドで僕の気持ちを察してくれ、か。

くそっ、めがね雪だるまめ！

どっちにしても旨い酒が呑めることに変わりはなかった。なんとも清々しい気分だった。

「そうそう、忘れてました」

ご機嫌さ百点満点の山懸先生が緩慢な動作で立ち上がった。壁の釘に引っ掛けてあるブリーフケースの中から四つ切りのカラー写真を取り出した。連中は山懸先生の手元に注目した。

「例の集合写真です。写真部に頼んで引き伸ばしてもらいました」

おおっと声が挙がった。俺を除いた全員がニッコリ笑っている。新しいユニフォーム姿が照れくさい。日に焼けた顔と白い歯が紺のユニフォームに似合っている。いい笑顔だ。山懸先生は前歯だけを出して微笑んでいる。週刊誌の表紙を飾るタレントのようだ。ひきかえ、カメラを睨みつけている俺はなんとも間抜け面だ。

「これがアルバムに載るんだな。なかなかじゃんかよ。しかしあれだな。ラインの連中は痩せたもんだな」

　抜けタツがしみじみ言った。夏の間、皆の肘にできたかさぶたは、今では剝がれ落ちて薄紫の痣になっている。

「毎年、ここに集合写真を貼っていきますよ。この部屋をホール・オブ・フェイムにしましょう」

「ってことはよ」

　抜けタツが呟いた。

「決死の大掃除はクリスマスの恒例行事か！」

　哄笑が破裂した。レレが真っ赤な顔をしていつまでも笑っている。それにつられて連中も大口をあけて高笑いしている。笑い声が止まらない。

「吾郎君、背の高いところで。これを上の方に止めて下さい」

　呵々大笑《かかたいしょう》の空気の中、山懸先生が写真を差し出した。俺は頷いて立上がり、すっかり綺麗になったクリーム色の壁に写真を押しあてた。いい酔い加減の中で急に立上がったせいだろう、頭から血の気が引いていった。窓から冷気が流れてくる。気持ちが良かった。落ちそうになる意識の中で、俺は写真の四隅を鋲《びょう》でしっかりと止めた。

＊アメリカンフットボール豆知識＊

オフェンスライン（ＯＬ）……攻撃を支える5人。センター（Ｃ）はボールをクォーターバック（ＱＢ）にスナップするラインの中心。その両側にガード（Ｇ）、さらにその両側にタックル（Ｔ）が位置する。ディフェンスをブロックして走路を開けたり、パスを投げるＱＢをプロテクト（守る）したりと、体を張ったポジションだ。だから巨漢が向いており、足が速くなくても務まる。ラインの5人はルール上パスを捕れない。縁の下の力持ちだ。

背番号……ユニフォームの胸と背に番号がついている。便宜上、そのナンバーを背番号と呼ぶ。番号は一～九九番。ポジション別に規定があり、五〇～七九番はラインマンがつけ、その他はバックスがつける。ＱＢは通常一～一九番。

ランニングバック（ＲＢ）……攻撃陣のランニングプレーを担う。ボールを持ってオフェンスラインがブロックしたホールへぶちかましていく。必ずタックルされるタフなパートだ。攻撃体型によって呼び名が変わるが、二人のＲＢが縦に並ぶ「Ｉ体型」の場合、前方をフルバック（ＦＢ）、後方をテールバック（ＴＢ）という。

タイトエンド（ＴＥ）……ルール上、オフェンスはスクリメージライン（ＯＬがラインアップする架空のライン）には7人位置しなければならない。ＯＬ5人の両脇につくポジションをエンド（E）という。TEはタックルのすぐ隣にくっついて（タイト）いる。ライン同様ブロックもし、パスも捕ることができる。タックルから離れてセットするエンドをスプリットエンド（SE）と呼ぶ。

ファンダメンタル……基本練習。ダッシュ、アジリティドリル（82ページ参照）、ネック（首の強化）、ウエイトトレーニングなど。フットボール用語はなんでも横文字で、休憩をレストなどという。

スーパーボウル……NFCとAFCの代表が戦うプロフットボールの全米一決定戦。

捨てプレー……プレー上の布石《ふせき》。単純なランプレーを繰り返してディフェンスの注意を前方に向けさせ、一発ロングパスを通す。このときのランプレーが捨てプレーである。

NFL……ナショナル・フットボール・リーグ。アメリカのプロフットボールの名称で、NFC（ナショナル・フットボール・カンファレンス）十六チームとAFC（アメリカン・フットボール・カンファレンス）十六チームに分かれて試合を行う。二つのカンファレンスの勝者が対戦するのがスーパーボウル。

ジェリー・ライス……名門チーム、サンフランシスコ・49ersの元名ワイドレシーバー。背番号は八〇番。

ハドル……選手が集まること。ハドル！　は集合！　の意。オフェンスのハドルはセンターが、ディフェンスのハドルはノーズガード（NG。センターの正面にセットするディフェンスライン）が掛ける。その際の発音は「ドーッ！」「ダーッ！」など。ベアーズの場合は攻守ともにケンケンがハドルを掛ける。

ワイドレシーバー（WR）……パスキャッチの専門パート。ディフェンスと競い合うから長身で快足なら言うことなし。パスをポロポロ落とすシーンが結構見られるが、走りながらキャッチしなければならないから。大きなボールなのに意外と捕りにくい。

ラインバッカー（LB）……ディフェンスはDL（ディフェンスライン）、LB、DB（ディフェンスバック）と三層に分かれている。大雑把に言えば、DLはランニングプレーを、DBはパスプレーをディフェンスする。LBはランとパスの両方を守るタフなポジション。

ディフェンスキャプテン……オフェンスだけでなくディフェンスもプレーごとにサインで動く。そのサインを統括するのがディフェンスキャプテン。状況を素早く判断してオフェンスのプレーを予想する。通常はLBが務める。

ワン・オン・ワン・ブロック……一対一のブロック練習。相撲のぶつかり稽古のような塩梅になる。攻守を問わずラインメンの基本ドリルだ。

アサイメント……役割。フットボールは攻守全てのプレーヤーに、プレーごとにアサイメントが決められている。

ホール……ボールキャリア（主にＲＢ）が走り抜ける穴。たとえば「右スラント」というプレーでは右のＴとＴＥの間がホールである。すべてのランプレーには決められたホールがある。ホールをこじ開けるべく、オフェンスラインはディフェンスをブロックする。

スタートコール……プレーのスタートは攻撃側にイニシアチブがある。Ｃのボールスナップがプレーの始まりだから。ボールスナップのタイミングをＱＢが叫んでオフェンス全体に知らせる。「タイミング二」なら「セット、ハット、ハット！」でスナップされ、「タイミング三」なら「セット、ハット、ハット、ハット！」でプレーが始まる。タイミングは通常一～三まで。

ハット……スタートコールの雄叫び。別に何だっていい。ちなみにフィンガー5のヒット曲『恋のアメリカンフットボール』では「ハイク」と歌っていた。ＱＢが発音しやすくてチーム内で統一されていればいいのだ。だから水戸黄門がＱＢなら「セット、カッ、カッ、カッ！」とコールするのかも知れない。

ハンドシバー……守備選手がオフェンスラインのブロックに対抗する時に使うテクニック。相撲の「おっつけ」のように両手で相手を下から突き上げて突進力を殺す。

スクリメージ……実戦練習。柔道の乱取り、剣道の掛り稽古、ボクシングのスパーリング。オフェンスラインとディフェンスラインとの間にある架空の境界線をスクリメージラインという。

ネック……首の強化運動。パートナーに頭を押してもらい首に負荷をかける。絶えずぶつかりあうフットボール選手の場合、首は文字どおり「ネック」となる。がっちり鍛えなければならない。首は太ければ太いほどいい。NFL選手は頭の幅よりも首のほうが太い。

シットアップ・プッシュアップ……腹筋運動、腕立て伏せのこと。トレーニングメニューまでカッコつけて横文字である。しかし背筋運動のことは「バックエクステンション」とは言わずに「背筋、三十回！」と言う。

プロI……QBの後ろに二人のRBが一列に並ぶ攻撃体型。アルファベットの「I」に見えることから名付けられた。プロとはTEを一人配するフォーメーション。プロフットボールで頻繁に使われることから命名された。

5―2……「ファイブ・ツー」。五人のフロントラインと二人のLBで一、二線を守る、最もポピュラーなディフェンス体型。他に4―3、3―4などがある。

タッチバック……キックオフのボールやパントがゴールラインを超えると、相手の攻撃は二〇ヤードラインから始まる。ボールが行き過ぎると戻されてしまうのだ。

エンドゾーン……ここにボールを持ち込むとタッチダウン。

オフガードダイブ……Gがセットしていたホールへ RBが突進するランニングプレー。オフタックルならT、オフセンターならCのセットしていた位置をいう。
パント……四回の攻撃で一〇ヤード進めば新たに攻撃権が与えられる（ファーストダウン）。しかし三回の攻撃で一〇ヤード進めない場合、四回目の攻撃はパントを蹴って攻撃権を放棄し、次の守備に備えてエリアを挽回する。パンターはパントを蹴る選手。
ボールデッド……一回のダウンが終了すること。ボールキャリアは、サイドラインを割るか、足の裏と掌以外がグラウンドに着いた時点でボールデッドとなる。
ドロップバック……パスの際、スナップを受けたQBは後退してボールを投げる。真っ直ぐ後ろに下がることをドロップバックという。三歩、五歩、七歩と三通りのステップバックがある。
タッチダウン……TD。オフェンスが相手のエンドゾーンにボールを持ち込むとTDとなり6点が手に入る。攻撃側最高のピリオドである。
トライ・フォー・ポイント……略してTFP。タッチダウンの後のエクストラポイント。敵陣三ヤードから、プレーでエンドゾーンにボールを持ち込めば二点、キックが二本のバーの間を超えれば一点が加算される。PAT（ポイント・アフター・タッチダウン）とも言う。

ダウン更新……オフェンスは四回の攻撃で一〇ヤード進めば、新たに四回の攻撃権が得られる。これをダウン更新、または「ファーストダウン」、「フレッシュ」という。

パスコンプリート……パス成功。失敗はインコンプリート。

タイトエンドショート……TEへの短いタイミングパス。QBはバックステップせずにライン越しにヒョイとボールを投げる。五〜一〇ヤードのパス。

パスプロテクション……パスプレー時のオフェンスラインの役割。オフェンスラインはパスを投げるQBをディフェンスラインのプレッシャーから守らなければならない。

パスシチュエーション……サードダウン・ロング（第三ダウンで五ヤード以上を残している場合）。パスでヤードを稼ぎたい状況。

ロールアウト……ドロップバックではなく、QBが左右どちらかに弧を描くように下がること。足の速いQBがディフェンスのプレッシャーから逃げるときに用いたりする。

スタント……ディフェンスラインが、スナップと同時にオフェンスラインの間へ潜り込むこと。

ブリッツ……LBがパスカバーを放棄してQB目がけて突っ込む奇襲。

ハーフタイム……第二Qと第三Qの間に入る休憩時間。
ホールディング……攻撃側プレーヤーはディフェンス選手のジャージや体をつかんではいけない。一〇ヤード罰退。第一ダウン一〇ヤードで攻撃側がホールディングを犯せば、次のプレーは第二ダウン二〇ヤードとなる。
パシュート……ディフェンスのフォロータックル。
ファンブルリカバー……ファンブルボールを押さえて攻撃権を奪うこと。
ターンオーバー……ファンブルリカバーやインターセプトなどで攻撃権が奪われること。ディフェンス側が攻撃権を奪うことを「テイク・アウェイ」というが、一般には攻守どちらから見てもターンオーバーという。
タイムアウト……前半後半にそれぞれ三回ずつ、時計を止めるタイムアウト（一分間）が許される。フットボールは時間との闘いでもある。タイムアウトをうまく使うことも要求される。

俺はキャプテン

ビールが運ばれてきた。濡れた金色のラベルが座敷の照明を弾《はじ》く。吊り行灯《あんどん》がぼんやりとした空気を作っている。ビール色の景色だった。

ジーンズ地のエプロンをつけたアルバイトが大瓶をテーブルに叩いていく。女子学生とは思えない乱暴さだ。ビールの注ぎ口にシャボン玉のような球形の膜ができている。

「ビールは揺らしたらだめだ。たちまち味が悪くなる」

左隣に座っている青山恭太郎《あおやまきようたろう》が舌打ちした。引っ込んだアルバイト娘は六本のビールの首をつかみ合わせて帰ってきた。ポニーテールの髪に似合わず肩の筋肉が盛り上がっている。ホワイトジーンズの上からでも腿やふくらはぎのたくましさが分かる。これで優しげな面持ちならアンバランスな魅力となるのだろう。迫《せ》り出した頬《ほお》が目を圧迫し、への字に結んだ口からは愛想さえ出てこなかった。じゃがいものような女だ。エプロンより柔道着のほうが似合う。

俺は鼻の穴を広げてアルバイト娘のたくましい後ろ姿を見送った。いつもなら腹を立てているところだが、今夜は気にならなかった。

テーブルに置かれたビールは五十本あった。ビールを囲むように学生服をまとった男たちが四十人、女子マネジャー三人が紺のブレザーを着て座っている。マネジャーの居住まいは清楚《せいそ》だった。グラウンドでのスエットスーツ姿を見慣れているせいだろうか。三人とも器量はもうひとつながらマネジャー然として端正に見える。座敷の風景の中で、彼女たちの胸元のブラウスだけが白かった。ざわめきの中にも緊張感がある。

訓栄《くんえい》大学アメリカンフットボール部、総勢四十三名。黒い学生服の集団が宴の始まりを待っている。今夜は部の納会だ。

今シーズン、リーグ戦の戦績は三勝三敗だった。関東大学二部リーグのAブロックで三位。去年は一勝五敗の七位、一昨年が二勝四敗の六位だった。それを考えればまずまずの成績だ。

宴会直前の雰囲気が好きだ。二部屋をぶち抜いた座敷にテーブルを二列並べ、右端から四年、一年、二年、三年、という布陣で座る。四年生と三年生は壁にもたれて楽ができる。

俺は三年の列の一番隅にいる。前方に掛け軸が垂らしてある。四年生のキャプテンとは最も遠い点対称のポジションだ。キャプテンの右隣だけが空いている。

テーブルの上には焼きとりの大皿、揚げ物の特大皿が載っている。マヨネーズで和えた春雨サラダが付き出しで、白身魚の焼きものが人数分あった。刺身はない。だが揚げ物がすごかった。

とりから揚げ、ぎょうざ揚げ、エビフライ、カキフライ、白身魚のフライ、コロッケ、揚げラビオリ、いかげそ揚げ、玉ねぎ、かぼちゃ、にんじんの野菜揚げ。フォークギターの胴体くらいはある楕円の銀食器に山盛りになっている。油切りがいい加減なうえに敷き紙もない。皿を傾けたら油がコップ一杯分は採れそうだ。眺めているだけでげっぷが出た。一人分、一万カロリーあるのではないか。ビールがすすみそうな肴《さかな》だった。

たん！　と音がした。ざわめきが止む。キャプテンの大月浩《おおつきひろし》がビール瓶でテーブルを叩いた。

「じゃあ、始めようか」

大月が言った。厳《いか》つい顔に合った低い声だ。それを受けて主務の二年生が立ち上がった。

「納会を始めます。では、大月さん」

大月は下唇を突き出して頷《うなず》き、ゆっくりと腰を上げた。膝がテーブルに当たってビールが一本倒れた。大月が号砲替わりに叩き付けたビールだった。正面で正座していた一年生が瓶を立てる。素速いリアクションだ。こぼれたビールは掌《てのひら》ほどの円を作った。別の一年生が黄色いおしぼりでさっとテーブルを拭った。見事な連係プレーだった。

ビール瓶は泡を吹いている。おっと唸って大月は眉《まゆ》をひそめた。あのビールは最低の味がするはずだ。大月は不機嫌そうに一年生を睨《にら》み付けた。お前が悪いんだと言わんばかりの表情だった。

大月が喋り出した。

「俺たちが胸を張って卒業できるのはみんなのお陰だ。今夜は思う存分飲もう。この一年、グラウンドで流した汗をビールで補ってくれ」

大月にしては洒落《しゃれ》たことを言う。だがお前のために頑張ったわけじゃない。ばかめ。ビールを注いでください！　と二年生が言った。一年生が四年生に、二年生が三年生にビールを注ぐ。瓶の底に右手を添えている。これぞ体育会スタイルだ。ホッピーな匂いが座敷を覆う。泡を吹いたビールは大月のコップに注がれた。ざまあみろだ。あの一年生は見どころがある。

「じゃ、乾杯！」

大月の音頭が宴会のキックオフホイッスルとなった。俺はビール会社提供のコップを一息にあおった。うまかった。すぐに二年生が瓶を傾ける。サンキューとコップを差し出す。

七時には監督の小橋悦郎《こばしえつろう》が着くはずだ。そして新幹部が発表される。

次期キャプテンは俺だ。誰がキャプテンになるのかという緊張感はない。二人のバイスキャプテンも矢島秀雄《やじまひでお》と戸田一彦《とだかずひこ》に決まっていた。

俺は全試合に攻守兼任で出場した。五人いる三年生のうち攻守両面での出場は俺だけだった。

自分でも気が張っているのが分かった。大学運動部のキャプテンだ。その種の重責を担うのは中学二年のときに務めたクラス委員以来だった。

「吾郎《ごろう》ちゃん、キャプテン、いってみるか」

煙りと喧騒《けんそう》の中で小橋は言った。十一月の頭、最終戦の前日だった。

軽い練習を終えた後で池袋のモツ焼き屋に立ち寄った。小橋とは帰り道が池袋まで一緒だった。山手線を降りたところで、明日のためににんにく焼きを食わせてやると誘われたのだ。シーズン最後のゲームを控えて、俺は相手チームのオフェンスプレーのことで頭がいっぱいだった。来期のことなど全く考えていなかった。まして自分がキャプテンだなんて。リーダーシップをとれる同期は他にもいた。

「吾郎ちゃん、わかってねえぜ。恭太郎はくそ生意気だし、ヤジ公はクォーターバックだ。戸田の字もケガがちだしな」

小橋は得意のべらんめえ調で同期の悪たれ口を叩いていった。なんだ消去法かとも思ったが、俺の背筋は伸びていた。にんにくだれに漬け込んで焼く豚のカシラ焼きが抜群に美味《うま》かった。梅チューハイの飲み口は親戚の結婚式で飲んだシャンパンのように爽《さわ》やかだった。

お前がキャプテンなら優勝できると小橋は言った。なぜですかと聞くと、俺のシステムをお前が一番よく分かってる、俺の言うとおりにすれば優勝できると言う。相変わらずの大風《おおぶ》呂敷《ろしき》だった。俺は神妙な顔をして頷いた。

試合の前日だというのに看板まで飲んだ。特大にんにく串を六本食べた。四年生の抜けたポジションをどう埋めるか、来年のシーズンをどう戦うかと、新主将になったつもりで小橋と話し込んだ。ビールの王冠を二十二個もらい、机の上でフォーメーションを作ってプレーを検討した。小橋が王冠を人差し指でテーブルに押し付けて滑らせたのにはまいった。ぎぃぎぃと不快な音がして気分が悪かった。期待はしていなかったが三千円払わされた。明日に備えて酒を自重したのに割勘だった。カード使えねえのかよ！　と小橋はレジで毒づいた。

終電に乗り込んで振動に体を任せていると興奮が増してきた。立ち上がって最前列まで歩いた。先頭車両の右隅の窓へがぶり寄って運転士の見る風景を眺めた。

夜が過ぎるのを見やりながら心の中でスキップしていた。俺が片足でジャンプして宙で靴と靴をぶつけている。人間アメリカンクラッカーだ。駅から家まで、何度も何度も練習してしまった。お陰で「アメリカンクラッカー・フット・ノック」（？）はハリウッドの喜劇俳優並みにマスターできた。片足でジャンプするのは大変なのだ。

家に着くと恭太郎に電話した。よかったな、優勝目指して頑張ろうぜと恭太郎は言った。

それから競馬雑誌の編集をしている叔父さんに電話した。叔父さんは予想どおり会社にいて、おおっ！　そりゃよかったな、今度ヒマになったら飲もうと言った。電話の向こう側で髭面《ひげづら》が優しく笑っているようだった。叔父さんは年がら年中忙しくて、髭を剃る暇もないとぼやいている。髭の中に目と鼻と口がある。

翌朝、両親に報告した。母親には、そんなことより、あんた何食べたの！　何よこの臭いは！　と鼻を摘《つま》まれた。母親は嬉しいことがあると怒り出す。二浪してやっと大学へ合格したときにも、それはそうと、早く部屋を掃除しなさい！　と突つかれた。父親は目を大きくして小さく何度も頷いた。じゃあ就職はバッチリだな、ビール会社にしろと就職先をリクエストしてきた。今年で五十五歳になる父親は大酒家で、日にビール大瓶四本は飲む。

試合場へ行く途中で『強い組織を作るために』という文庫本を買った。ラグビー日本一になった社会人チームの監督が著者だった。当たり前のことの羅列《られつ》で目を引くところはなかった。この程度で日本一になれるのなら俺にも立派にキャプテンが務まる。立ち読みで十分だった。

俺は試合で大暴れした。にんにくの臭いを撒き散らしながら相手のランプレーを粉砕し、クォーターバックを叩き潰した。試合は大差で勝ち、三年生と二年生で三軒茶屋《さんげんぢゃや》の居酒屋で朝まで大騒ぎをした。父親に借りた三万円を財布ごと幹事に渡した。

授業の単位は順調に取っているが留年する。卒論準備や就職活動などに割く時間はない。優勝を目指してすべてをフットボールに注ぎたい。

ゼミの同僚や学部の友だちには留年宣言をした。いつも酒を呑む口実を探しているゼミ長の平田和男《ひらたかずお》は、吾郎の留年決定とキャプテン就任のお祝いだ、盛大に飲もうと月曜日に宴会をセッティングしてくれた。ゼミのコンパも楽しかった。フットボールの話題に終始する部の呑み会とは違ってほっとした。いつもは荒くれ者の集団にいるせいだろうか。俺のことを「吾郎君」と呼ぶ奴もいる。月曜日は楽しい宴会になりそうだ。

真っ赤な顔をした矢島秀雄がビール瓶を差し出した。荒くれ者たちと酌み交わす酒もうまい。

「吾郎！　飲め飲め！」

二年生と三年生が向かい合っている列はなごやかなムードだった。四年生と対峙《たいじ》している一年生は正座をして肩をすくめている。

次のキャプテンは誰すか、と二年生が聞いた。ビールを飲んでいた恭太郎が、こいつだと右手の親指で俺の胸を指した。やっぱりすか、と二年生は言った。

恭太郎は短く切り揃えた髪を針ねずみのように尖らせている。太い眉を動かしながら揚げ物を食らい、注がれたそばから一息でコップを空けていく。真っ直ぐな視線が男っぽい。顔が真ん丸で、フレームに合わせるように鼻と口が大きかった。色白の金太郎だ。

襖《ふすま》が開いた。チワス！　と誰かが叫んだ。

小橋が入ってきた。弛《ゆる》んでいた空気が締まった。全員がチワス！　と挨拶《あいさつ》した。短く爆発的な挨拶なのでウィア！　と聞こえる。柔道か剣道かウルトラマンの気合のようだ。

小橋は渋谷にある大手百貨店の家具売り場に勤めている。三十五歳、俺たちより十三期上だ。ひょろっと細長い体軀《たいく》をダブルの紺ブレザーとコットンパンツで覆っている。

「まいっちまったぜ。残業振り切ってきた。くそばか課長の尻拭いなんかやってられるか！」

誰にともなく言った。四年生たちは一様に微笑している。

小橋は年齢より若く見える。褒《ほ》め言葉ではない。言葉遣いや行動が俺たちと変わらない。手入れの行き届いた口髭だけが年相応だった。小橋は空いている大月の隣席に腰を下ろした。胡座《あぐら》をかいていた大月が正座して背筋を伸ばした。四年生と三年生が正座し直した。一年生が小橋のコップにビールを注ぐ。再度、乾杯だ。

全員が立ち上がり、新たに注がれたコップを高く挙げた。そして座り直す。大月だけが立ったままだった。恭太郎が届きたてのビールを注いでくれた。

「来年度の新幹部を発表する」

誰かが咳払いをした。それぞれに居住まいを正しているようだった。俺は下を向いた。顔がほてってくる。

「主将、青山！　副将は矢島！　戸田！」

顔を上げた。皆が一斉にこちらを向いた。大月は一気に言って立ち尽くしている。

俺の名前はどうした。大月の野郎、ふざけてるのか？

おい、吾郎さんじゃないのかよ……。

ばか、黙れ！

二年生が囁《ささや》き合う。手元を見た。ビールの泡が死んでいた。飲み干した。冷たかった。

込み上げてきたげっぷを飲み込んだ。コップをテーブルに置く動作がぎこちなかった。

キャプテンは俺だよな？

小橋を見た。ビールを飲んでいる。こっちを向くまで睨み付けてやろうと思った。やめた。

俺は目を閉じた。

顔が真っ赤になっている。げっぷが出た。げそ揚げの匂いがした。酸っぱい味が混じっている。

「矢島はオフェンス、戸田はディフェンスのバイスキャプテンだ。下級生は四年生の方針に従って優勝目指して頑張って欲しい」

言い終って大月は腰を下ろした。ぱらぱらと拍手が起こった。お前ら、来年は優勝だ！と小橋が叫んだ。

「おい、どうなってるんだ……」

恭太郎の声が聞こえた。俺は顔を上げた。太い眉が心細げに下がっている。

「お前なんだろ？　小橋がそう言ったんだろ？」

俺は苦労して眉を上げた。

「さあな。大月が言ったのはお前の名前だ。だからキャプテンはお前なんだろ」

自分でビールを注いで一息で飲んだ。嫌な言い方をした。喉が渇いていた。

「ふざけるな。俺は嫌だぜ。キャプテンはお前だ。俺は降りる」

恭太郎は俺のコップにビールを入れて自分のビールを飲み干した。俺は瓶を奪い取ってビールを注いだ。二人で同時にコップを逆さにした。

「やられたぜ。このチームは監督よりもキャプテンのほうに人事権があるらしい」

「とにかく抗議しよう。俺も今聞いた話なんだ。冗談じゃない。こんな決め方あるか」

恭太郎が立ち上がろうとした。俺は左手でワイシャツをつかんで思い切り引き寄せた。尻もちをついた恭太郎が真ん丸の目をして俺を見た。

「……これ以上、恥をかかせないでくれ」

恭太郎の鼻の穴が大きくなった。ふざけやがってと息を吐いた。

「飲むか」

声を掛けた。恭太郎は目を伏せている。

「当然だ。潰れるまで飲むぜ」

上座《かみざ》を見た。大月と小橋が談笑している。大月がとりから揚げを口に入れた。ろくに嚙《か》みもしないでビールで流し込む。またとりからをつまんだ。小橋の言葉に大口を開けて笑っている。子どもが食べ残したとうもろこしのような歯並びだった。平べったい顔に細く鋭い目がふたつ。浅黒い頰、厚い唇、真ん中から分けた髪。全てが気に入らなかった。進化し損なった爬虫類だ。鍛え上げられた太い首は鞭打ち症とは一生縁がなさそうだった。怒りが込み上げてきた。あの首を思い切り締め付けてやりたい。

ビールを空ければ恭太郎がコップを満たす。次々に大瓶が運ばれてくる。いつのまにか前にいた二年生が消えている。

料理はなかったが、つまみがなくてもビールならいくらでも飲めた。練習で水分を搾《しぼ》り切り、同量以上の水を飲む。毎日がその繰り返しだった。体内の水分を入れ替える能力は人並み以上になった。俺は酒に強いわけではない。頻繁に小便に立ち、その度に頭の中がぐるぐると回った。恭太郎は席を立たなかった。いくら飲んでも顔色が変わらない。

マネジャー三人が膝を突き合わせて話をしている。紺のブレザーの背中をぼんやり見ていた。二年生の芳恵《よしえ》ちゃんと目が合った。ポニーテールにした髪を揺らしながら、小走りに部室とグラウンドとを行き来していた。働き者で気が利いた。三人の中で一番気に入っていた。芳恵ちゃんははっとして目を逸らした。横を向いた頰が赤かった。他の二人がそっと俺を見たようだった。今度は俺が視線を落とした。勘弁してくれ。

急に胸具合がおかしくなった。叔父さんの髭面が浮かんできた。優しい目が小さく笑っている。俺が宙で足を鳴らしている。線路の果てに向かって電車が走る――。

たまらず立ち上がった。めまいがする。頭の中がゆっくりと回っている。おい、大丈夫かと声がする。目が開かなかった。アンバー色だけが見える。記憶を頼りに座敷を出た。サンダルをつっかけた。壁をつたって店を出た。外は暖かかった。小雨が降っているようだった。イエイ！　などと叫んでいる奴がいる。揚げ物が逆流してくる。エビフライが蘇生して喉のあたりでのたうちまわっている。路地か電柱か駐車場と念じながらさまよった。限界だった。

「キャア！」

「うわっ！　やったぁ！」

女が叫んだ。道の真ん中らしい。人にはかからなかったようだ。止めようのない勢いだった。げそ揚げの味しかしなかった。あれだけいろんな物を食べたのに。一回目でほとんど吐き切って、二回目はビールだけが出た。

嘘のように気分が軽くなった。ぼやけていた視界が戻ってきた。ぶちまけたフライとビールは一畳分はあった。こんなに食べていなかったはずだが。

小走りに現場を離れた。コンビニエンスストアーがあった。店先にコカコーラの赤いベンチを見つけて腰を下ろした。尻が冷たくなった。尻ポケットに突っ込んであったバンダナで口を拭いた。ワイシャツもズボンも汚れていなかった。勢いがよすぎたのだ。グレーの靴下に少しはねている。よく見ると両足とも右足用のサンダルを履いている。靴下を両方脱いでごみ箱に捨てた。店に入って冷たいウーロン茶を買った。うがいをして残り半分を飲み干すと気分がよくなった。

外へ出たのはげそ揚げを撒き散らすためだけじゃない。今夜、これからどう過ごすかを決めなければならない。

一番ハードな選択肢は怒り狂って宴会を目茶苦茶にすることだ。

手始めに大月めがけてビール瓶を投げつけてやるか。瓶の首を持ってオーバースロウでぶん投げる。ブーメランの要領だ。大瓶はねずみ花火のように泡を撒き散らしながら大月の石頭にぶち当たる。さすがにそれは危ないからちょっと上を狙う。ビール瓶が大月の頭上で破裂する。白い泡が弾ける。ざわめきが止む。皆が俺の方を振り返る。俺が仁王立ちしている。大月のちっぽけな目ん玉を睨み付けながら、ゆっくりとボタンダウンを脱いでシャツ一枚になる。一騎打ちだ。ぶちのめしてやる。後輩たちは壁に張り付く。俺がテーブルを踏み越えて大月のいるコーナーへ向かう。大月は腰を抜かしている……。そうだ、揚げ物は大月に向かってぶちまけてやればよかった。もったいないことをした。座敷は大騒ぎになるだろうが知ったことではない。俺のプライドはズタズタにされたのだ。責任は小橋が取るだろう。

ハードプランをシミュレートしただけで背筋がぞくぞくしてきた。顔が熱い。アドレナリンが盛大に分泌されたせいだろうか。

次点が、大月と小橋にビールを注ぎに行く。

ビールを一本持って上座へ回る。まず小橋にビールを注ぐ。右手は底に添えておこう。泡がこぼれる。小橋は、お、おっ、などと声を漏らしながらコップに口を付ける。次に大月にビールを注ぐ。大月はぎょっとしている。片手でビールを注ぐ。ビールが溢れ出す。注ぎ続ける。ビール瓶は逆さになる。

「なにやってんだ！」

大月がわめく。

「零《こぼ》れてるじゃねえか！」

「空にしてやってるんだ。てめえの空っぽの頭をぶっ叩くためにな」

あとはハードプランと同じ展開だ。ハードボイルドに決めたい。どう展開しても構わない。非はこちらにはない。

その次は穏やかに、しかし厳しく理路整然と小橋を問い詰める作戦だ。小橋は機嫌を取るか話を逸《そ》らすか。卑怯者《ひきょうもの》だからその程度だろう。小橋との会話は大月の耳に入るはずだ。どのタイミングで大月に矛先《ほこさき》を向けるか。小橋の腰抜けぶりに俺が爆発するという運びでいだろう。あくまで標的は大月だ。ふざけるな！　とぶちキレて、テーブルを大月の方へひっくり返す。大月は揚げ物まみれ、油まみれになる……考えただけで疲れてきた。

息を吐いて首を捻った。ズボンのポケットから財布を取り出した。百円玉が二枚、十円玉が五枚。緑の電話機はベンチに座ったままでかけられた。

コール一回目で女性が出た。すぐに叔父さんの声が聞こえてくる。

「よう、キャプテン」

いつもの調子を装って状況を説明した。うーん、と叔父さんは唸った。

「吾郎、ま、気を落とすな。よくあることよ。大したことじゃない。ちょっとカッコ悪いけどな。これからどうするかが大事なんだな」

叔父さんの口調は笑っているようだった。電話してよかった。

「カッコ悪いよな」

「仲良くな。みんなと仲良くやれよ。それが一番大事なことだ」

泣きそうになった。叔父さんの髭面に弱い。

分かってるよと言って受話器をかけた。

もう一度店内に入り抹茶のアイスクリームを買った。冷たくてうまかった。

今後の態度を決めた。

絶対に落ち込んだ振りを見せないことだ。

後輩たちに大人気《おとなげ》ない体《てい》は見せられない。同期たちにもだ。キャプテンなんてやりたくなかった、ほっとしてるぜ。そんな素振りでいこう。

留年は取り止めだ。しっかり就職活動させてもらう。

二〇〇ヤード散歩した。街のネオンを眺めていても気分は晴れそうにない。深呼吸を繰り返して居酒屋へ戻った。このまま帰りたかったのだが、学生服のポケットに携帯電話と定期入れが入っている。

襖を開けると座敷の喧騒が迫ってきた。パチンコ屋のようだ。一年生が立ち上がって身振り手振りでおどけている。恒例の「演芸タイム」だ。誰も俺のことなど注目しない。

「おい、大丈夫かよ」

恭太郎が俺の肩を叩いた。

「夜風に吹かれてきただけだ」

そう言って壁にもたれかかった。恭太郎は眉を寄せた。

「ふざけるなばか野郎。この後ちょっと付き合え。二次会は欠場だ。今日は小橋とは飲めない」

「ばか言え。キャプテンが行かなくてどうする。俺はリタイアする」

「この野郎、怒るぞ。ふざけるな。まだ引き受けたわけじゃないぜ。俺のうちに行こう。酒ならあるから。泊まっていけ」

恭太郎は声のボリュームを絞って言った。二次会は幹部の引継ぎ式でもあった。

演芸タイムが終わると、三年生がビール瓶とコップを持って腰を上げ始めた。四年生の列へ遠征するためだ。それまでに一、二年生は四年生にビールを注ぎにいき、注いだ倍量のビールを飲まされて戻ってきていた。

目の前に大きな影が現れた。ビール瓶と大皿を持っている。四年生の滝田《たきた》一行《かずゆき》だった。無精髭の大顔が笑っている。

「お前ら、飲んどるか。オレはお前らと飲みたかったんや」

ほれ、と言って瓶を突き付けた。俺たちは即座にコップを空けて差し出した。右手をコップの底に添える。吐いて酒を飲み直すのは初めてだった。意外にもうまかった。頭が痛かったが、それはそれでよかった。滝田が持ってきた皿には焼きとりが十本近く乗っていた。さすがに物を食べる気にはなれなかった。

「吾郎ならな、キャプテンやなくてもやってくれる。そういうことや。気を落としたらあかんで。お前らならきっと優勝でける」

滝田はどろんとした目をして言った。顔が真っ赤だった。短髪だが天然のパーマがかかっている。目、鼻、口、耳、すべて大振りだった。二重瞼《ふたえまぶた》の目が垂れているせいで表情に愛《あい》嬌《きよう》がある。身長は俺と同じ百八十五センチ。体重は俺より五キロ重い九十五キロ。巨漢だが動きは素速く、ユニフォームをまとってグラウンドに立つと腹を空かせた熊のように獰猛《どうもう》になった。同じポジションの俺は滝田にずいぶんとしごかれた。相手チームのオフェンスコーチが真っ先にマークするのが滝田だった。滝田が月の輪熊で俺は白熊だと言われていた。

「タキさん。俺は嫌ですよ。こいつでしょ。撤回して下さい。お願いしますよ。今すぐに」

恭太郎はそう言ってレバーのタレ串に手を伸ばした。滝田は口の端を吊り上げて首を振った。

「キャプテンはお前や。もう決まったことなんや。いいか、一週間やで。一週間。一週間考えたんや。優勝するにはどうすればいいかゆうてな。オレたちなりに真剣に考えたんや。お前らしく、さっぱりいってくれよ」

「こいつは小橋から言われてたんですよ。それで俺たちも納得してた。二年や一年も知ってるんですよ。それを今になって。シャレになりませんよ」

「それは吾郎に謝らなあかんと思おてる。けど小橋の言うことやからな。オレらの決定には小橋の意向はこれっぽっちも入ってない。というより、小橋抜きのほうがええんや。分かるやろ」

　滝田は声を落とすことなく言った。小橋に聞こえる心配は無用だった。酒場の喧騒だ。俺は滝田のコップにビールを注いだ。

「吾郎なあ。大月もあれでええとこあるんやで。妙なしこりを残さんようにな。安心して卒業でけん。頑張ってくれよ。たのむで」

　滝田はそう言って腰を上げた。

　一年生の頃、俺は滝田にフットボールの基礎を叩き込まれた。柔道二段の俺は外股だった。徹底的に矯正《きょうせい》させられた。強く速く走るためには足の裏の内側で地面を蹴らなければならない。外股では絶対にいい選手になれない。少しでも走り方が悪いと滝田の罵声《ばせい》が飛んできた。何度言われたら分かるんやアホ！　と怒鳴られた。ダッシュは一日何十回と繰り返す。滝田は俺の走り姿をいちいち見ていたのだ。

　野球やサッカーと違い、アメリカンフットボールは大学から始めるスポーツだ。一年先輩は新弟子から見た関取と同じだった。監督やコーチがグラウンドに現れるのは土曜日曜だけ。

練習でのコーチ役は同じポジションの上級生が務める。

大月も同じポジションだった。大月は俺に対してあからさまな嫌悪感を示した。理由は分からない。いじめたりシゴいたりすることはなかったが、技術的なことをなにひとつ教えなかった。無視だ。厳しかったのは滝田のほうだった。俺をしごくのは滝田の役目なのかと思った。しかし大月はあらゆる状況で俺を無視した。

プレーに自信が付き、体格で勝る俺は大月とポジションを争うようになった。大月のばか面を思い浮かべるだけで凶暴になれた。だから試合前は好都合だった。滝田と大月のお陰で俺は強くなったのだ。

「おい、覚えてるか。春合宿」

恭太郎が二つのコップにビールを注いだ。今年の春、一日中グラウンドで練習した通い合宿のことだ。

「弁当が足りなかっただろう。覚えてねえかな」

よく覚えていた。午前の練習が終って昼メシになった。部室前のベンチには幕の内弁当が積み上げられていた。メンチカツ、エビフライ、とりから揚げ、ちくわの磯辺揚げ、揚げしゅうまい、にんじんとピーマンの天ぷら。大盛りのご飯にふやけた海苔がかぶさっていた。胸焼け必至の高カロリー弁当だ。これがうまかった。体がカロリーを求めていた。ショルダーパッドを外し、フットボールパンツの埃《ほこり》をはたいて顔を洗った。柔らかい陽射しの中で皆が骨休めしていた。

そこへ、恭太郎がランニングバックのアフター練習から上がってきた。人数分あるはずの弁当がなかった。俺のは？　と恭太郎は泣きそうな顔をした。朝メシなどろくに食べていないから腹が減っていたのだろう。皆の箸《はし》が止まった。

大月が立ち上がった。これを食えと弁当を差し出した。恭太郎は固辞したが、押し付けられる形で弁当を手にした。

「あのとき、ヤツはどうしたんだっけ」

「パン食ったんだよ。揚げ物は嫌いって言ってな。サンドイッチを山ほど買ってきてさ。あのときは、なんか感動しちゃってな」

腐ってもキャプテンか。俺にはできない芸当だ。弁当が足りないと判ったとき、俺はメンチカツとエビフライを素早くかじってしまった。恭太郎と仲のいい俺が弁当を分けてやることになりそうだ……そう計算したのだ。

「なにが言いてえんだ」

「ちょっと思い出してな。タキさんが大月さんをいいヤツだなんて言うからだ」

「どうせ俺は弁当を譲るようなヤツじゃないよ」

「ばか野郎、そういう意味じゃないんだ。ただ、ちょっと思い出しただけだ」

空いたコップをテーブルに強く叩く。俺は恭太郎のコップにビールを注いだ。

ビールを注ぐ一、二年生は正座をして腰を浮かしている。三、四年生はあぐらをかく。上級生は片手を突き上げてビールを受ける。下級生の頭がひとつ高い。座敷に段差ができている。

座はいい塩梅《あんばい》にほぐれている。手持ちぶさただからビールを飲むしかない。恭太郎と俺とで大瓶二十本は飲んでいる。一畳分を取り戻す勢いで飲んだ。

ウイスキーをがぶ飲みしたかった。意識のスイッチを切ってしまいたい。

部の公式コンパにはビールしか出ない。店も学生の宴会には強い酒は出さないらしい。予算の関係もあるのだろう。一人千五百円の追加金でビールが飲み放題になるのなら絶対に損はない。同じ人数のコンパでも、文芸サークルやあやとり同好会などとは飲みの瞬発力が違う。

それでは、と進行役の二年生が叫んだ。新主将から一言だ！　と大月が言った。拍手が起こった。恭太郎は息を吐いてゆっくりと立ち上がった。

「驚きました。というより、腹を立ててます。青天の霹靂《へきれき》とはこのことでしょう。俺はキャプテンになる力量も覚悟もありません。今までどおり、優勝を目指して練習するだけです。誰がキャプテンだろうがチームは変わらないし俺も変わらない。全員が優勝したいと思えばきっと優勝できる。一年から四年まで、自分のプライドのために頑張って欲しい」

拍手が起こった。はっきりした強い口調だった。頑張れよ！　と四年生が言った。ばか野郎とつぶやいて恭太郎が腰を下ろした。あれだけ飲んでいながら立派なことを言う。

盛り上がって宴は終わった。俺も新キャプテンの挨拶を用意してきた。なにを喋ろうとしていたのかさっぱり思い出せない。渋谷の街に捨ててきてしまった。

ビルの入り口に黒い学生服が吐き出される。雨は上がっていた。空気が湿っている。素足にローファーを履く感覚がしっとりとして新鮮だった。俺は母親から借りてきた折り畳み傘をカーキ色のズダ袋の中にしまった。

拍手や口笛、校歌を歌う声。あちこちで学生たちが大騒ぎしている。ファストフードのどぎつい看板が目に付く。渋谷は大嫌いだ。街の風景と喧騒がゲームセンターのようでガキっぽい。落ち着きのない街だ。

「よし！」

大月が吠えた。赤い顔をして大傘を振り上げている。

「今日はあっちこっちで納会をやってる。絶対ケンカなんかするんじゃねえぞ。解散だ！」

掛け声が揃う。黒い輪が散る。四年生と小橋が固まって歩き出した。三年生がなんとなく後を着いて行く。

俺は立ち尽くしていた。恭太郎が傘の柄で俺の左腕を引っかけた。

「おい、いくぞ。帰ろう」
一、二年生がふらふらと歩いていく駅の方向へ俺を引っ張ろうとしている。恭太郎のアパートは三軒茶屋にある。渋谷から新玉川線でふたつ目だ。

「だめだ。お前は行け。俺は帰る」

「この野郎、ばか言うな。お前が帰るなら俺も帰る」

「引き継ぎ式だぞ。お前がいなくてどうする」

俺は傘を取り上げて恭太郎の胸元へ放った。恭太郎は右手を突き出して手首で傘の柄をはめ受けた。ナイスキャッチだ。

「ばか野郎、それはこっちのセリフだ。お前こそ行かなきゃ。小橋のくそ野郎に説明させろ。俺たちにはそれを聞く権利がある」

おーい、と声がする。同期が呼んでいる。見失ったって構わない。行き先は決まっている。だが、遅れて店に入るのは嫌だった。目立ちたくなかった。俺は分かったと叫んだ。

俺たちは二〇〇ヤード先の学生服を目指して走り出した。

道玄坂《どうげんざか》を上り切る手前、路地を左に入ったあたりにOBの経営するパブ、「ビッグブルー」がある。納会やら部員の結婚式の二次会やらはビッグブルーでやることに相場が決まっていた。バーボンウイスキーのラベルがいくつも張り付けてある木製の扉の貧弱さからすれば、店は広くて清潔だった。カウンターと椅子席の他に二十人は座れるパーティースペースがあった。小橋と大月が入っていき、四年と三年が続いた。バジルの匂いがする。恭太郎と俺はカウンターの中の渡辺《わたなべ》さんに敬礼をして部屋に入った。渡辺さんは、おうと言って眉を上げた。いつ見ても立派な口髭をたくわえている。

がっしりした飴《あめ》色の机の上にはジムビームの白いボトルが三本置かれていた。奥から小橋、大月と腰掛けていった。

「コバちゃん、ロックでいいか？」

渡辺さんがアイスバケットを運んできた。水色のダンガリーシャツにハイネケンのグリーンエプロンを引っ掛けている。巨漢である。卒業してフットボールから遠ざかるとほとんどが太る。渡辺さんはランニングバックだった。見る影もない。一八〇センチで一〇〇キロはありそうだ。

「水割りも。あとソーダ。食い物は適当に。脂っこいもの食ってきたからさっぱりしたやつな。いや、待った。アンチョビのピザは焼いといてくれ」

渡辺さんは髭を吊り上げて頷いた。馴々しい口のききかたをする。渡辺さんは小橋の二期先輩だ。運動部の上下関係は鉄壁である。卒業して何年経ったらこういう言葉遣いが許されるのだろう。髭仲間だからか。

矢島秀雄がウイスキーの飲み方を調査し、手早くボトルをグラスに注いだ。小橋と大月にはロックグラスが、残り九人の四年、五人の三年には水割りグラスが置かれた。乾杯。ジムビームの水割りは冷たくてうまかった。食欲も湧いてきた。今夜はバーボンで潰れたかった。潰れたら恭太郎がアパートまで連れて行ってくれるだろう。

話はリーグ戦のレビューから始まった。七―一四で敗れた敬命大には第三クォーターに二年の誰某がミスをしなければ勝てただの、宗学院大に四八―七で大勝した勝因はゲームプランを的中させた監督の手腕だの、赤谷国際大の監督は俳優の梅宮辰夫に似ているだの、八王子大のグラウンドにはマムシが出るだのと、座が談笑するどうでもいい話題が続き、新キャプテンと来期の展望等の話には移る気配はなかった。小橋も大月もその話題を避けている。二人とも居酒屋から俺と目を合わそうとしない。

便所に立った。水割りを一杯、ソーダ割りを二杯飲んだ。ドアの内側にゲームの写真が架かっていた。ワシントン大対ミシガン大。ラインがセットして向かい合っている。背筋が熱くなった。

もう帰ってしまおう。俺がいるから引継ぎの話に移れない。

そっと便所を出た。ズダ袋はパーティールームの入り口に放ってある。中に入らなくても取り出せた。ズダ袋を引き寄せた時、恭太郎が振り返った。俺の目を睨んで小さく頷いた。

カウンター席には誰もいない。渡辺さんは厨房《ちゆうぼう》に入っている。叩き潰したにんにくをオリーブオイルに放り込んだ匂いがする。胃にはビールとバーボンしか入っていなかった。特製アンチョビピザが食べたかった。そっとドアを押した。そのとき、ふと考えて傘立てから背の高い紺の傘を抜き出した。柄がまっ直ぐのゴルフで使うような大きな傘だった。大月の傘だ。

雨は降っていなかった。空は鉛色《なまり》だ。厚い雲が繁華街を覆っている。

ぼんやりとした夜だった。俺は大月の傘を巻き納めて駅へ下った。駅への流れが速かった。坂を上ってくる二人連れも多かった。ズダ袋を傘に引っ掛けて肩に背負い、俯《うつむ》いて大股で歩いた。素足にローファーで歩く。土踏まずが冷たい。頭は熱い。これでは頭寒足熱の逆だ。

下品な色彩のネオンに、叔父さんの髭面が浮かんだ。

パリの夜は、バーなんだ。

いつか叔父さんが話してくれたことがあった。出張でパリへいったときの話だった。夕方からカメラマンとカフェで軽く飲んで、さあもう一軒、と店を出ると、外はすっかり暗くなっていた。見上げると青みがかった闇が広がっている。街灯がアンバーな色で路上を彩っている。

「不思議な感じなんだよ。どこか東京の空と違うんだ。異国で飲んでる緊張感を差し引いたとしてもだ。なんでだと思う?」

大気汚染の差かと思ったが、パリだって東京と大差ない。

「空が広いんだ。電線がないんだよ。街灯が夜の底を照らしているわけだよ。アンバー色だな。バーみたいなんだ。パリの夜は、街がバーになるんだ」

いかにも酒飲みの叔父さんらしい。魅力的な話だった。

右肩に打撃を受けた。傘とズダ袋が落ちた。顔を上げた。背広が三人並んでいた。

「痛えな。危ねえじゃねえかよ」

ぶつかってきた紺の背広が言った。中肉中背だが目が鋭かった。爪先から頭までを目だけを動かして観察した。最後に目を見た。

「なんだその態度は。傘を突き出しながら歩くなって言ってんだよ！」

傘に文句があるようだった。怒りが上がってきた。背広三人なら三十秒でカタがつく。大外刈り、体落とし。技を仕掛けるのに背広ほど都合のいい胴着はない。その間にひとりは逃げ出すはずだ。追いかけてタックルしたっていい。俺は目に力を入れた。

「やめとけやめとけ。学生だ。相手にするな」

違う背広が言った。紺の背広が目を逸《そ》らした。込み上げていた怒りが萎《しぼ》んでいった。テーピングとウォームアップをしていないせいもある。

「君、傘を突き出してたら危ないだろう。喧嘩するつもりはないけど、気をつけろよ」

灰色の背広が言った。一理ある。質《たち》のいいサラリーマンのようだった。俺はズダ袋を拾い、傘を杖のようにして歩き出した。

ハチ公口はごった返していた。うんざりする。ふと、もんじゃ焼きを食べ過ぎて吐いたらどうなるのかと考えた。サワーなもんじゃ焼きができるのだろうか。何度きても渋谷は好きになれなかった。二年生の夏、渋谷で女にフラれた。戻したもんじゃ焼きのような街だ。

駅の時計は十時四十五分を指している。定期券を出して改札口を通った。プラットホームも人だらけ、禁煙なのにたばこの煙だらけだった。山手線外回りも新宿に着くまではラッシュアワー状態だった。吊り革の上のパイプを握りながら、中学で同じクラスだった典子《のりこ》の顔を思い出していた。こんなときに典子のことを想うと胸が痛んだ。

池袋に着くと気分が軽くなった。頭を捻って首を鳴らし、東武東上線の改札を抜けた。プラットホームには川越市《かわごえし》行きの準急電車が止まっていた。

車内は座れるほど空いてなく、座りたくなるほど込んでもいなかった。

連結部分へ潜り込んだ。栗色の髪をした女性の右隣に立ち、傘とズダ袋を網棚に上げた。サラ金の広告の女が微笑んでいる。ホテルの結婚式場の広告もある。結婚式場のモデルはなぜ美人ではないのか。

山手線が着いたのだろう、次々に人が乗り込んでくる。金曜日の夜だ。ほぼ満員になった。発車のアナウンスの後ベルが鳴ってドアが閉まった。電車がゆっくりと走り出した。ホテル街のネオンが右から左に過ぎていく。

窓を開けようとして両腕を伸ばした。上げ開ける窓だった。開けづらい。縁《ふち》の部分が錆《さ》びている。上腕二頭筋に力を込めて、やっとのことで持ち上げた。

冷たい風がぶわりと吹き込んできた。気持ちがよかった。前に座っている初老のサラリーマンが顔を上げて俺を睨んだ。雨は降っていない。風が嫌いな人間もいるのだ。開き直った。

新鮮な空気を吸う権利はある。

隣に立っている女性の髪が風になびいている。若い女性は別だ。何かを言おうとして女性のほうに体を向けた。右手で髪をかき上げている。その横顔を見て、息が詰まった。

「あなた、仁科《にしな》さん？」

ためらう間もなく言っていた。女は目を上げて二度三度と瞬《まばた》きした。やっぱり、と女は言った。

仁科典子だった。話しかけてから驚きがやってきた。こんなこともあるのだ。整った鼻筋の上にそばかすが散らばっている。懐かしかった。ただ、山手線で思い浮かべた典子は口紅をしていなかった。

「久し振りだな」

何気ない調子で言った。

「そうじゃないかと思ったんだけど。でも学生服着てるし」

「コレか」

俺はコップをあおる仕草をした。ちょっとね、と典子は言った。さりげなく掌に息を吹きかけて嗅いでみた。ビールの匂いがした。げそ揚げの臭いはしなかった。

「学生なのね」

黒の詰め襟学生服にグレーのフランネル。一年生の頃は妙ないでたちだと思ったが、慣れると悪くないコーディネートだった。

典子はベージュのツーピーススーツを着ていた。糊《のり》の利いたブルーストライプのシャツがＯＬ風だ。飴色のショルダーバッグを右肩に下げている。

典子とは中学二年生のときに同じクラスだった。典子は俺の左隣に座っていた。だから学校へ行くのが楽しくて仕方なかった。三年生に上がるとクラスが変わってしまった。俺は県内の男子校、典子は都内の女子校へ進んだ。その後は京都の大学へ行ったと聞いていた。話をするのは九年振りになる。

化粧をしている典子を初めて見た。目と唇の感じが違った。部分的には鋭利な感じだが、目尻顎は尖《とが》り気味で鼻が高く唇の両脇が釣り上がっている。部分的には鋭利な感じだが、目尻の少し下がった大きな瞳《ひとみ》とアーチ型の眉毛が印象を優しくしていた。いい塩梅に整った顔立ちをしている。歯並びも良かった。

俺の肩に典子の目の位置がある。一六〇センチ、体重は五〇キロくらいか。フランス人形を真面目に見たことはないが、典子の印象は「フランス人形のよう」だった。

ずっと会いたいと思っていた。逃げ出して大正解だ。大月の赤ら顔が浮かんだ。首を振った。そう悪いことばかりは続かない。

「じゃあ、来年、就職？」

「今度四年。二浪した」

「就職活動か。まさか運動部？」

近況を話した。典子は小鼻を上げてひとつひとつ頷いた。反り返った睫《まつげ》は楊枝が乗っかりそうなほど長かった。瞳の縁取りと頬がぼんやり赤かった。

典子は大学を卒業して今年から勤め出したという。出版社に就職したが、編集ではなく広告部へ配属されて不満なのだと話した。

典子の横顔を見て、なにかを思い出しかけた。それがなんだか分からない。顔を凝視するわけにもいかない。もどかしかった。窓の外を眺めるふりをして暗闇に映った典子の姿を見た。髪の色と形が変わっただけで雰囲気は九年前と一緒だった。

「吾郎も全然変わってないわね。学生服のせいかな」

「かなり絞ったんだぜ。でぶだったからな」

「多少、筋肉が付いたかしら」

クラス委員的な口調が可愛らしかった。呼び名も中学時代と同じになった。

電車が緩やかにブレーキをかけた。八つの駅をすっ飛ばして最初に止まる駅だった。ドアが開く。五人降り、風と一緒に七人が乗り込んできた。

「運動部なんてすごいじゃない。普通は入らないわよ」

典子はテニスとゴルフのサークルに入っていた。その手のサークルなら訓栄大にも腐るほどあった。春秋はテニス、夏はゴルフとサーフィン、冬はスキーなどというクラブもある。

ばかな話だ。テニスやゴルフに文句はないが、四つぃっぺんにやることはないだろう。そのくせ、柔道、剣道、相撲、合気道を一緒にやるクラブはない。

スポーツをやるのなら運動部と決めていた。学内にアメリカンフットボールの同好会がひとつあるが、低きに流れようとは思わなかった。先輩後輩の上下関係、練習の厳しさ。突き詰めればそれだけだ。同好会の練習は週に二回で仲良しクラブ的な雰囲気だという。楽をしたいのならアメフトなどやらなければいい。実際、部の上下関係はメリハリが利いて心地よいし、アメリカンフットボールの練習が厳しいのは当たり前である。ただ暇がないのには閉口した。練習で忙殺《ぼうさつ》されてアルバイトができない。だからいつも金がなかった。中元と歳暮の季節にデパートで配送のアルバイトをするのだが、そのバイト料も親への借金返済やらメシ代、合宿代やらで打ち上げ花火のように消えてしまう。彼女もできない。練習が出会いのチャンスを奪い去る。

「就職なんてよさそうじゃない」

「OBのコネは多いな。四年の秋までリーグ戦があるんだ。練習だの合宿だのって結構忙しい」

私の会社にもアメフトやってた人がいたな、と典子はつぶやいた。

「俺、次のキャプテンなんだ。就職活動してる暇なんてないんだ」

闇の鏡に浮かぶ俺の顔を見た。目を睨みつけた。闇の俺が目を逸らした。

嘘をついたな。

典子は髪をかき上げて、へえ、すごいと言った。

「じゃあ大丈夫よ。二浪でも引く手あまたじゃない。業種は？」

「考えてない。考えたこともない」

「商社とかマスコミとかさ。まさかとは思うけど銀行とか。普通は考えるでしょ」

おお、と俺は頷いた。

「競馬雑誌の編集。それだけはごめんだ」

なによそれ、と典子は笑った。

「キャプテンなら、リクルートに走り回ることはないんじゃない？　練習に専念できるわけね」

「キャプテンに限ったことじゃない」

「そのくらいの恩恵がなきゃね。やってられないわよね」

うほほんっと前に座っている紳士が咳払いをした。口をひん曲げて不機嫌そうに俺を睨んでいる。雨が降り出した。身を伸ばして窓を下ろした。

降ってきちゃったか、と典子はつぶやいた。折り畳み傘が入るほど典子のバッグは大きくなかった。雨粒が窓を斜めに叩き始めた。

「でもアレね。吾郎は向いてないんじゃない？」

傘なら貸してやると言おうとしたとき、典子が切り出した。俺は眉を上げた。

「キャプテンよ。向き不向きがあるわよ。人をまとめるっていうの、そういうの、向いてないんじゃない？」

どきりとした。息をひとつ飲んで、なんでだよと毒づいた。典子は頬を上げて微笑んでいる。目は涼しげだが唇の両側が釣り上がっている。顎の脇にできた筋が可愛い。

「覚えてないの？　クラス委員」

上半身に鳥肌が立つようだった。思春期の目撃者だ。照れ臭かった。今もばかだが、中学のころの俺は猛烈なばかだった。

「吾郎のせいで、何度シマデブに怒られたと思ってるのよ」

かつての担任のあだ名が懐かしかった。シマデブは大学相撲部出身の巨漢で国語担当だった。

「クラス委員、向いてなかったかな」

「ていうか、だめよ。全然だめ」

「だめ？」

「だめ。史上最低じゃない？」

ひどいことを言う。典子の瞳が笑っている。控え目な笑い上戸か。典子とビールが飲めたら素敵だろうな。吊り輪を握っている左手の中指で銀の指環が光る。白い手だ。

「ねえ、なんでクラス委員になったんだっけ？」

「人望が厚かったからだ」

あはははと典子は笑った。俺も笑った。座っている紳士に睨まれたような気がしたが、まるで気にならなかった。

二年生の前期、典子と俺はクラス委員を務めていた。四月から九月まで、クラスの代表だった。

四月の委員選出のとき、俺は立候補した。女子は成績最優秀の典子で決まりそうだったからだ。クラス委員は雑用と責任を押し付けられる。立候補する者などいなかった。信任投票ですんなり当選した。放課後も典子と一緒に過ごせる、ただそれだけの理由でクラス委員になった。

気持ちを告白したりデートに誘ったりするアクションは起こせなかったが、ずっと典子のことが好きだった。

布団に潜って思い浮かべるのは決まって典子の横顔だったし、美人という言葉から反射的に浮かぶのは典子の笑顔だった。テレビや雑誌で女優やら歌手やらが微笑んでいると、典子より二ランク下などと判定していた。いまだに典子の夢を見るくらいだ。典子は練習にも頻繁に登場した。きついドリルでは典子に励まされている自分を思った。ちっとも優しくなく、俺を睨み付けながら頑張りなさいよと発破《はっぱ》をかけてきた。典子のことを考えない日はなかった。

　だから、クラス代表としての自覚などまるでなかった。

　あれは五月の土曜の午後、「奉仕活動」をやったときのことだ。三か月に一回の割で行われるボランティアで、通学圏内の道路に転がっている空き缶やたばこの吸い殻などを拾って掃除する。参加は自由意思だったが、クラブ活動が休みになるので全校的な行事となる。

　ところが俺は、当日のホームルームで集合場所などの連絡事項をクラスに伝え忘れてしまった。典子は女子クラス委員の会議に出ていていなかった。そのときは近くの川まで土手のゴミを拾いにいった。誰もゴミ拾いなどやりたくない。クラスの連中は俺が言い忘れたのをいいことに帰ってしまった。女子を中心に十五人しか集まらなかった。二年四組だけごっそり不参加というのはまずかった。遅れて土手へ走っていくと、体操着姿の典子が立っていた。白い体育帽を深くかぶり、腰に手を当てて待っていた。俺は典子の体操着姿が大好きだったので、照れながら近づくとシマデブの獅子頭のような顔が行く手を遮《さえぎ》った。シマデブはトレードマークのレジメンタルタイを振り乱して怒り狂い、俺の頰を力一杯捩《ね》じ上げた。爪先立ちになっても容赦なくつねり上げるので助けてくれと言った。シマデブは頰を引っ張って俺を投げ飛ばした。出し投げを打たれた力士のように勢いよく転がった。受け身を取って素早く立ち上がったものの、頰の痛さに涙が出た。涙目で典子を見ると、典子はふんと顔を逸らした。

おまけに明けた月曜日、怒りの収まらないシマデブが、知らぬ顔を決め込んで帰った連中に一発ずつビンタをかまして一時間説教した。

「女子はともかく、男子はいい加減なクラス委員など信用せずに自分で責任を持った行動を取れ」

そうシマデブが繰り返したのにはまいった。お陰で俺は皆から恨めしげな視線を浴びた。

夏休み前の土曜日だった。放課後、月に二度の定例クラス委員会をすっぽかした。全校的にクラブ活動が休みだったことをいいことに、クラスの男子全員で回転寿司を食べに行ったのだ。当時は一皿八十円で、俺は二十二皿積み上げた。柔道部の富樫《とがし》が二十九皿でトップだった。ひょろっとした美術部の山下《やました》も頑張って十二皿食べた。富樫も俺も金がなく、地主の一人息子の森田《もりた》に借金した記憶がある。月曜日に登校するとシマデブに強烈な往復ビンタを食らった。その日、典子は全く口をきいてくれなかった。

男子と女子が別れて授業をする「技術・家庭」でも悪さをした。女子たちは五、六時間目にフルーツババロアを作る予定だった。それで俺たちは午前中、女子の鞄を漁って材料を食べてしまった。俺は典子のスポーツバッグにあったキウイフルーツを五つ全部平らげた。典子の班が作ったババロアにはキウイが入ってなかった。各班でイチゴ抜きやらバナナ抜きのババロアができあがった。家庭科担当の女史がレシピとちょっとずつ違うババロアを見て事情聴取し、経過をシマデブに言い付けた。

ホームルームはババロアの試食会になった。三時のおやつだ。給食前にデザートを食べてしまった俺たち十人は黒板前に正座させられた。特製ババロアがシマデブと残りの品行方正な男子たちに振る舞われた。シマデブは全部の班のババロアをうまそうに飲み込んでいった。典子たちが作ったババロアを食べるときに、キウイが入ってたらさぞかし美味しいんだろうなと言い、今度作るときはつまみ食い防止に缶詰のフルーツを材料にするといいと笑った。自分の食べる量が増えたのでご機嫌だったのだろう。嫌みを言われただけで叩かれることはなかった。俺は下唇を裏返して典子を見た。典子は金縁眼鏡をかけた男子と談笑しながらババロアを食べていた。翌日、ババロアうまそうだったなと典子に話しかけたら無視された。

下唇を裏返して、電車の窓ガラスを見た。

「クラス委員のくせに、先頭に立って遊んでたじゃないの」

「クラス委員だから先頭に立ってたんだ」

あきれた、と典子は笑った。大ばかだった俺はわざと典子を困らせるよう振る舞っていた。気を引きたかった。典子と一緒に真面目に仕事をするのが照れ臭くもあった。

「キャプテンは先頭に立って遊んでもいいわけ？」

「だめだ。キャプテンが一番練習しなきゃ」

キャプテンの傘でしょう。典子が網棚を見上げて言った。

飛び上がりそうになった。えっ？　と典子の顔を覗《のぞ》き込んだ。

「キャプテンって傘でしょう。言ってみれば」

聞き違いだった。窓が曇っている。暗闇越しに典子の表情を見た。

「陳腐な表現だな。森進一の歌みたいだ」

「悪かったわね。どうせ私にはセンスはないわよ」

顎を突き出して睨み付ける顔がおかしかった。俺ははははと笑った。

「傘には向かないって言いたいわけだ」

「そう。あのときは本当に頭にきたんだから」

「意外と執念深いな」

「過去は決して消せないものなのよ」

「頭にきたベストスリーを挙げてみな」

典子が睨んだ。瞳は笑っている。俺も頬を上げた。

典子は後期もそのままクラス委員になった。女子からも人望があったのだ。気が強く、舌戦でも決して男どもに負けなかった。男子は勉強トップの福山光一《ふくやまこういち》がクラス委員になった。

「福山は俺よりよかったのかよ」

「福山は最高よ。見かけはサエないけど」

ちくしょう、と声を荒らげてみた。福山は運動は苦手だったが抜群に勉強ができた。それでもガリ勉タイプではなかった。もの静かな男で付き合いも悪くなかった。クルクル寿司事件のときにも一緒に寿司を食った。痩《や》せていて目の細いやつだった。

「福山はね、人気あったんだから」

女どもに？　と聞くと、典子は顎を引いた。

「うそつけよ。あんな青なり瓢箪《ひょうたん》」

「ばあか。分かってないな吾郎は。誠実だったのよ」

「それしか能がないんだからしようがない」

また睨まれた。いくつになってもクラス委員体質が抜けないようだった。

「ほら、ダンスをやったでしょ。体育祭だったか文化祭だったかで」

「オクラホマなんとかか。マイムマイムだっけ」

「オクラホマミキサーね。どっちか忘れたけど、福山ってダンスが上手だったのよ」

「あんなもんにうまい下手ってあるのかよ」

典子は目を閉じて首を左右に振った。目を開けて俺を見た。

「男どもって、照れてるのかなんなのか知らないけど、絶対真面目に踊らないのよ。山口《やまぐち》とか西田《にしだ》とかさ、モテそうなタイプほどいい加減にダンスするわけ。お前なんかと手をつなぎたくないって感じでね。吾郎もそうだったでしょ」

苦笑した。男子の人数のほうが多くて、長身の俺は人数合わせで女子の列に入れられてしまった。女の手なんて握ってられるかと涼しい顔をしていたのだが、内心では背の高さを呪った。クマさんと呼ばれていた富樫の毛深い手を取ったときには、なんとか背が低くなる方法はないかと考えたものだった。

「それはお気の毒さま。でも賭けてもいいけど吾郎だって絶対真面目に踊らなかった。福山はね、ちゃんと踊ってくれたのよ。ちゃんと踊ってくれるとラクなのよ。思いやりがあったわけね。そういう噂《うわさ》は広がるのよ。福山っていいわねって」

「ダンスは福山、か。そりゃ結構だ」

「ようするに吾郎たちはガキだったのよ」

俺はダンスしてないんだってば。

「それに福山はね、秋田《あきた》や赤坂《あかさか》に勉強教えてたんだから。知らないでしょう」

懐かしい名前が次々に出てくる。二年四組の出席番号一、二番コンビだった。

「放課後、英語と数学を教えてたのよ。そういうこと、吾郎は知らなかったでしょう」

「なんだ、福山のやつ。俺にも教えてくれればよかったのに」

「ばか。吾郎は怠けてただけじゃない。秋田とか赤坂は本当にできなかったんだから」

「シマデブに言われたんだな」

「ばかね。福山が言い出したのよ。私にもね、女子の成績の悪い子に教えろって。なんか、そういうの嫌だったからやらなかったけど」

「偉いな」

「普通よ。それがクラス委員なんじゃない」

網棚の傘を見上げた。福山の青白い顔が大月の黒い顔に変わった。そういえば細い目が似ていた。大月のことを考えると途端に気が立ってくる。鼻から息をゆっくり吐いた。

大月はキャプテンとして普通だったのだろうか。

夏の練習――。グラウンドに広がっていたのは青空ではない。分厚い雲からもわっと陽が降りている。思い出すだけでも汗が滴ってくる。白い砂が眩しかった。

グラウンドにはナイター設備などない。専用グラウンドもない。夏の練習はラグビー部と交替でグラウンドを使った。練習時間が長いせいでアメフト部が午後だった。午前と午後では迫ってくる暑さが違った。ラグビー部の連中は九時から十一時まで練習して、昼からは海へ行ってしまう。やつらが砂浜でパンツ一丁になっているとき、俺たちは盛大に流れ出る汗を拭いながらストレッチをやっている。

常に激しいコンタクトを伴うフットボールの場合、練習も試合と同じフル装備で臨む。下半身に密着するフットボールパンツをはき、ショルダーパッドをつけてヘルメットをかぶる。なにもしなくても大汗が出る。炎天下、この装いで走り回ったり転がったりぶつかりあったりする。ヘルメットのお陰で日射病にはならないが、籠《こも》った熱を発散できない熱中症にかかりやすい。一年生の頃は何度か練習をリタイアしたものだった。

そんな暑苦しいグラウンドで、大月はいつでもチームを鼓舞《こぶ》していた。

練習では、「いこうぜ！　エイ・エイ・オー！」とひっきりなしに鬨《とき》を挙げた。ひとりが「いこうぜ！」と叫び、全員が「エイ・エイ・オー！」と続く。チーム一丸で怒号を発することで士気を高める。叫び出すのは下級生だったが、大月も率先してコールを出していた。

一番苦手なメニューが一〇〇ヤードダッシュだった。練習の仕上げに一〇〇ヤードを往復三本走った。約九〇メートルの全力スプリントを六本。体がでかくて重いラインマンにはきつかった。それまでの練習で体力は使い果たしている。そんな中での全力疾走だ。試合では死にそうになる場面がいくらでも出てくる。ガッツを養うメニューだった。

どおりゃあぁぁ、と走り出す。見慣れた景色が小刻みに揺れる。腕を意識的に振る。足の回転が速くなる。土を蹴る振動が両耳に伝わる。走り切ると全員がグラウンドにうずくまってしまう。沸騰《ふっとう》しているように体が熱くなる。それなのに悪寒《おかん》がする。大月も走るのが苦手なはずだった。だが、いつでも真っ先に立ち上がって声をからしていた。しゃくに障ったから俺もありったけの大声を張り上げた。あんな野郎に発破をかけられてたまるかの意気だ。

キャプテンとしてはまずまずだったのだろう。「普通」だ。普通だろうが特上だろうが嫌な奴には変わりなかった。大月が日本一のキャプテンだろうと、奴とは口をききたくない。

じゃあ俺は、と思う。俺は「普通」か？　いや、中学のときとは違う。厳しい練習を乗り越えてきたのだ。大学生活をフットボール一本に絞ってきたのだ。大ばかな自分とお別れしたかった。頑張ってきた。だからこそ、キャプテンをやりたかった。

曇る窓の奥の闇を見ていた。黙り込む俺がいた。窓に映る典子と目が合った。

「気に障った？　昔のことじゃない。今はキャプテンなんだから。成長したわけよ、吾郎も」

典子の言葉が胸を貫《つらぬ》いた。おうとだけ応えた。

「でもさ。クラス委員はだめだったけど、給食委員はよかったわよね。シマデブにも褒められてたじゃない」

窓の闇で俺の顔が笑顔に変わった。間抜け面だった。

シマデブに、最優秀給食委員だと言われたことがあった。自然に笑顔がこぼれてくる。

二学期の中間試験が終わってクラス委員の任期が切れ、俺は給食委員になった。

給食委員は毎日の給食を統括する。給食の準備は週単位の当番制で、六人ずつに分かれた班の持ち回りとなる。給食配膳室からワゴンを運び、盛り付けする。他の連中はトレイを持って一列に並び、流れ作業で当番に食事を盛ってもらう。

毎日の給食の構成はほぼ決まっている。一のおかず、二のおかず、パン、牛乳、デザート。一のおかずは深いお椀に盛り付けるもの。シチューやおでん、筑前煮や五目焼きソバだった。二のおかずはコロッケやミートパイ、春巻きなどの惣菜だ。四組はシマデブを入れてちょうど五十人だったから、牛乳やコッペパン、二のおかずのメンチカツなどはそれぞれ五十個きっちり給食配膳室で受け取ることになる。一のおかずは巨大な寸胴《ずんどう》に入れられているからだいたい余る。余ったおかずは食べ終わった者から自由にお替わりできる。

給食委員は当番にかかわらず常に一のおかずを担当した。いつでも俺が一のおかずを盛った。女子の給食委員は太めの美子《よしこ》ちゃんで、手際が悪く動作がたらたらとのろいので後片付けの責任者にした。給食準備は迅速さが第一だ。だから後片付けは手伝わなかった。俺は給食を食べ終わると柔道部の部室へ急行した。午後の練習に備えて昼寝するためだ。

一のおかずが八宝菜だとする。順繰りに一のおかずを盛っていく。そのとき、できるだけ希望を聞いてあげるのだ。

「八宝菜大好き。超大盛りにしてくれ」

「頼む。にんじんだけは入れてくれるな」

「とうもろこしのこどもみたいなヤツ、あれだけは勘弁してくれ」

「うずらの玉子を余計に入れろ。さもないと英語の宿題は見せん」

男子が勝手なことを言ってくる。

「お肉の脂身入れないでね。ダイエットしてるんだから」

「野菜は白菜だけでいいの。あとはなにも入れないでよ」

「遅刻しそうになって朝御飯食べてないのよ。多めに盛ってよね」

「八品目、ちゃんと入れなさいよ」

女子も生意気なリクエストをする。

おかずによって十人十色の要望があり、それをできる限り尊重した。クラス全員の好き嫌いは覚えてしまった。その上でお替わりできるように余らせる。食べ盛りの男子とシマデブが必ずお替わりする。

給食委員の手腕は評判がよかった。シマデブから褒められたのは後にも先にも一度きりだった。シマデブは給食で好き嫌いを矯正するなんぞばかげた話だと言った。嫌いなにんじんが食べられるまでごちそうさまをさせてもらえない小学校があるらしいが、そんなことをしたら楽しい給食の時間がストレスになってしまうじゃないか、短い人生、食い物くらい好きなものを食べたらいいと、持論を展開したのだった。

二人、風邪で学校を休んだとする。牛乳、パン、二のおかず、デザートが二個ずつ余る。俺はまずシマデブのところへいった。

「斉藤《さいとう》と小河原《おがわら》の分が余ってます。二のおかずはカニクリームコロッケ、デザートはグレープフルーツゼリーです。どうしましょ」

「じゃ、コロッケとパンは俺が引き受ける」

シマデブの魂胆が分かった。コッペパンにコロッケ二個をはさみ込んで取っておき、放課後にでも食べようというのだ。巨体を維持するのに中学生と同じ食事量では足りるわけがない。

残ったパン一個、牛乳二個、ゼリー二個の希望者を募《つの》ってジャンケンさせる。これが給食前のセレモニーとしては大いに盛り上がった。希望者は百パーセント男子で、パンに五人、牛乳に五人、ゼリーに十人という具合に希望品に分かれてジャンケンをした。シマデブもジャンケンに参加させたいところだったが、担任の特権を認めてやった。すべて俺のアイデアだった。

「楽しかったわよね。なんだか給食食べたくなっちゃった」

雨が激しくなってきた。電車が止まりドアが開いた。雨の音が大きくなった。典子の前に座っていた学生風の男がはっと目覚め、立ち上がってぶつかってきた。左肩に当たった瞬間、反射的に踏ん張った。プラットホームに降りた学生が睨みつけてきた。俺は学生の吊り上がった目を見据えた。悪い癖だ。ただでさえ体がでかいのに。グラウンドを出たら優しくいかなきゃ。

気が付くと、典子を座らせようとした空席に、七三分けの痩せた会社員風が腰かけていた。俺と典子は目を見合わせて顔の上半分で笑った。

「給食委員の才能は認めるんだな」

「そうね。みんなに感謝されてたもんね」

典子はにんじんが苦手だった。俺はなにげなくシチューからにんじんを避けてやった。にんじん嫌いが一番多かった。よくしたもので、バスケット部の荒巻《あらまき》が大のにんじん好きだった。シチューや肉じゃががおかずのときは荒巻のお椀は一色、キャロット色に染まった。

「私も成長したのよ。毎朝、にんじんの生ジュース飲んでるんだから。知ってる？　ジュースブリッツって」

知らないよと言ったら典子がぶつかってきた。電車が減速した。よろけた典子が俺の左腕にしがみつく。ごめん、と典子はつぶやいた。胸が熱くなった。聞き慣れた駅名のアナウンスがあった。見慣れた踏切を横切っている。着いてしまった。

傘とズダ袋を網棚から下ろした。大半の乗客が降りる駅だった。典子とプラットホームに降り立った。ひどく降っている。大粒で力強い降りっぷりだった。ホームから見える銀行の時計は十一時半を指している。俺たちは流れに乗らずにゆっくりと階段に向かった。

「まいったな。出る頃はやんでたのよ。傘、持ってたのに。置いてきちゃった」

「傘、貸してやる。ていうか、やるよ」

典子の口癖を真似てみた。

「やるって、傘をくれるの？」

「おう」

「吾郎はどうするの」

立ち止まってズダ袋から折り畳み傘を引っ張り出した。

「なんで二本あるのよ」

「さあな」

典子はたっぷり十秒、上目で俺を見た。

「折り畳みを持ってるのを忘れて、部室から置き傘を持ってきちゃった。でしょう?」

「そんなところだ」

傘を持ってきたことを悔やんだ。傘が一本なら典子を家まで送る口実ができた。相合い傘。降りしきる雨が二人だけの空間を作ってくれる。大月の傘を捨ててしまえばよかった。

いやいや、もっと簡単なことだった。折り畳み傘をズダ袋から出さなければよかったのだ。

「折り畳みを借りるわ」

「こっちを持ってけ」

「大きさからいってもそっちが吾郎でしょ。それじゃ濡れるわよ」

「これ、家の傘なんだ。で、こっちは、俺の傘」

気が付くとホームには誰もいなかった。緑色の背広を着た若い駅員が俺たちを見ていた。俺は階段を指差した。典子と歩き出す。気持ちが柔らかくなるのが分かった。歩き方が典子なのだ。内股で膝を擦り合せるように進む。ときどき左腕の肘を右手で触る。うつむき加減で歩く。中学の頃と一緒だった。俺は試合前のセレモニーでするように胸を張って歩いた。

階段を上がって自動改札口を出た。典子は通勤定期、俺は通学定期だ。典子も左側の出口へ歩く。階段を降りる。あと数段残して典子が立ち止まった。

「やっぱり、折り畳みを貸してくれない？」

タクシー乗り場に傘が一列に並んでいる。黒が多いが、ところどころ花柄やギンガムチェックが見える。黒紺系が二十、柄ものビニール系が十といったところか。傘が激しい雨を弾いている。

「考えてみてよ。傘を返すのって大変なのよ」

ここで話をしていても無駄だった。典子に折り畳みを渡し、俺は大傘を開いた。典子は折り畳み傘を広げながら、素敵な傘ねと言った。赤みを帯びた黄色が典子の雰囲気に似合っている。

「この色、なんていうか知ってるか」

雨音の中、息が白くなった。

「いい色ね。橙《だいだい》？　違うな」

「朽《く》ち葉《ば》色。落ち葉の色だな」

「へえ。朽ち葉色。でもよく知ってるわね。さては……お母さんに教えてもらったな」

典子は傘を上げて笑った。お見通しだった。俺も笑った。

団地の外れまでは同じ道を通るはずだ。足取りはゆっくり。歩き始めて二〇ヤードも歩かないうちにローファーがびしょ濡れになった。素足に革が絡み付いてくる。

「ねえ考えた？　なんで大変かって」

雨音の中で典子が聞いた。大声だった。全く考えてなかった。化粧っ気のない典子の横顔を思い出そうとしていた。

「いい？　借りたら返さなきゃいけないでしょ。ね？　でね、返す日が晴れていたらね、そんなばかでかい傘なんて恥ずかしくて持って歩けないわけね。もし前の日が雨だったら外泊したと思われちゃうじゃない」

なるほど。折り畳みならバッグにしまい込める。どっちでも同じというわけではない。

「でしょう？　返す日が雨なら、私は自分の傘と吾郎の傘と二本持って歩かなきゃならないのよ」

典子に大きい傘を借すと、返却日の天候にかかわらず、俺も面倒なことになるのだった。

「分かった。そっちを貸す」

大声を張り上げた。典子は満足気に微笑んだ。この女は昔から理屈っぽくて負けず嫌いでいけない。

団地の外れに差し掛かった。道路脇に並んだ街灯のゴールに郵便ポストが見える。そこを俺は左へ。典子は真っ直ぐ坂を上っていく。

「傘、返してくれるのか」

思い切って聞いた。

「当たり前でしょう。お母さんの傘なんだから」

「じゃあ、あれか。デートしてくれるわけだな」

デートと口に出してどきりとした。大雨の効用だ。

「ていうか、お祝いね。キャプテン就任祝い。あの吾郎がよくもキャプテンにって感じ？」

またどきりとした。俺はキャプテンじゃない。

「いつが暇なの。いつも暇か。今度の月曜はどう？　社会人の都合に合わせなさいよ」

月曜日六時、池袋西口の交番の前。養老の瀧や庄屋じゃない居酒屋へいこうと典子は言った。心の中でアメリカンクラッカーが弾けた。千載一遇の大チャンスだ。敵のクォーターバックがディフェンスの俺にヘナチョコ球を投げてよこした感じだった。傘が二本あってよかった。

篠突く雨の中、典子の後ろ姿を見送った。朽ち葉色が雨を弾く。スカートのベージュとふくらはぎの肌色が遠ざかっていく。

左を向いて歩き出したとき閃《ひらめ》いた。

思い出した。

あの頃の典子の横顔だ。震えが背骨から顔へ上ってきた。

短く切った髪を気にかけていた。可愛かった。気にかけていることを知ってからかった。

典子が睨んだ。その目が潤んできた。唇を窄《すぼ》めて目を閉じた。びっくりするほど大きな涙が一粒落ちた。気丈な典子が涙を浮かべていた。

なんで、吾郎なんかに、ばかにされなきゃならないのよ――。

震える声だった。俺は一言も喋れなかった。ハンカチすら持っていなかった。

クラス委員の仕事を全部典子に押し付けていた。クラス委員失格だと勝手にくさっていた。典子はシマデブにも言いつけずに仕事をこなしていた。それが快適だった。

典子の涙。

立ち止まった。道路を激しく打つ雨粒を見ていた。

典子の顔が恭太郎の金太郎面に変わった。

このままだと中二の時と一緒になってしまう。

恭太郎は後輩に弁当を譲るようなキャプテンになるだろう。あいつのことだ、俺にも気を遣うに違いない。くさっても仕方ないと思うだろう。あいつに気を遣わせていいのか。

仲良くやることだ。俺の気持ちひとつじゃないか。小橋とうまくやろう。大月の野郎とは絶対に仲良くしたくないが、奴は卒業して消える。問題はない。

俺はキャプテンじゃない。いいじゃないか。キャプテンのつもりでチームを引っ張っていけばいい。もっともっと練習しよう。最後の一年、がむしゃらにやればいい。就職活動なんてどうでもいい。宣言どおり留年だ。キャプテンじゃないから就職する――ふざけるな、それでは最低のばか野郎だ。

すっかり忘れていた。月曜日は留年記念の宴会だった！

とうに酔いは醒めている。雨音だけがする。天ぷら屋の厨房にいるようだった。

典子と会う日を変えなければならない。

朽ち葉色を追うために踵《きびす》を返した。傘を畳み、俺はどしゃぶりの雨を全身で受け止めた。

NG　胸を張れ

1

ラーメン丼をカウンターに置くとビールが飲みたくなった。辛子明太子が入れ放題だった。白いスープが真っ赤になった。辛くて汗が吹き出た。

店を出ると熱気が迫ってきた。空が澱《よど》んでいる。今夜も熱帯夜だ。歩くだけで汗が出た。絞った水気をビールで補ったばかりだった。元の木阿弥《もくあみ》だ。あれほど飲んだのに喉が渇いてきた。

電車はない。安居酒屋で夜を明かすつもりだった。

「お前ら、どうすんだ。恭太郎んちか」

小橋悦郎が言った。くわえた楊枝を上げ下げしている。小橋は巣鴨《すがも》に住んでいる。タクシーを拾う腹だ。

灼《や》けた顔に口髭《くちひげ》が似合う。紺のコットンパンツに素足で履くモカシン。ピンクのボタンダウンのポケットからサングラスの柄が見える。俺たちと十も歳が離れている。その割りには学生風だった。これがチームの監督だ。

「もうちょっとミーティングしていきます」

恭太郎が言った。小橋は頷《うなず》き、俺はずらかるぜと言った。ご馳走様でしたとビデオが頭を下げた。俺も合わせて会釈した。とっとと帰って欲しかった。

恭太郎、ビデオ、ドラ一、ダッチュ。四人とも俺と同じ気持ちだろう。アメリカンフットボール部員五人を夜の街へ置いていく。ミーティング費も置いていって欲しい。奢《おご》ってこそくれたが、小橋は暖簾《のれん》を潜った途端に素ラーメンを六つ頼んだ。チャーシューとんこつラーメンや特製チャンポンなどの注文は封殺された。

八月が終わる。チームは最終調整に入っている。大学最後のリーグ戦だ。二部リーグ優勝、一部との入れ替え戦勝利を目指して暑い夏を越えてきた。あと二週間で緒戦だった。

横断歩道を渡ってセンター街へ抜けようとした。小橋が消えればうまいビールが飲める。監督への悪たれ口を一品追加できる。これが一番盛り上がった。早く冷房の利いた居酒屋で乾杯したい。

信号が青に変わった。そのときだった。

「あれです！　あのバッグ、僕のです！」

向かいの信号機の下に警官と若い男が二人。おかっぱ頭の男が人差し指を突き出している。指しているのはビデオだった。ビデオが手にしているセカンドバッグだ。

逃げられない。吸い寄せられるように横断歩道を渡った。小橋が俺たちから離れていった。

「そのバッグは君のか？」

警官が言った。眼鏡の奥の厳しい目がビデオを睨《にら》んだ。警官は恭太郎より大きかったが俺より小柄だった。ビデオは立ち尽くしている。小橋がビルの陰に隠れた。歩道の信号が赤に変わった。背中を車が滑っていく。身動きできなかった。

「中身を、見せてくれないか」

警官の語気は鋭かった。ビデオは無言でバッグを渡した。警官がチャックを開けた。おかっぱ頭が覗《のぞ》き込んだ。間違いないですと頷いた。よかったともう一人が言った。

「君たち、これはこの人のバッグなんだ。これ、どうした？」

恭太郎が目を瞑《つむ》った。惨敗したゲーム後のような顔だった。小橋は逃げてしまった。逃げようと思えば逃げられた。警官に対峙《たいじ》しているビデオは四〇ヤードを五秒フラットで走る。ランニングバックの恭太郎は逃げるのが仕事だし、加速力ならドラ一が一番だ。俺だって青山あたりまでならノンストップで走れる。だがダッチュが走れない。一人捕まれば同じことだった。警官は逃げた小橋を追わなかった。

駅前の交番まで歩いた。観念した。スクランブル交差点を渡った。駅前広場に髪を染めた連中がたむろしていた。捕まった！　と女が言った。子供っぽい女だ。笑い声が挙がった。空を見上げた。ネオンが夜空を台無しにしていた。ひとビル丸々サラ金のテナントが入っている。ビールで積み上げた酔いは醒《さ》めてしまった。

交番前の通りにパトカーが三台停まっていた。三台とも赤いランプが回っている。大袈裟《おおげさ》だ。俺は恭太郎とパトカーの後部座席に乗り込んだ。警官は運転席と助手席に座った。後部シートに警官が座らなかったことにほっとした。

五分も走らないうちに渋谷警察署に着いた。サイレンは鳴らさなかった。

五人ばらばらに取り調べ室へ通された。微かにたばこの匂いがした。テレビドラマで見るよりも明るくて清潔だった。狭かった。三畳くらいか。生成《きな》り色の壁にいくつもひびが入っている。

角刈りの中年が入ってきた。黒いポロシャツを着ている。腕が逞《たくま》しい。目付きが鋭かった。

「面倒かけねえで喋れ。正直に喋れ。全部喋れ。大したことにはならねえから。分かったなっ」

頷いた。語尾にドスがきいていた。左目の下に目と平行に三センチほどの傷がある。似た顔のプロレスラーがいる。強面《こわもて》だがインタビューでは優しげな表情になった。コマーシャルにも出ている。この刑事も笑うと人が良さそうだった。できれば酒場で会いたかった。こんなのに睨まれたらかなわない。

全部喋った。

練習の後、小橋と飲みに繰り出した。珍しく奢ると言った。監督と四年生のミーティングだ。渋谷の養老の瀧だった。七時に店に入り、その日いっぱい飲んでいた。一人千五百円でビールが飲み放題になった。俺たちは養老ビールをばかすか飲んだ。零時ちかくになって帰ろうとした。小橋が便所に立ったとき、今後の算段をした。腹が減っていた。つまみが足りなかった。注文させてくれない。小橋を撒《ま》いてラーメンを啜《すす》り、安い居酒屋で夜明けを待とうとまとまった。

小橋がにやつきながら戻ってきた。右手にセカンドバッグを持っている。バッグをフリスビーのように投げてよこした。ビデオが受け取った。

「やるよ。便所に落ちてた。ラッキーだぜ」

レノマだとビデオは言った。中身は空だった。俺たちは顔を見合わせた。

酒代は小橋が払った。シャツの胸ポケットから剝出しの札を出してレジに並べた。二万円でお釣りをもらっていた。帰りしなに便所に寄ると、洗面所の棚に革製品が並んでいた。財布、免許証入れ、キーホルダー。

小橋を撒けずにラーメン屋へ入り、空腹を満たしたところで警官に呼び止められた。

喋り終わると、刑事は視線を落として頷いた。メモもとらずに俺の目を睨み付けていた。嘘ついたら承知しねえぞと目が語っていた。怖過ぎて目を逸《そ》らせなかった。

「じゃあ、悪いのはその監督なんだな」

頷いた。後ろめたさはなかった。

「そいつはお前らを置いて逃げたんだな」

そのまま頷き続けた。

「ひでえ野郎だ」

情味ある語調だった。同感だ。部員は息子同然と言ったのはどこのチームの監督だったか。子を捨てる親もいる。子供に親は選べない。

「お前らは知らなかったんだな。窃盗《せっとう》した金で払ったってことを」

頷きを保留した。知らなかったといえば嘘だ。小橋はラッキーだぜと言った。五人とも感付いていた。ただ小橋はそれ以上は何も言わなかったし、俺たちも何も確かめなかった。

しかし窃盗とは物騒だった。俺はうつむいたままで話した。

「バッグの中身は空っぽだったんです。こんなに大事《おおごと》になるとは思いませんでした」

ばん！　と破裂音がした。顔を上げた。

「甘ったれるんじゃねえ。空のバッグが便所に落ちてたって言うのか！　知ってて知らばっくれたに決まってるじゃねえか！」

刑事の目を見た。言葉は出なかった。

「お前みてえなのがネコババなんかするなって言ってんだ。たかが養老の瀧じゃねえかばか野郎。せこいマネするんじゃねえ！」

震え上がった。史上最高の迫力だ。頬が引きつった。全身の筋肉が上へ引っ張られるようだった。

「お前は俺の後輩じゃねえか、ばか野郎。胸を張れって言ってんだ！　もっと堂々としろ」

刑事は訓栄大ＯＢだった。反射的に背筋が伸びた。比喩だからすぐに胸を張ってはまずかった。

説教が終わって待合室に通された。四人が一斉に俺を見た。俺が一番長く絞られたようだった。四人とも表情がぐったりしている。吾郎だいじょうぶかと恭太郎が言った。妙な挨拶《あいさつ》だ。

誰も小橋のことは庇《かば》わなかった。ダッチュが小橋の電話番号を刑事に教えた。ビデオの親父さんが俺たちを引取りに来てくれることになった。

「しかしよ、逃げるかな」

恭太郎が言った。もう信用できないとダッチュ。頭悪いんじゃねえのかとビデオがつぶやいた。ドラ一はうつむいている。逃げても無駄なのだ。小橋は今晩中に捕まるだろう。逃亡の恐れがないから明日御用か。せこいネコババ事件だ。

「俺たち、悪いのかな」

ぼそりとドラ一が言った。

「刑事よ、窃盗って言ってたぜ」

ビデオが言う。

ばか言うな、ネコババだよと俺。

「ネコババって正式にはなんだ」

ビデオが恭太郎に聞いた。恭太郎は法学部法律学科だ。

「さあな。でも窃盗じゃないような気がする」

恭太郎は鼻を上げて首を振った。頼りない法学部だ。

「でも、拾った金で払ったわけだろ。それを俺たちは感付いていたわけだしな」

恭太郎が続ける。ビデオがうーんと唸る。

「なんで俺たちがあんなに絞り上げられるのよ。ねちねちねちねちねちさ。納得いかないよな」

ダッチュが言う。ダッチュの担当はねちねちタイプだったらしい。ついている。ねちねちよりはプロレスラーのほうがましだ。

「謝って金を戻せばそれでいいと言ってるらしい」

恭太郎が言う。まさかさ、とビデオが言った。

「出場停止なんてことにはならねえよな」

「ばか言うな！」

恭太郎が怒鳴った。

全員が黙った。連帯責任か。

夏の高校野球の県予選で強豪チームが出場を辞退した。野球部員が乱闘事件を起こしたのだ。事件とは無関係の部員、特に三年生は泣いても泣き切れない。事件そのものも大したことはない。たかが喧嘩だ。喧嘩するのが高校生だ。『坊っちゃん』だって中学と師範が大喧嘩している。処分されたのは山嵐だけで学童たちはお咎《とが》めなしだった。毎度のことながら高校野球を取り巻く優等生的坊主頭体質には腹が立つ。

そんなことはいい。出場停止だけは御免だった。理由も情けない。高校生が乱闘で大学のアメフト部員がネコババでは格好悪過ぎる。

「ネコババだけどさ、監督が主犯なんだ。やっぱりやばいよ」

ダッチュが言う。一年生から四年生まで、リーグ戦優勝を目標に練習を重ねてきた。四年生の不祥事で出場停止になったら全てがおしまいだった。

「それだけはなんとしても阻止しよう」

俺は言った。恭太郎が頷いた。

「あの二人が許してくれればいいわけだろ。ただ、監督が主犯で、しかも逃げたとなるとな」

ドアが開いた。会話が止んだ。白と青のポロシャツが立っている。被害者の二人だった。白いポロシャツを着たほうが例のバッグを持っている。

「君らのせいで、徹夜になっちゃったじゃない」

白いポロシャツが言った。にやにやした口調だった。おかっぱ頭、白い顔に細い目。薄い眉《まゆ》がずる賢そうだった。一目で、嫌なやつだ。

「君ら、訓栄大のアメラグだって？」

おかっぱが続ける。俺たちは口を噤《つぐ》んだ。おかっぱの後ろの青いポロシャツは無口だった。鼈甲《べっこう》眼鏡の奥から俺たちを観察している。

「何年生？」

「四年です」

恭太郎が答えた。おっ、じゃあ一緒だとおかっぱ。

「僕らも四年。もっとも医学部だけどね」

金持ちなのだろう。着服した金はいくらだったのか。金額によっては単なるネコババでは済まないのかもしれない。しかし医学生二人が養老の瀧で呑むだろうか。たまたま今夜だけ安酒場にきたのか。だとしたらついてない。

「監督が逃げちゃったんだって？」

おかっぱは言い終えると頰を釣り上げた。笑っているらしかった。何が言いたい。立場ははっきりしている。もったいぶった態度だった。

「事情を聞いたんだけどさぁ、監督が悪いみたいじゃない。君らには腹も立たないけどさ。同級生だしね。でもさぁ、逃げた監督は許せないなぁ」

「泥棒ヘッドコーチか」

鼈甲眼鏡が口を開いた。太い強い口調だった。短い髪に太い眉、灼けた顔をしている。おかっぱと比べて好感を持っていた。甘かった。

雰囲気の重さに耐えかねて俺は口を開いた。

「バッグは便所に落ちてたんですよね。だったら泥棒じゃなくてネコババでしょ。それに落としたほうの落ち度もあるんじゃないですか」

おかっぱは目を開いて顔を上に向けた。なんだこいつと鼈甲眼鏡が言った。俺を睨む。冷たい目だった。

「吾郎！」

恭太郎が怒鳴った。目をひん剝いて俺を睨み、おかっぱに向き直った。

「すみません、謝ります。こいつもショックなんです。許してください」

「泥棒でもネコババでもどっちでもいいけどさぁ、人の財布から金を抜いたらいけないよねえ。違う？　吾郎くん」

おかっぱが言った。返事する替わりにおかっぱの目を見た。なよやかな目だった。さっきの刑事に睨まれたら溶け出しそうだ。俺のほうの目の力は三割引にした。

「吾郎くん。フルネームは？」

「佐藤吾郎」

おかっぱは頰を釣り上げて笑った。嫌な表情だった。

「君たちも悔しいだろ？　監督を懲らしめてやろうよ。アメラグの協会にチクっといてやるよ。そしたら即クビになるだろうねぇ」

息を呑んだ。思わせ振りな態度の根拠だ。俺たちが一番困ることを知っている。弄《もてあそ》んでいる。

「監督の不祥事だから、出場停止かねぇ」

「それだけは勘弁してください。お願いします！」

恭太郎の体が沈んだ。

土下座《どげざ》――。

恭太郎が土下座した。

「あの監督はおかしいんだ。俺たちが謝りますから」

恭太郎が振り返って俺たちを見た。ビデオが、ドラ一が、ダッチュが跪《ひざまず》いた。俺も膝を付いた。叩頭《こうとう》した。

初めて土下座した。ジーンズの腿がきつい。頭に血が上っていく。

それよりも恭太郎の目だ。どんなに苦しい時でもチームを鼓舞する力強い目なのだ。金太郎のように真っすぐな目なのだ。恭太郎にあんな目をさせるなんて。涙と怒りが上がってきた。

静かだった。二人は何を見ているのか。土下座を見下ろす気持ちはどういうものか。俺たちが土下座する場面を想像した。遠山の金さんの大団円だ。俺たちは下手人か。

「どうする？」

おかっぱの声がした。返事は聞こえない。

「わかった。もうやめてくれ。頭を上げてくれよ」

おかっぱが言った。鼈甲は頷いたようだった。頭を上げると正座になる。正座は苦手だ。そこら中に打撲痛がある。足が痛い。

「体育会の麗《うるわ》しい友情を見させてもらって満足だよ。僕も高校野球の連帯責任には異論があるからね。だけどその監督はクビにしたほうがいい。それは君たちに任せるよ」

おかっぱの口調から気取りが消えた。どうやら助かった。早くこの姿勢を解きたかった。足が痺れている。おかっぱがドアを引いた。早く出ていってくれ。

「訓栄のアメフトって強いんだろ？」

振り向きざまに鼈甲が言った。俺たちの返事を聞かずに言葉をつなげた。

「これも何かの縁だ。応援するよ。泥棒コーチの下じゃ大した成績は残せないだろうけどね。まあ、頑張ってくれよ。それからさ、ネコババは拾得物横領《しゅうとくぶつ》だな」

ドアが締まった。足を伸ばした。ダッチュが両手で頬を挟み付けた。ドラ一が大きく鼻をすすった。拾得物横領かとビデオがつぶやいた。

誰も喋らなかった。俺は痺れと闘っていた。痺れが退いたら何か話そうと思っていた。

刑事が入ってきた。刑事の後ろに白髪の紳士がいる。白いポロシャツに紺のスラックス。

ビデオの親父さんだった。痺れを我慢してガッツで立ち上がった。

「今日は帰っていいよ。お父さんに感謝しなさい」

刑事が言った。優しい口調だった。俺は頭を下げた。恭太郎が立ち上がって腰を直角に折った。

「すみませんでした」

親父さんは小さく二度頷いて、行こうと言った。長身のビデオが背中を丸めてうつむいている。ビデオの家には何度も泊っているが、親父さんに会うのは初めてだった。俳優のような整った顔立ちをしている。高い鼻と太い眉がビデオに似ている。目尻が垂れ下り、視線が優しかった。

外はぼんやり明るかった。四時半。夏の短夜だ。親父さんはビデオに一万円札を一枚渡した。無言だった。それから俺たちを順番に見て頷いた。目が合って涙が出そうになった。なんとか我慢した。一晩でいろいろな目を見た。

親父さんは駐車場に停めてあったセダンに乗り込んで行ってしまった。俺たちは深々と頭を下げて見送った。

深夜喫茶は込んでいた。客は男ばかりだった。大半がソファーにもたれて眠っている。そのわりには煙草の煙が充満している。便所に近いテーブルに座り、俺たちはぬるいコーヒーを飲んだ。

とにかく小橋に平謝りしてもらう。おかっぱと鼈甲に許してもらう。それしかなかった。どんなことがあっても出場停止だけは避けなければならない。小橋を殴るなり蹴るなり吊し上げるなりするのはリーグ戦が終わってからだ。

恭太郎が電話をかけにいった。

「留守電だった。要点だけ入れといた。敬語を使うのが馬鹿馬鹿しくなったぜ」

恭太郎が戻ってきた。俺はコーヒーを飲み干して足を組んだ。

「『大脱走』見ただろ。覚えてねえかな」

ビデオがつぶやいた。ビデオの家に泊まり込んだときに皆で見た。ビデオが特に気に入っている映画だ。何度も見せられた。俺も大好きだった。

「バートレットとインテリジェンスがプラットホームでドイツ軍に捕まりそうになる場面があったじゃねえか。覚えてねえか」

「参謀の二人だっけ」

ダッチュが言う。俺も覚えていた。ビデオが頷いた。

「デイビッド・マッカラムが捨身で助けるんだ。二人を助けようとして自分が撃たれちまう。泣けるシーンだ。なんか思い出してよ」

ビデオが天井を見上げた。

「どこかのばか監督とは大違いだぜ」

恭太郎が言った。ドラ一が鼻から息を吐き出した。

「メガネのさ、理数系タイプのやつだよな」

ダッチュが言う。ビデオが頷く。

「あれは女が一人も出てこないところがいいな」

俺は言った。大脱走に乗じて空気を変えようとした。

「密造酒を造るシーンがあるじゃねえか。あそこが一番好きだな」

誰も返事をしなかった。

外に出たとたんに汗が浮いてきた。水色の空が広がっている。八月の朝は蒸し暑かった。日差しが鬱陶《うっとう》しい。二時から練習がある。今日も加減抜きに暑くなりそうだった。

「こんなに晴れることねえじゃねえか」

恭太郎がつぶやいた。日差しに拮抗《きっこう》するには条件が悪過ぎた。眠ることだ。ジーンズのポケットに手を差し込み、渋谷駅まで歩いた。

2

練習はきつかった。暑さや寝不足はどうということはない。気持ちが入らなかった。

ビデオは大声でブレークカウントを叫んだ。恭太郎は全速力で密集に飛び込んだ。ドラ一のタックルドリルはいつにも増して迫力があった。ダッチュの吹くホイッスルの音も高かった。俺も体を叩きつけるようにブロックドリルを繰り返した。一見、気合い満点だった。だが没頭していない。やる気のないハードワークほど実にならないものはない。

陽が衰えてきた。生温かい風がそよぐ。汗をかくだけかいた後はどんな風でも気持ち良かった。

小橋が現れるのを待っている。シャワーを浴び、シャツとジーンズに着替えてグラウンドのベンチに座っていた。

恭太郎が針鼠のような髪をバンダナで拭っている。青山恭太郎、キャプテンだ。眉が太く二重瞼ではっきりした顔立ちをしている。一七五センチ七八キロの体軀《たいく》でディフェンスをぶちかましていく。中学高校は野球部の捕手だった。高校野球の新潟県予選ではベスト8まで進んだ。足腰が強い。頼もしいエースランナーだ。俺たちは『ゲゲゲの鬼太郎』の目玉親父が鬼太郎を呼ぶように「キョウタロウ！」と甲高い声で発音する。

ダッチュが伏しているビデオの腰を揉んでいる。岡田忠。コーチ兼主務を務める。小学校の担任から「おか・だちゅう」と分かち読みされ、ここまであだ名を引きずっている。一七五センチ八〇キロのずんぐりした体形と饅頭のような顔がニックネームにぴたり合う。顔立ちがどことなくフォルクス・ワーゲンに似ている。二年生の春、試合で大けがを負った。センターで出場したダッチュは第一クォーターに右膝の靭帯《じんたい》を伸ばした。二年生が試合に出るくらいだからセンターの控えはいなかった。ダッチュは脂汗を浮かべてプレーを続けた。試合が終わるとダッチュの右足は腫れ上がっていた。二度とユニフォームを着てグラウンドに立てなくなった。コーチに転向したダッチュは戦略理論を勉強した。ついでにマッサージも独学した。ダッチュの指圧は天下一品だ。練馬の自宅から少しだけ足を引きずりながらグラウンドに通ってくる。

ダッチュの力加減におぉっと唸っているのがビデオだ。一八五センチ七五キロ。チームの司令塔、スマートなクォーターバックだ。本名は矢島秀雄。趣味のせいで名前に濁点が付く。世田谷の自宅にはビデオが五百本以上ある。従兄《いとこ》がビデオショップをやっている関係で逸品が手に入る。もちろん大半がアダルトビデオだ。俺たちも一通り鑑賞した。ビデオが同期で本当によかった。ニックネームは気に入っているようだが、「ビデ!」と省略型で呼ばれると不機嫌になった。色男が台無しだぜと言う。ビデオは高校時代に「ミスター××高」になったこともある。ガールフレンドも五人はいる。しかし自分で色男と言ってはいけない。

ダッチュが力を込めるたびにビデオの足が跳ね上がった。それをドラ一が涼しい顔で眺めている。戸田一彦。守備の要、ラインバッカーを務める。目尻が流れて優しげな印象を受けるが、試合になると三白眼が光る。狂暴になる。一七八センチ八〇キロの体軀で情け容赦ないタックルを食らわす。先輩に付けられたあだ名がトラだった。それまでの呼び名の「トダ一」が「トラ一」になり、いつのまにかドラ一と呼ばれるようになった。麻雀好きなせいもある。グラウンドにいないときは大学通りの雀荘にいる。たまに英文科の彼女と学食で定食を食べている。千葉の県立高校ではサッカー部、フォワードで鳴らした。

俺はベンチに座ってぼんやりしていた。夕陽がグラウンドを染めている。ベンチの下にクローバーが生えていた。直径三センチくらいの大きなクローバーだった。草の色を眺めていた。おっと声が出た。四つ葉を見つけた。丁寧に摘んだ。見ろと言って四つ葉を挙げた。ずいぶんでけえなと恭太郎。恭太郎とドラ一が寄ってきた。ドラ一がしゃがんで四つ葉を探しはじめた。見つからなかった。俺は四つ葉を定期入れに挟んだ。

ビデオの背中がほぐれてドラ一がベンチへ俯せたときに小橋が現れた。紺のブレザーを手に持ってグラウンドに降りてくる。素肌に白いワイシャツを着崩しているが、グレーのスラックスをはいている。正装だ。ネクタイは外したのだろう。

俺たちは隅の木陰に呼ばれた。グラウンドには誰もいない。四年生から順にシャワーを浴びる。三年、二年は上がっていた。雑用を終えた一年生のかたまりがシャワー室に向かうのが見えた。

「カタはつけてきた」

小橋が神妙な顔をして言った。俺はドラ一を見た。いつもの知らん顔をしている。ドラ一は豹変する。電話が鳴りだすように怒り出す。

「お前らは何も心配しないでもいい。安心しろ」

ばかか。安心しろだ？　あれだけ不安な夜を過ごさせておいて。まず逃げたことを謝れ。

「出場停止なんてことにはならないんでしょうね」

恭太郎が言った。一番大事なことだった。

「ばか、そんなことになってたまるか」

「ばかってことはないでしょう」

ドラ一が言った。独り言のような小さな声だった。

「それだけなんです。それだけが心配なんです。いくらでも頭を下げますから」

恭太郎がドラ一の言葉を遮った。はっきりした口調だった。しかし頭は十分下げた。

「安心しろ。三万、包んで渡した。大事にはならない」

本当にくそ野郎だ。逃げたことを詫びてほしかった。一緒にリーグ戦を戦っていかなくてはならない。俺たちにとっては最後のシーズンだ。気持ちよく戦いたい。

「吾郎を取り調べた刑事な、小林《こばやし》っていうんだけどよ、あれ、ウチのOBだってよ。うまく取り計らってもらったぜ」

刑事の目を思い出して息を呑んだ。できれば二度と会いたくなかった。

「もっと上手くやれよって言われたぜ。逃げ足が遅えってよ」

嘘つけ！　あの人がそんなことを言うわけがない。小橋もこってり絞られたに決まっている。

「てめえ!」

唸った。ドラ一が突進した。右肘が小橋の顎をとらえた。ブレザーが落ちた。小橋が尻餅をついた。ハードヒットだった。ゲームなら褒められるプレーだ。

よせ! 恭太郎がドラ一を後ろから抱き締めた。

「逃げ足が遅くて悪かったな! てめえ、それでも監督かよ!」

小橋は立ち上がってズボンの埃を払った。右手で顎を撫でた。砂が口髭に付いている。ブレザーを拾ってドラ一を睨みつけた。

「お前のエルボー、覚えとくよ。とにかく昨日の件は終わったんだ」

何も終わっていない。刑事の目と監督に逃げられた情けなさは一生忘れない。

離せとドラ一が言った。恭太郎がドラ一の前に立った。

「みんな、気持ちは戸田と一緒なんです。それは分かってください」

恭太郎が言った。小橋は頷いたようだった。

「リーグ戦まですぐだ。妙なしこりは残したくない。殴りたけりゃ殴れ。だがグラウンドでは俺が監督だ。分かったか!」

小橋は言うなり背を向けて歩き出した。大股で歩いてグラウンドの階段を上っていった。なるほど逃げ足が早い。

ドラ一は心の底をさらしてエルボーを打った。なぜそれを受けとめない。恭太郎がドラ一の肩を叩いた。ビデオが唾を吐いた。本当にばかなんだなとダッチュが言った。同感だ。自分で種を蒔《ま》いておいてなにがしこりを残したくないだ。

「飲みに行こうぜ。冗談じゃねえ」

俺は言った。よし！　と恭太郎が柏手《かしわで》を鳴らした。渋谷は嫌だぜとビデオ。恭太郎が大きく頷いた。

「よし、王将！　王将行こう。餃子でビールだ！」

ダッチュが言った。決定、と恭太郎。ドラ一も頷いた。

バスに乗って三軒茶屋の「王将」へ行った。一皿百六十円の餃子を二十二皿食べ、ビール大瓶を十八本飲んだ。同期水入らずはいい。ラー油をたっぷり絡めて餃子を喰らい、ビールでラー油を拭った。仕上げに大盛りチャーハンを平らげた。一人二千円出し、あとはビデオが払った。親父さんからのカンパが余っていた。小橋への悪口雑言《あっこうぞうごん》、おかっぱと鼈甲への悪態。ダッチュがおかっぱと鼈甲の口調を真似した。大笑いしてやった。恭太郎が得意の「ばか野郎」を連発した。ビールが美味かった。

店を出た。すずらん通りの入り口に交番がある。恰幅のいい警官が立っていた。俺たちは胸を張って交番の前を過ぎた。先頭の恭太郎がご苦労さまですと敬礼した。ビデオが、ダッチュが、ドラ一が、そして俺が、胸を張って次々に敬礼した。警官は無表情だった。

3

背中を強打された。腰が砕けた。アスファルトにキスしそうになった。両腕を出してとっさに受け身をとった。金属が落ちる音がした。きゃあと悲鳴が聞こえた。

原付に追突されたのかと思った。大したことはないようだった。手ぶらでよかった。泣き声がする。鰐《わに》のような状態で振り返った。倒れた自転車の後輪が回っていた。男の子が座り込んで泣いている。幼稚園くらいか。痩せた白髪の女性が立ち上がって駆け寄った。

「けんちゃん！　大丈夫！」

けんちゃんは泣きながら頷いた。頭は打っていないようだ。幸い車の往来はなかった。俺も立ち上がって肘と膝をはらった。

自転車にぶつけられた。右から左の歩道へ、道を横断しようとした。前から車がこないのを確認した。けんちゃんを載せた自転車は右側の車道を逆行してきた。二人乗りの逆行、運転しているのは老婆。危険極まりなかった。何か言わなければと思って自転車を立ててやった。

「ちょっとあんた！　危ないじゃないの！」

婆さんが叫んだ。皺《しわ》に囲まれた細い目に敵意が光っている。

「そんな図体で！　けんちゃんにもしものことがあったらどうすんの！」

ぎょっとした。ものすごい剣幕だ。まずはけんちゃんちゃんだった。

「頭は打ってないかい」

俺は優しく言った。けんちゃんは婆さんの顔を振り返って頷いた。怯《おび》えているようだった。目がぱっちりして色が白い。紺のハイソックスが路面の埃で汚れている。けんちゃんが涙目で俺を見た。婆さんが俺を睨んだ。頭にきたので婆さんの容体は聞かなかった。

「まったく、最近の若いのは！　図体ばっかり大きくて。どういう教育受けたんだろね。親の顔が見たいよ！」

悪口のスタンダードだった。婆さんはけんちゃんをハンドル手前のシートに座らせた。婆さんの腕力ではけんちゃんの体重はコントロールできない。荷台に載せるほうが安全だ。けんちゃんは怯えているようだった。事故のショックよりも婆さんの剣幕に驚いている。

婆さんが自転車に股がって走りだした。性懲《しょうこ》りもなく右側車線を逆行していく。ふらふらと危なっかしい。けんちゃんの無事を祈った。

二人乗り、車道逆行、そして追突。俺はどちらかというと被害者である。なぜ罵倒されなければならないのか。

俺の落ち度を考えた。車両は左側通行だとはいえ逆行に注意していなかった点。交通法規を知らない人間に常識は通用しない。それから見事にヒットされた点。婆さんのふらふら運転だ。気配を察して素早く避《よ》けなければ。ストレッチングしていなかったとはいえ不覚だった。

婆さんにとってはけんちゃんだ。孫への愛だ。理不尽な態度も許そう。俺の体の大きさをしきりに強調していた。あんたはぶつけられてもいいだろうけど、こっちはけんちゃんが乗ってるんですからね！　の気合いだろう。けんちゃんが無事でなによりだった。すくすくと育って欲しい。ただ婆さんの質《たち》だけは継いで欲しくない。けんちゃんよ、優しい男になってくれ。

駅へ歩き出した。

確かに不注意だった。典子のことを考えていたからだ。

いつもの俺なら怒髪天《どはってん》を衝《つ》くところだ。だが、夏休みに入りたての小学生の心境だった。典子に会いにいく。婆さんに追突されたくらいでは全く不機嫌にならない。シャツも汚れていない。右肘に血がにじんでいた。唾を付けた。半袖で良かった。

月曜日はオフだ。授業もない。十時まで眠り、ゆっくりと朝風呂に入って自分で食事を作った。残り物のおひたしや卵焼きを刻んで冷飯と炒めた。チャーハンだけは自作のほうがましだった。母親が作るチャーハンはべとべとしてうまくなかった。油をケチる。フライドライスだから油はたっぷり使ってほしい。冷凍のミックスベジタブルを入れるのにも閉口した。彩りは悪くないが妙に甘ったるくなる。

コーヒーを淹《い》れて朝刊を読んだ。それでも二時だったので昼寝した。四時に目が覚めた。念のためにもう一度風呂に入った。なにをごちょごちょやってるのと母親に言われた。

やっと五時になった。バナナやオレンジやパイナップルやさくらんぼのイラストが散らばっているミックスジュース色のトランクスにはき替え、ネックのよれていない無地のTシャツを着た。傘のワンポイントが入った水色のソックスをはき、気に入っているコットンパンツに露草色のボタンダウンを合わせた。台所へ降りてグレープフルーツの皮をむしり、摘《つま》んでTシャツの胸元に擦り付けた。爽《さわ》やかな匂いがした。靴は一足しかないローファー。これしかないコーディネートだった。冬のバイト料が出たらなんとかしよう。

典子とのデートだ。暑かったが空気は乾いていた。ざまあみろだ。ビールが美味《うま》そうだ。池袋西口交番前に六時半。典子は出版社の広告部に勤めている。いつも池袋だった。

家から待ち合わせ場所まで一時間もかからない。家でぐずぐずしているよりはましだった。池袋に着くと西口の本屋へ入った。文庫を一冊買った。レイモンド・チャンドラーの『プレイバック』だ。『長いお別れ』は分厚過ぎたし『さらば愛しき女よ』はタイトルが悪い。なんでもよかった。待っている間に活字を追っても、どうせ頭に入らない。

フィリップ・マーロウが依頼人の秘書のためにキャディラックのドアを開けた。そのとき俺の前に誰かが立った。甘い匂いがした。

「オッス、NG!」

弾んだ声だった。目を上げた。典子が笑っている。

「何読んでるの」

典子は俺の手の中を覗き込んだ。いつものように挨拶《あいさつ》は省略だった。衿の円《まる》いピンクのストライプシャツにツータックのコットンパンツ。紺のパンプスを履いている。「いつまでも見ていたくなる足だった」と言いたいところだったが今日はスカートではなかった。紺のナイロンバッグを肩にかけている。

俺も笑った。典子は文庫本を取り上げた。プレイバックか、と言った。

「チャンドラー、面白い？」

頷いた。まだ面白くなかった。朝早くマーロウに電話がかかってきて三十分後に美人秘書が訪れたところまで。三ページしか読んでいない。そこから進まなかった。美人秘書の登場で典子のことをあれこれ考えてしまったのだ。

居酒屋に入った。生ビールで乾杯し、二杯目から日本酒にした。典子と同じ酒にした。「久保田《くぼた》・千寿《せんじゅ》」が出てきた。黒塗りの升《ます》に細身のグラス。底に青笹が敷いてある。

二週間振りだ。行灯《あんどん》の薄明りの下で旨い酒が呑める幸せに感謝した。

典子は足を組み、腿に芥子《からし》色のハンカチを乗せて話し出した。

いつも登場する上司の悪口を並べ、一日三十分のウォーキングの成果で体脂肪率が二パーセント減ったと言った。典子はゆっくりとグラスを口に付けた。

吾郎は相変わらず練習？　と水を向けられた。渋谷事件の顚末を典子に話した。眉が上がり、寄り、開く。唇に皺が寄る、濡れる、釣り上がる。喋りながら典子の表情が変わるのを楽しんだ。

「NG吾郎が本当にノーグッドになっちゃったのね」

典子がグラスを傾けた。ハンカチを唇にあてる。俺もグラスを空けた。すっきりした酒だったが甘く感じた。ばらのような甘い匂いがする。典子の匂いだった。グレープフルーツの匂いは消えたようだ。いんちきコロンではだめだった。

NGはノーズガード、俺のポジション名だ。ディフェンス最前列の真ん中。組体操のピラミッドの一番下の真ん中と一緒だ。潰れるときに一番痛い。ノーズガードも痛いポジションだった。

すべてのプレーに巻き込まれる。最後列のフリーセフティーなどはランニングプレーが漏れてこない限りはぶつからないで済む。ノーズガードは必ずオフェンスからブロックされる。時には二人がかりのブロックを食らう。

二年生からノーズガードを任された。体格と頑丈さとを見込まれての抜擢《ばってき》だった。苦痛ばかりだった。中央のランプレーに責任を持つ。一番速いプレーがノーズガードの左右を狙ってくる。センターをねじ伏せてランニングバックをタックルしなくてはいけない。センターと激突してから一秒もしないうちにランナーが飛び込んでくる。強さと反応能力とタフさが要求される。それでもひーひーやっているうちに慣れてきた。三年生に上がるころにはプレーが楽しくなった。

チームであつらえたスタジアムジャンパーの袖にポジション名を縫い付けた。俺のスタジャンには「NG　goro u」とある。典子は俺らしいポジションと笑った。

「プロレスラーに似た刑事のせりふがいいわよね」

典子はそう言って髪をかきあげた。小林刑事のどこがいいのだ。

「もっと堂々としろ、胸を張れ、ってやつよ」

声を太くした。ドスが可愛らしい。本物の迫力には及ばない。これでは自白は得られない。

「せこい事件だもんな」

違うの、と典子は言った。

「わたしもそう思うんだなぁ。吾郎はもっと堂々としたほうがいい」

「堂々としてないか？」

「もっとのほうに力点があるのよ。もっと堂々としろってことよ」

「これで態度がでかかったら迷惑だろ」

「威張るのと堂々とするのとは違うわ。でかいやつって堂々としてるほうがいいのよ。見て納得できるんだなぁ」

典子が納得してくれれば俺はいい。

「じゃあ、そうする」

「そうしなさいよ」

俺は胸を張って反り返った。典子は笑った。典子の学級委員的な口調が好きだった。渋谷での一件を話すのは典子が初めてだった。門外不出だ。仲のいい叔父さんにも話していない。話したくてしかたなかった。典子に話すと気持ちが軽くなった。酒を一合頼んだ。

でもさ、と典子は言った。

「なんでそんなやつが監督なのよ」

「他にいないんだよ。土日は潰れるし、勝てなきゃOB会から突っ突かれるし。大変なんだ」

「じゃあ、なんでそいつは監督なのよ」

「好きなんだろ。フットボールが」

「権力欲か。大学の運動部の監督なんて、聞こえはいいものね」

小橋はアメリカンフットボール部監督の名刺を持っていた。確かに情熱家だった。アメリカの雑誌を何誌も定期講読し、衛星放送でプロやカレッジのゲームをチェックする。そのビデオを繰り返し見る。小橋のマンションはビデオテープだらけだった。渋谷のデパートの家具売場に勤めているが、仕事時間以外はフットボール一色だろう。三十も半ばにさしかかるというのに付き合っている女もいない。フットボールは家庭を破綻《はたん》させると言った。時間がいくらあっても足りねえぜ、だから俺は偉いとうそぶく。情熱と人格とのバランスが問題だった。

典子は別の銘柄を頼むと俺のほうを向いて笑った。

典子とのデートは十一回目だった。いつも酒を呑んだ。典子はフレンチやらイタリアンやらで食事するのは嫌いだった。なぜだと聞くと吾郎となら酒でしょと言う。呑んで話してもう少し呑む。とことん呑むときもある。電車がなくなればタクシーで帰った。

それでよかった。典子と酒を呑めるだけで楽しかった。

僥倖《ぎょうこう》だった。去年の秋、雨の日だった。典子と同じ車輛に乗り合わせた。中学卒業から八年振りだった。典子は就職していた。二年浪人した俺は大学三年生だった。

典子と出会った中学時代。典子は可愛かった。俺はでぶだった。

今も一八五センチで九〇キロあるが、当時は一七〇センチ前後で体重は八五キロもあった。筋肉がなく全身ぷよぷよしていた。走れば腹と胸の贅肉《ぜいにく》が揺れた。

男の胸が揺れる。これがばかにされないわけがない。クラスの男どもに「おっぱい吾郎」と揶揄《やゆ》された。揉ませてくれと真剣な面持ちで言ってくる奴もいた。断った。朝は「おっぱいよう」と挨拶してきた。うまいことを言う。しかし情けなかった。

さすがになんとかしようと思い立ち、ダイエット法を典子に尋ねた。典子は首を傾げて笑った。

「太ってるって、そう悪いことじゃないのよ」

かつて人類は飢餓の危険にさらされてきたため、体に脂肪を溜め込む必要があった。太れないと生き延びられない。淘汰《とうた》される。効率よく太れる人間のみが生き残れる。つまり太った人間は優秀な遺伝子を持っている。そんな話を典子はした。

「結婚するなら体のでかい人にしろって。パパが言ってたわ」

ばかにされてしょげていたのだろう。典子に励まされてダイエットする気がすっかり失せた。

でぶだったが運動は好きだった。走らない柔道部を選んだ。柔道部には学校中の肥満児が集まっていた。暑苦しい部だったが目立たないから居心地はよかった。だが、相撲部があったとしても廻しは締めなかっただろう。裸にはなりたくなかった。

高校でも柔道部に入った。順調に太り続けた。なにしろ遺伝子が優秀なのだ。卒業時には一八五センチで一二〇キロになった。

大学でアメフト部に入ると、しごきにしごかれて三〇キロ減量した。走って走って跳んで転がってぶつかって走る。これがアメフトの練習だった。おかげで食事制限せずにダイエットできた。ウエイトトレーニングはベンチプレスばかりやった。脂肪が落ちて筋肉が浮いてきた。胸の筋肉でぴくぴくと三・三・七拍子ができる。いい塩梅《あんばい》に筋肉が浮き上がっている。自分の体付きが気に入っていた。九〇キロはノーズガードの機能体重だ。これより落とすわけにはいかなかった。

だから再会したとき、典子はひどく驚いた。あのでぶ吾郎が、頑張ったのねと言った。

それから、ひと月にいっぺんの割合で酒を呑むようになった。

カウンターなら典子は必ず俺の左に座った。中学の頃、典子と俺は席を並べていた。左隣に典子がいた。黒板を見る振りをして典子の横顔を窺っていた。体育や技術・家庭の授業がない曜日は六時間丸ごと典子と過ごせる。勉強は嫌いだったが授業は大好きだった。普段は落ち着きがないくせに授業は集中していると担任に褒《ほ》められた。その割りには試験の成績が悪かった。担任は首を傾げた。典子のことを試験に出してくれれば誰よりもいい点が取れたのだ。

典子の話すマスコミ業界の話は面白かった。インドに取材に行った編集者が七十万円の領収書をでっちあげた。名目は「象の購入代」。不審に思った経理担当がインド象の相場を調べようと上野動物園に電話した。すると「だからこの前も言ったでしょ。六、七十万だって」と言われた。編集者も上野動物園に相場を聞いていたのだった。編集者氏は大目玉を食らったそうだ。

社長のばか娘が愛車のポルシェを入り口に横付けするという。車での通勤はご法度《はっと》だった。

全社員から疎《うと》ましがられていた。ある日典子が出勤すると大騒ぎになっている。門の前でポルシェがひっくり返っているではないか。有志が夜中にひっくり返しちゃったらしい。ばか娘は怒り狂い、犯人探しに奔走《ほんそう》した。屈強な運動部出身者が多いスポーツ雑誌の編集部が真っ先に疑われたが、全員に完璧なアリバイがあった。お尋ね者の首に十万円の賞金が懸かっているという。ばか娘はポルシェを買い替え、性懲りもなく入り口に停めている。有志の次の行動に期待が集まっている。ポルシェをひっくり返す発想、行動に移すパワーがすごい。この一件をヒントにミステリーを書かせている編集者もいるという。さすがは出版社だ。

誤植の話も面白かった。野球だかサッカーだかボクシングだかの原稿に「次第に攻撃のテンポを上げて云々」とあった。テンポの「テ」が「チ」になっていた。最終工程で発見されたから大事には至らなかったが、編集部中が大爆笑したという。大事に至っていたら売り上げ部数が伸びたかもねと典子は言った。文字どおり世紀の誤植だ。テンポ上げてと言う時、典子が拳を握って力こぶを作る仕草をしたのがおかしかった。

そんな話が次から次に出てくる。俺はごきげんな様を顔に浮かべて酒を呑んだ。典子と酒場にいると台風一過の秋晴れのような気持ちになった。

ところが雲行きが怪しくなってきた。酒を呑んで話を聴いているだけでは満足できなくなった。典子を手に入れたくなった。

典子の話には嫌な上司以外に男が出てこなかった。先週一緒に映画を見にいったのは同僚の女性だったし、箱根の温泉へ行ったのも女性のグループだった。

そんなことを恭太郎に話すと、ばかだなと言われた。

「そんないい女に男がいねえわけねえだろう。マスコミの最先端じゃねえか。いい男なんてゴロゴロしてるぜ」

吾郎な、とビデオが眉を下げて口を出す。

「十回以上デートして、なんで何もねえんだ。失礼じゃねえか」

そうは思わない。だが一理あるかもしれない。

「やれ」

恭太郎が言う。

「向こうもまんざらじゃねえ。吾郎にタックルされるのを待ってる。遅くまで呑んでホテルに誘え。厳しくタックルしろ。ぶちかましていけ。ホテル代ならビデオに借りろ」

ビデオもひとつ頷いた。

「呑んで潰して担いでいけ。駆け引きはなしだ。パワープレーでいけ。俺の言うとおりにしろ」

クォーターバックが立てる作戦にしては乱暴だった。俺は笑った。俺とダッチュには彼女がいない。十人でスキーに行こうと恭太郎が言った。彼女同伴だ。恭太郎のプランを実現させたかった。やつらに典子を会わせたい。一緒に呑んで騒ぐことができたら最高だった。

呑んで潰して担いでいけ――。

「なに？」

典子が言った。何か呟《つぶや》いたようだった。ビデオのハンサム面を押しやって典子の唇を見た。

外へ出た。勘定は典子が払った。割勘にと迫ったが、領収書をもらうからと取り合わない。まだ九時だった。じゃあ次は俺が出すとなる。必然の展開だ。

西口を要町《かなめちょう》のほうへ下っていき、住宅街に入った。中華料理屋の二階のバーへ。外階段を上ってドアを開けるときに、ホテルのネオンが見えた。ホテル街が近い。胸がうねりをあげた。

いいバーだった。客はカウンターに一組しかいなかった。終電後から込みだす。丸テーブルへ座った。典子はジャックダニエルをボトルで頼んだ。ソーダで割って飲んだ。ジャックダニエルはストレートで飲むべきだと酒呑みの叔父さんが言っていた。今夜だけは叔父さんの意見に賛同できない。ストレートで飲んだらあっという間に潰れてしまう。典子に俺は担げない。

クリームイエローの照明をグラスの氷が弾いている。甘くて美味かった。俺はゆっくりと酒を呑むことができない。とにかく目の前の酒を呑んでしまう。居酒屋で作った下地に、典子を前にした緊張が加わってピッチが速くなる。一口に飲み込む量がビールとウイスキーで変わらない。

「美味しいウイスキー。嬉しいな」

典子がつぶやいた。目を閉じると睫毛の長さが目立った。俺も目を閉じた。

「やれ！」

ビデオと恭太郎がけしかける。

思わずグラスを呷《あお》るとボトルが空っぽになった。透明なボトルに目をやって典子は笑った。

「吾郎とはいつも呑み過ぎちゃう。もっとゆっくり呑みなさいよ」

もう一本ね、と典子は右手をふわりと挙げた。今度は違うやつにしようと言うと、私は飽きるほどは呑んでいないのよと口を尖らせた。ジャックダニエルの七割は俺の体に入っていた。

それにしてもストロングスタイルだ。ボトル一本空けて、さらに一本追加する。こういうデートは果たして妥当なのだろうか。アメフト部の先輩と呑んでいるようだった。

ボトルの上半分が透明になった。二本目はセーブした。典子が追い上げてきた。フットボールのタイム・オブ・ポゼッションならぬボトル・オブ・ポゼッションは六対四で俺の辛《しん》勝《しょう》だろう。しかし酒量を体重で割ると典子の圧勝だった。

半分は残しておこうと店を出た。一時ちょっと前だった。

呑んで潰して担いでいけ。

ゆっくりと階段を降りた。典子が着いてくる。足元が覚束《おぼつか》ないようだった。

「タクシー、拾おうよ」

典子が言った。階段を降り切る手前で、俺は典子の背中に右手を廻して左手で足を掬《すく》い上げた。

「えっ？」

「担いでいってやる」

思ったより重かったが、ぶた勝よりは遥かに軽かった。パートナーを肩車してスクワットをする練習メニューがある。俺と組む三年生の勝山《かつやま》は一一八キロもあった。

「恥ずかしいからやめてよ。歩けるわよ」

「もう一歩も歩かなくていい。俺と眠ろう」

ええっ！　と典子は素《す》っ頓狂《とんきょう》な声を挙げた。

「ちょっと待ってよ。降ろしてよ。帰ろうよ」

「だめだ。典子が好きなんだ。ホテルに行こう」

重要なことをふたつ言ってしまった。ジャックダニエルのお陰か。ホイッスルは鳴った。行くしかなかった。攻撃のテンポを上げるのだ。

「分かったから、とにかく降ろしなさいよ」

何が分かったのだろうと思ったら顔の真ん中に衝撃を受けた。目を瞑って左手の力を緩め、典子を立たせた。鼻を摘《つま》んで引いたのだ。涙が出た。

「ちょっと吾郎！　なに考えてるのよ！」

「典子のことが好きなんだ」

涙声で言ってしまった。

「なに言ってるのよ」

「面倒臭いから泊まっていこう」

「酔ってるのよ。ねえ、一緒に帰ろ」

「もう止められないんだ。俺と行こう」

典子の手を引いた。その手を典子が払った。

「吾郎、違うの。ね、お願いだから帰ろ。明日、休みじゃないのよ。絶対泊まれないの」

「泊まって始発で帰ろう。早起きなんだ。起こしてやる」

「ばか！　朝帰りなんてできるわけないでしょう」

横を二人連れが過ぎていった。暑いのに男は背広を着ている。白いブラウスの女が振り返った。

「女をホテルへ連れ込むために鍛えてるの？」

「いざとなったら女を担げるということだ」

「ばか言ってんじゃないわよ」

典子は大通りのほうへ歩き出した。俺も足を踏み出す。

「さっき分かったって言ったろう。何が分かったんだ」

「分かったなんて言ってない」

「言ったよ。必殺技を出す前だ」

「吾郎がばかだってことが分かったのよ」

言って向こうを向いた。大股で進み出した。

「だめ？」

「だめよ」

俺は典子に並んで聞いた。

「だめ？」

「だめ」

「どう頑張ってもだめ？」

「だめ」

「絶対だめ？」

「絶対だめ」

「逆立ちしてもだめ？」

「逆立ちでスキップしてもだめ」

「だめか」

「だめよ。だめ」

俺のだめは上向きで典子のだめは降りていく。典子のだめはプロフットボールチームのディフェンス並みに鉄壁だった。

大通りに出てしまった。典子が手を挙げる。

「クズ牌ばかり揃えた国士無双は役満だろ？　花札もそうだろ？　これだけだめが集まれば立派なもんだ。特別にOKにしよう。ハズレ券十枚で当選とかさ」

「ハズレ券十枚で、もう一度福引きできるんでしょ？　当選じゃないわよ。都合のいいこと言わないでよ」

「じゃあ、もう一度福引きさせてくれ」

「どうぞ」

「だめ？」

「だめー」

語尾を伸ばした。おどけた口調に俺は笑った。典子が睨んだ。息が詰まった。

個人タクシーが擦り寄ってきた。典子の背を見て乗った。微かに煙草の匂いがした。典子が行き先を告げた。窓を開けて風を入れた。典子はドアに体を寄せて窓の向こうを見ている。

黙ったまま三十分。俺が先に降りた。送っていくと言ったが先に降りろと譲らない。車から降りるとき、俺はごめんと言った。典子は目を合わせてくれなかった。

タクシーの白いドアが閉まった。橙の提灯が遠ざかる。左手に典子の腿の感触が残っていた。

典子の髪の色が闇に消えていく。

4

アメフト部の公式の宴会は年に三回だけだ。五月の新人歓迎コンパ、十一月の納会、三月の卒業生追い出しコンパ。もちろん非公式な酒盛りは星の数ほど行なわれる。

部則は飲酒厳禁だ。打撲や傷が日常茶飯事だから治りが遅れてしまう。しかし誰もが部則を無視した。ファウルはファウルだが罰則がない。「健康のために吸いすぎに注意しましょう」と一緒だ。鬼監督の独裁制と猛練習とで知られる強豪の某大学アメフト部は、専門誌に規律を重んずる品行方正なスポーツマンなどと書かれている。嘘八百もいいところだ。オフの前日には六本木で一晩中大騒ぎする。そりゃそうだろうと思う。猛練習に見合うだけの発散が必要だ。フットボールも酒もエネルギッシュにやらなきゃつまらない。

肉体的にも精神的にもハードなスポーツだから、酒やたばこは一概に悪いとは言えない、そう小橋が言った。たまには監督らしいことを言う。コーラやサイダーなどの炭酸飲料が飲みたくなるのも同じ伝らしい。しゅわっとした刺激がストレスを放電してくれる。

緒戦は三五対七で勝った。恭太郎が二つタッチダウンを挙げた。ビデオのパスも好調だった。ディフェンスは輪をかけて快調で、特にランニングプレーは完封に近かった。NGを狙ったプレーを最初に止めてしまうと、相手のプレーはオープンに流れるランかショートパスに限られた。ボールキャリアがオープンに流れるとタックルするのはラインバッカーだ。ドラ一の猛タックルが炸裂した。助走距離があるぶん気の毒だった。相手チームのランニングバックが担架で運ばれていった。マークされるからほどほどにしとけと恭太郎が言った。

快勝にかこつけてじっくりと酒が呑みたかった。

恭太郎とビデオとドラ一の彼女が試合場にきていた。八人でスパゲティー屋に行った。彼女と一緒でなければ入らないような店だった。ペスカトーレだかアラビアータだかボロネーゼだかを、それぞれが注文した。俺はダッチュと向かい合って座った。ダッチュの饅頭面はなるべく見ないようにした。音を立てないように食べた。食べた気がしなかった。

エスプレッソコーヒーを飲んで店を出た。餃子か焼き鳥でビールが飲みたかった。駅で連中と別れた。ビールは家で飲むことにした。

四年生は全員就職が決まっていた。俺は力丸建設に内定していた。

留年するつもりだった。すべての時間をフットボールに割《さ》きたかった。単位は順調に取得していたが、勝手に勉強は休学しようと思った。四年に上がる前、ゼミの教授に理由を話した。

「君がクラブ活動に熱心なのはわかるよ」

教授が言った。黒縁の眼鏡をかけた痩せた顔が俺を見た。五十をとうに越えているのに、耳が隠れる程度の長髪だった。

「そこが君らしくない。俺はそう思う」

風貌《ふうぼう》や言葉の穏やかさからすれば一人称は私か僕が妥当なのだが、教授は俺と言った。教授の潔い感じが気に入っていた。

「なぜ、きちんと卒業して就職することと優勝することが両立できないんだ」

研究室の椅子にもたれて教授は言った。窓から桜の木が見えた。

「卒論は大変な作業だ。俺は運動部だからといって下駄を履かせたりはしない。君は逃げているだけだ。クラブ活動に専念するというのは言い訳だよ。そのほうが楽だからだ。君に本当のガッツがあれば、両立できないことはない」

「卒論準備のためにクラブ活動が疎かになったとすれば、それは君の責任であって卒論のせいじゃない。ここまで君は順調に単位を取っているが、ではクラブの練習は手を抜いていたのか？　クラブと卒論は足して十なのではない。クラブも十、卒論も十なのだ」

「心配しないでも、やっつけの卒論を提出したら容赦なく留年してもらう」

何ひとつ反論できなかった。だが不満はなかった。明解な説教だった。教授の言葉を聞いているとやる気が湧いてくる。簡単に反省するところが俺の欠点だった。

週に一度のゼミには必ず出席した。放棄しようとした教職課程もガッツで履修した。文学部国文科の九割は教職課程を取る。

教育実習にも行った。六月、母校の高校へネクタイを締めて通った。

卒業から六年ぶりだった。校長以下、教員たちの様子がまるで変わっていないのには驚いた。ベテラン陣は全然老けていないし、当時新米だった教員も若々しいままだった。担任だった英語教諭からは世も末だなと笑われた。

「体のほうはだいぶ痩せたけれども、頭の中はあまり変わってないんでしょ？　君はどちらかというと勤勉じゃなかったでしょ。厳しく指導しますよ。しっかり実習してください」

デショ校長は相変わらず「でしょ」を連発した。でしょでしょを聞いて肩から力が抜けた。

一年生のクラスの教壇に立つと射るような目で見られた。これにはまいった。強靭《きょうじん》な神でなくては教員は勤まらない。俺は胸を張って教科書を開いた。授業が終わると生徒が質問にきた。「祭りが行なわれる」の「れる」は、自発、尊敬、受け身、可能のうちどれか？　そんなもの自分で調べろと言うと、なにそれと言う。なにそれとはなんだと返すと、だせえと吐き捨てて行ってしまった。タックルしてやろうかと思った。

教室の後ろで、担当教官が俺の授業ぶりを見ていた。山懸という国語教諭だった。身長が一七五センチで体重が一〇〇キロもある。腹がどんとせり出た真ん丸の雪だるま体型だ。黒縁の眼鏡の奥から俺を見つめた。大いに緊張した。このめがね雪だるまが大の酒好きで、放課後は呑みに連れていってもらった。山懸先生は大学の運動部について次々に質問してきた。

建設会社に就職することを学校には話していない。話してはいけないと教授に指導された。山懸先生は国語教育や授業運営のことは話さなかった。お見通しだったのかもしれない。俺も質問しないから教職指導の話題は出ずじまいだった。

酒を呑みながら教員が老けないのはなぜかと聞いた。山懸先生は二重顎を震わせながらひとつ頷いた。

「ストレスがないからです。私立ということもあるが学校が荒れないんです。うちの生徒は一生懸命勉強します。中学校のように生徒指導の煩わしさがない。ややこしい人間関係のストレスもない。老化の主因はストレスです。強いストレスを受けると活性酸素が著しく発生します。これが細胞を酸化させるわけです。細胞の酸化は目に見える部分に顕著です。顔、髪などですね」

なるほど。デショ校長を除けば髪の薄い教員は少なかった。

「そのかわり、教員たちは実に勤勉です。教員が怠けていては絶対にいい学校にはなりません」

実に勤勉だった。教員がこんなに大変だとは思わなかった。

とにかく授業準備に時間がかかった。授業で漱石の『坊っちゃん』をやった。まず再読する。精読だ。各社から出ている文庫の解説を全部読む。研究本を読む。『坊っちゃん』の研究本は驚くほどたくさん出ている。これを二、三冊買ってきて読む。できれば映画も見る。中村雅俊主演のものが気に入っている。赤シャツ役の米倉斉加年《まさかね》がいい。

その上で山縣先生と打ち合せをする。授業のコンテ作りだ。高校で『坊っちゃん』をやる以上、一歩も二歩も踏み込んだ切り口が必要だ。何がやりたいかを考えろと言う。俺はあだ名を付けるのが得意だから『坊っちゃん』の登場人物のニックネームに着目した。山嵐、赤シャツ、のだいこ、うらなり、狸。秀逸なあだ名である。授業でニックネームについて深く考えさせてはどうかと相談した。それは面白いと山縣先生は言った。生徒たちに今までに出会ったニックネームで面白いと思うものを五つ、理由と一緒に書かせた。集まったあだ名を皆で分類した。本名に由来、似ている有名人に由来、身体的特徴に由来、性癖や雰囲気に由来、身につけている小道具に由来——などなど、十種類以上にニックネームが類型化できた。ちなみにベストワンは「ヌルハチ」に決定した。中国、清の初代皇帝である。世界史の教科書に辮髪《べんぱつ》のイラストが載っている。授業が清朝にさしかかると、たいていクラスの誰かがヌルハチと命名される。まさか辮髪の生徒はいないから、ヌルっとした感じのやつがヌルハチを襲名する。その後、ヌルハチが「ヌルさん」や「ヌルやん」や「ヌルっち」になり、最終的には「ヌル！」と呼ばれる。あだ名が変化するところが可笑《おか》しい。

授業が終わればレポートを提出する。そして次の授業の準備だ。やりがいは抜群だが時間がいくらあっても足りない。

「青春ドラマの先生と山縣先生とは大違いですね」

俺が言うと、山縣先生はゆっくり頷いた。喉の肉がうねった。

「中村雅俊の青春ドラマは僕も大好きだが、あの手のドラマは教員たちがいかにハードに勉強しているかがばっさり切り捨てられていますね。リアリティーがまるでない。実際は机に向かっている時間のほうが多いはずなんだ。あんなに楽しいことばかりではないわけです」

俺も頷いた。リアリティーを追求したらドラマは一時間では済まない。

「ストレスがないと言われましたが、勉強がストレスにならないんですか」

「基本的にその教科が好きですから。吾郎君もアメフトをやっててストレスは感じないだろう。勉学には喜びがあります。難解な入試問題を徹夜で解析するにしても充実感があるわけです。中学の先生が生徒指導に頭を悩ませている時間、我々は勉強しているわけです。大変さの比較はできないにしても、断然、こっちのほうが楽しい」

アカデミックである。俺には縁がなさそうだった。だが魅力的な仕事だ。

「吾郎君みたいなタイプがウチにいるといいんだが。ニックネームの授業は実に面白かった。みな真面目なのはいいんだけど、どうもつまらなくてね」

俺は曖昧《あいまい》に頷いて冷酒を呑んだ。山懸先生は研修が終わってもたまには呑もうと言った。是非お願いしますと頭を下げた。山懸先生との酒は旨かった。自分より太っているからか。安心感がある。酒を呑む様も上品だった。太っている割りには肴を食べなかった。グラスを口に近付けるときに背筋が伸びる。その姿勢だけが格好良かった。俺も真似をして酒を呑んだ。

六月下旬には三人のOBが勤めている建設会社から内定をもらった。就職活動は力丸建設一社に絞った。

恭太郎は商社、ビデオは商船会社、ドラ一は出版社、ダッチュは広告代理店に決まっていた。俺たちは秋のリーグ戦だけに集中していた。

練習が終わり、シャワーを浴びて部屋に戻る途中だった。芳恵ちゃんがにこにこしながら走ってきた。ポニーテールが可愛らしいマネジャーだ。

「吾郎さん、すごいですね」

息を弾ませている。見上げた目が笑っている。

「ロンワードから電話があったんですよ」

アパレルメーカーのロンワードは社会人の強豪だ。俺のことをあれこれ聞いてきたらしい。

「でも、力丸建設に内定しているって言ったら、残念そうにしてましたよ。吾郎さん、ロンワードでプレーを続けてくださいよ」

協会発行のメンバー表を見てマネジャーに電話したのだろう。しかし俺に？　今頃？

「その人、名前は？」

芳恵ちゃんはあっと声を挙げた。

「ごめんなさい！　人事部って言ってました。名前は聞きませんでした。男の人でした」

天下のロンワードから打診があったなんて。悪い気はしなかった。

九月は雨の季節だ。九月最後の日曜日もひどい雨だった。二戦目の赤谷国際大との試合はどしゃぶりだった。雨の試合はランもパスも進みにくい。赤谷国際大のディフェンスはパスに弱かった。タイミングさえ合えばタッチダウンが取れるプレーを用意していた。雨がビデオの強肩を殺した。七対七。タッチダウン一本ずつの引き分けだった。

しつこく体を洗ったのに腕に泥の匂いがしみついていた。泥を吸ったユニフォーム入りのフットボールバッグが重かった。

池袋で典子の自宅に電話をかけた。携帯電話がつながらなかった。父親が出た。佐藤といいますがと言うと、どちらの佐藤さんですかと言う。頑《かたく》なで意地悪そうな口調だった。佐藤吾郎ですというと、ですからどちらの佐藤さんですかと言う。頭にきたので典子さんの友人で川越市藤間に住んでいる佐藤吾郎ですと言ってやった。んぁあああん！　と父親が唸った。互いが不快になる咳払いだった。典子は出掛けておりますと切られた。疲れた体から怒りが上がってきた。いないのなら初めから言えよ。

バッグを抱えてひとりで酒を呑んでもしかたない。家へ帰った。泥だらけのユニフォームを風呂場にぶちまけると、やっぱり！　と母親が絶望の声を挙げた。

「なんで雨でもやるのかね。野球みたいに中止になればいいのにね」

母親がぶつぶつ言っている。勝ったか負けたかはまるで気にしていない。俺は苦笑した。

そうだ、と母親が振り返った。

「力丸の鈴木《すずき》さんから電話があったよ。夜にかけ直すって」

うんざりだ。また一日拘束されるのだろう。スーツに革靴で赤坂の本社へ行くのは気が重い。

熱い風呂に一分浸かり、浴槽から出て水を浴びる。これを繰り返すと筋肉の奥の疲れが取れる。仕上げに温い風呂にゆっくり入った。小一時間の入浴後、夕食を摂《と》ればぐっすり眠れる。

風呂から上がると電話がかかってきた。トランクス一丁で受話器を取った。力丸建設の鈴木さんからだった。人事担当だった。鈴木さんは挨拶もそこそこに、至急確かめたいことがあると切り出した。

「八月二十日、君は渋谷で捕まったのか」

絶句した。例の件はケリがついたと思っていた。忘れかけていた。流れ出ていた汗が止まった。

「大事なことなんだ。君らが集団で窃盗行為を行なったというのは本当か」

窃盗なんてものじゃなくネコババだと手際よく説明した。

「君を信じよう。だがそれはネコババではなく拾得物横領だよ。警察署へ連行されたのは事実なんだな」

連行という言葉が引っ掛かった。

「なぜ、それを知っているんですか」

返事の代わりに聞いた。鈴木さんのスクエアな口調が濁《にご》った。

「告げ口したのは誰ですか」

「誰が告げ口したかは問題じゃないんだ。問題は君のやった行為だろ。まずいよ、捕まったら」

密告か。

「履歴書に『賞罰なし』と書くだろう。採用はそういったところを重視するものなんだ」

「内定取り消しですか」

「最悪、覚悟してもらわないといけない。僕としては最善を尽くすけどね。君のようなスポーツマンに入ってもらいたいんだ」

スポーツマンか、と考えていたらまた連絡すると電話が切れた。

くしゃみが出た。全身の汗を拭い直してポロシャツを着た。それから電話番号を叩いた。

恭太郎もビデオもドラ一もダッチュもいなかった。

おかっぱと鼈甲。忘れかけていた顔だった。ついでに小林刑事の顔も思い出した。またくしゃみが出た。

気が進まなかったが腹は減っている。お茶漬けにしてもらった。丼で三杯流し込んで横になった。目を閉じると暗かった。闇に典子の横顔が浮んだ。典子の顔が微笑《ほほえ》む前に意識が途切れた。

両腕に打撲痛があった。腰に鈍い痛みがある。その程度だった。朝起きてどのくらい体が痛んでいるか。ゲーム翌日のちょっとした楽しみだった。体中に戦った痕が刻まれている。気分とは違って体調は悪くない。

四人に電話した。四人は驚き、怒った。ビデオは密告者の行動を推理した。あの待合室。俺が一番生意気だった。俺はフルネームを喋った。メンバー表の連絡先、マネジャーに電話して就職先を聞き出す。そして密告――。

恭太郎は激怒した。

「こいつは洒落じゃ済まねえぞ。五人で力丸に乗り込むか。小橋も一緒だ。冗談じゃねえ」

俺のほうが冷静だった。どうしても行きたい会社でもなかった。留年するつもりだったのだ。どうしても行きたい会社などなかった。

自分の首尾を話す他に、やつらに密告の手が伸びていないかを聞きたかった。やつらはまるで自分のことは気にしなかった。

ゲームの翌朝、とはいえ昼下がりだった。猛烈に腹が減った。スパゲティーを一袋茹でて缶詰のミートソースを絡めて食べた。起きたくなるまで眠り、たらふく食べる。いつもは食後にもう一寝入りするところだったが、コーヒーをお替わりして電話をかけた。典子の会社だ。

「ちょっと忙しいな。ごめんね」

受話器の向こうで典子は言った。背後に慌ただしい気配がする。

内定取り消しになりそうだと手短に話した。典子はあまり驚かなかった。

「ごめんね、今ちょっと忙しいの。また」

「来週の月曜日は?」

「ごめん。ちょっと見えないな。こっちから電話するよ」

コーヒーを三杯も飲んだことを後悔した。典子と会えないのなら眠るしかない。部屋に戻って大の字になった。

呑んで潰して担いで行こうとしたあの夜。以来、電話をかけると典子はいつも忙しかった。力丸建設などどうでもよかった。典子の横顔。酒を呑む仕草。目を閉じたときの睫毛の長さ。胸が軋んだ。打撲痛よりやっかいな痛みだった。

三戦目を一週間後に控えていた。やることはたくさんあった。練習時間を一時間繰り上げて午後三時からにした。練習後もミーティングに明け暮れた。その日の練習をビデオでチェックし、相手チームのビデオを繰り返し見た。かにを食べるときのような集中力でフットボールに没頭した。帰宅するのは零時近かった。

鍵を廻してドアを開けると、下駄箱の上に封書が載っていた。力丸建設からだった。

内定取り消し。無味乾燥な文面だった。ワープロ書きの居酒屋メニューといい勝負だ。細かく千切ってごみ箱へ捨てた。二階に上がって部屋の窓を開けた。きんもくせいの匂いが入ってきた。虫が鳴いている。涼しい季節になった。

叔父さんの髭面が浮かんだ。一階に降りて父親のスコッチウイスキーでオンザロックを作った。一口含んで競馬雑誌の編集部に電話をかけた。苦い酒だなと思ったら叔父さんが出た。

「おおっ吾郎か。あと一時間で終わるぞ。呑みに行くか」

「違うんだよ。ちょっといい？」

渋谷事件と内定取り消しの顚末を話した。他人事のように話した。

「しかし青春だなぁ」

話し終わると叔父さんは笑った。笑い声を聞いてほっとした。アルバイトを紹介してくれと頼んだ。

「でも吾郎な、良かったじゃないか。監督が逃げてさ」

大丈夫、就職なんてどうにでもなると叔父さんは言った。

意味が分からなかった。なんでと聞いた。

「逃げたのが仲間じゃなくて良かったなって言ってるんだよ。監督に逃げられて辛かったと思うけどな。でもお前ら五人の結束はさらに固まったんじゃないのか」

目の前のグラスを呷《あお》った。あたりまえだぜ！　脚を組んでどぼどぼとウイスキーを注いだ。

「その一件はお前たちの結婚式で必ず出るはずだよ。なあに、青春の思い出だ。式にその監督がいたら漫画になっちゃうけどな」

叔父さんは豪快に笑った。俺も笑った。今度旨いもん喰いに行こうと電話が切れた。

もう一杯飲みたくなった。冷蔵庫を開けてチーズを取り出した。金の延べ棒のようなプロセスチーズを分厚く切った。

収穫だった。ウイスキーの味は数分で変わる。それが分かったからだ。

5

十月になると酒が呑みたくなる。夜がしっとりしてくる。日差しの色が変わって練習が楽になる。練習後、安酒場へ寄る体力が余っている。

典子と呑みたかった。典子は燗酒も好きだった。頬が赤く染まった。典子の横顔を盗み見ながら呑む酒は旨かった。

そんな暇はなかった。ここでベストを尽くさなければ一生後悔する。絶対に妥協しない。

試合までにやれることはすべてやる。そう決めたのだ。

四戦目の試合会場は訓栄大グラウンドだった。三戦目に負け、ここまで一勝一敗一分け。相手は三連勝してきた尚和学院大だ。勝てば優勝の目が出てくる。負ければ優勝の可能性が消える。

ビデオは尚和学院大のディフェンスを徹底的に分析した。ラインバッカー二人に機動力がある。フロントラインの五人も強かった。守り勝っての三連勝だ。ラインバッカーの動きを封じなければ勝てない。ビデオと尚和大強力ディフェンスとの勝負だった。

ドラ一は相変わらず涼しい顔をして相手オフェンスに応じた守備パターンを煮詰めた。典型的なパッシングオフェンスだった。守備が強いから攻撃に時間が使える。ランプレーで時間をコントロールするのではなく、通れば儲けものの呼吸でロングパスをどんと投げてくる。ロングパスは十本に一本が通っても致命傷になる。

ディフェンスはロングパスを封じる。オフェンスは時間を使って攻める。そうすれば勝てる。

週に三日は恭太郎のアパートに泊まった。いちいち埼玉まで帰ってられなかった。酒も呑まなかった。二十四時間、過ぎるのが早かった。

試合は土曜日だった。典子にゲームを見てもらいたかった。勝って典子と祝杯を挙げたい。

木曜日の昼過ぎ、典子に電話した。

「ごめん。土曜日はだめなんだ」

俺はさりげなく引いた。土曜日や日曜日にデートしたことはなかった。典子はドライブが好きだった。でも典子の愛車に乗ったことはなかった。

「試合の前の日はだめ？　ちょっとだけ呑もうか」

典子は言った。金曜日の練習は調整だ。解散時間も早い。栄養と休養をとってゲームに備えるためだ。試合のためにやれることはやった。試合前に酒を呑んではいけないが、どうしても典子に会いたかった。ちょっとくらいならいいだろう。


六時になると薄暗くなった。駅前のネオンが空に浮き上がっている。寒くもなく暑くもない。紫のポロシャツにスタジャンを羽織って典子を待った。ブルージーンズに履き込んだ白いスニーカー。服装には気を遣わなかった。池袋に着くまでに髪は乾いていた。軽く汗を流した秋の宵、典子と酒を呑む。明日の試合がなければ最高のシチュエーションだった。

典子がきた。こんばんはと言った。ベージュのツーピーススーツを着ている。目に疲れが浮き上がっていた。俺はオッスと言った。典子は微笑んで首を傾《かし》げた。

ビアホールへ入った。俺は中ジョッキの生ビールをゆっくり飲んだ。典子はレモネードとビールのカクテルを注文した。

「内定、どうなったの？」

典子が聞いた。俺は内定取り消しの顚末を話した。典子は唇の両脇に筋を作って頷いた。

「嫌なやつっているのよね。でも、あんまり徹《こた》えてないって感じ」

ビールがすすんでいなかった。いつもの典子なら、はじめの一杯はすぐに飲み干した。運動部員顔負けの飲みっぷりだった。仕事が終わって飲むビールが美味しそうだった。話す順序も違った。いつもは典子が喋り出す。典子の話が終わると俺がアメフトの話をする。

「就職、どうするの」

「なんとかなるだろ」

言ってビールを飲んだ。リーグ戦が終わるまで、自分のことは後回しだ。

ビールが苦かった。胸騒ぎがした。もう一杯、ビールを注文しようとして、やめた。

典子の唇を見た。無言が続いた。ミーティングのとき煮詰まって五人が黙ることがあった。その沈黙とは違う。

典子の唇が開いた。

「この前、暑い日。ずいぶん酔っちゃってごめんね。吾郎に抱っこされてびっくりしちゃった」

典子の腿の感触を思い出した。典子が俺の目を見た。笑っている。目が下を向いた。

息を呑んだ。自分の表情が凍り付いていくのが分かった。

堂々としろ、胸を張れ。それだけを念じていた。

「吾郎ごめんね。私、付き合っている人がいるんだ」

堂々と、堂々と！　堂々とふられるんだ――。

小学校の頃。好きだった担任の先生が結婚退職した。最後のホームルームで俺たちに別れを告げた。典子の話す様は先生の雰囲気と似ていた。

恋人が京都にいるという。大学の同級生。どういうつもりだか知らないが俺に似ていると言った。俺は小学校の先生の顔を必死で思い出していた。

典子が黙った。泡の消えたビールを眺めながら、なぜかビデオの顔が浮かんだ。典子が惚れるくらいだから気持ちも格好もいい男なのだろう。

「中学の頃、吾郎のことが好きだったの。いい加減だったけど、優しかったから。給食でにんじんを除けてくれたし」

一言も喋れなかった。首筋を掻いて指の関節を鳴らした。煙草はこんなときに役に立つのだろう。

「吾郎といるだけで楽しかったの。安心してお酒が呑めたの」

右手を見た。甲が傷だらけだ。タックルで擦れる。両腕はかさぶただらけだった。何回目のデートだっただろう。典子はかわいそうと言って腕のかさぶたをそっと触った。かさぶたから全身に電流が走った。あれは幻だったのか。

ビールを飲み干した。目の前にいる女の笑顔を思い出しているようでは話にならなかった。店を出た。一緒に電車に乗れそうもない。胸に石が詰まっているようだった。逃げ出すように典子の後ろ姿を見送った。典子の笑顔を思い出したかった。走り出したかった。池袋から全力で走ればどこまでいけるだろう。どこまでもいけそうだった。

もつ焼き屋の縄暖簾を潜った。

典子の話を聞いて頷いていただけだった。ふられて当たり前なのだと言い聞かせた。典子と待ち合わせて酒を呑む――人生のハイライトだった。約束をしてから典子に会うまで、遠足前の小学生のような心持ちだった。九〇キロの体がふわふわ軽かった。

もう逢えないのか。

これでよかったのか。なぜ典子を奪えなかったのか。なぜ京都のスマート野郎と勝負できなかったのか。俺らしくなかった。呑んで潰して担いでいくガッツで典子に迫れなかったのか。

だめだ。

ウイスキーを飲みながら、典子は京都の恋人を想っていたのだ。

俺のことを好きだと言った。もう会うつもりがないからだ。

カウンターに座り、焼酎の梅ソーダ割りを頼んだ。煮込みを一皿取った。男同士、男一人の客がほとんどだった。

一人酒は年季が要るという。俺は酒呑みとしては量を喰らうだけの序の口だ。だが一人酒が苦にならなかった。電車に乗っても週刊誌や文庫本はいらない。博多まで丸腰で新幹線に乗っても平気だった。典子のことを想っているからだ。典子の横顔を思い浮べれば四、五時間はすぐだった。肴など要らない。典子の笑顔でビール大瓶二本、横顔で冷酒二合はいける。

今夜は違った。典子を想うと涙が腹から逆流してくる。焼酎で涙を押し戻さなければいけない。明日は試合だからどしゃぶりのように呑むわけにはいかない。

焼酎を呑み込んで落ち着いた。そっと典子を想った。

典子は俺と酒を呑みたかったのだ。男と離れている淋しさか。勤めの憂さ晴らしか。俺は中学の同級生、まだ学生だ。偉そうなことを言うわけでもない。中学校時代の話になればノスタルジックな気分に浸れる。金はないがばかみたいに呑む。酒乱じゃないし声が大きくなるわけでもない。利用駅も一緒、潰れても送っていってくれる。安心できる大男だ。

それが崩れた。呑んで潰して担いでいこうとした夜。典子を好きと言った。典子は感じた。これ以上俺に踏み込まれたら危ないと。

もう考えるのは止めにした。やってられなかった。ズダ袋から文庫本を出した。『プレイバック』だった。あれから一行も読み進んでいない。

開いたページに四つ葉のクローバーがあった。押し葉になっていた。

なんでこんなものが出てくるんだ。

また典子の顔が浮かんできた。何気なく典子に渡そうと思っていた。クローバーを摘んだ。込み上げてきそうだった。

口に放りこんだ。咀嚼《そしやく》した。青臭い。奥歯で磨り潰した。焼酎を呑んだ。苦みが残った。目を瞑った。

さよなら、典子。

「あんちゃん、いい体してんな」

目を開けて左隣を見た。紺のセーターを着たおっちゃんだった。ひとりで呑んでいる。胡麻塩頭で顔の色艶《いろつや》がよかった。いい塩梅に出来上がっている。俺は頬を上げて頷いた。

「ずいぶんでっかいな。ええっ？　ラグビーやってんのかい。なんだい、この、NGってのは」

俺は微笑んで焼酎に口をつけた。

「ご・ろ・う、か。おっ、そうか、そうだったのか。あんちゃん、野口五郎か」

おっちゃんはでゅはははと笑った。憎めない笑顔だった。俺も笑った。なにが野口五郎だ。

「イニシャルだろ。ええっ？　のぐちのN、名前はごろうって書いてあるしね。ええっ？」

感嘆詞のええっが気に入った。なるほど。典子と五郎でNGだったのだ。

「こっちの野口五郎ちゃんに中《なか》ひとつ！」

へい、中一本、と太ったおばさんが叫んだ。ご馳走になった。中は瓶詰の焼酎で、外が梅ソーダやらウーロン茶のことだった。酒呑みは外一本、中三本のペースで呑むらしい。まだ九時だ。明日のキックオフは午後二時。集合は三時間前。試合の五時間前に食事を済ませておく。朝食は九時。一時に眠ればいい。

「でもさ」

おっちゃんの声が聞こえた。

「なんで、ごろうちゃんみたいないい男がさ、今じぶん一人で呑んでんだ？　ええっ？」

どきりとした。笑うしかなかった。俺はグラスを呷った。

「ほらね。ほら来たよ。ごろうちゃんの彼女だ。ええっ」

振り返った。首がぎきりと鳴った。黄緑のスーツを着た女性が歩いてくる。ひどく太ったご婦人だった。便所から出てきたようだった。

「おっちゃん！」

おっちゃんを睨んだ。おっちゃんは下唇を裏返して鼻の穴を広げた。目がにやにやと溶け出した。でゅはははと笑い出した。

つられて俺も笑った。胸を張って笑ってやった。おっちゃんと二人で大笑いした。焼酎のグラスで乾杯した。グラスの中で梅干しの種が揺れた。種がフットボールに見えた。

十時過ぎに店を出た。二杯だけしか呑まなかった。おっちゃんと別れた途端、背筋が冷たくなった。典子とウイスキーを飲んだバーへ行こうかと思った。だめだ。明日は試合だ。ごちゃごちゃした筑前煮のような気持ちを明日の試合にぶつけるのだ。そう考えると、今のコンディションは悪くない。

西口広場を通り抜けようとした。いかれたガキどもが騒いでいる。ナンパの名所らしい。典子の顔が浮かんだ。俺を見上げている。笑うと目を瞑って胸を押さえた。それから目を開けた時の表情が好きだった。首を振った。さよならは言ったはずだ。

ガキどもとすれ違った。一番後ろにいたガキがアスファルトに煙草を投げ捨てた。俺のスニーカーの横で火の粉が散った。半分も吸っていなかった。

「消せよ。ばかがっ」

独り言のつもりだった。

「あぁん?」

ガキどもが振り返った。声が大きかったらしい。五人。高校生か。見事に全員茶髪だ。

「おっさん、なんだよ」

声が可愛らしい。だが目付きがだめだ。荒《すさ》んだ目だった。しかしおっさんとはひどい。顔が熱くなってきた。

「なんか文句あっかよ」

「せめて煙草を消せよ」

「ばか、って言わなかったか？　おっさん」

「言ったよ。頭は悪そうだが耳はいいようだな」

ガキは目をひん剝いた。

しゃべってるのは長身の茶髪だった。後の四人はちんけな目で俺を睨み付けている。ギャラリーが集まり始めている。

テツ、やっちまおうぜと声がした。スポークスマンはテツ君だ。

「早く帰って予習でもしろよ。もうすぐ中間テストだろ。それともとっくに中退してるのか」

「うるせえ！」

テツがきた。脇腹を蹴られた。発泡スチロールで叩かれたようだった。その足を取って軸足を蹴り返した。テツはあっけなく転がった。

「この野郎！」

四人がきた。適当に殴った。右で鼻を殴り、左のエルボーを首に入れた。最初の右がいい手応えだった。足にしがみつかれた。腹を殴られた。軽い当たりだ。頭を下げると顔を殴られた。これは効いた。多勢に無勢だ。倒れたらおしまいだった。うずくまりながら一人の腰目掛けてタックルした。汚いブルージーンズの尻をホールドして走った。二〇ヤード走ってガキを落とした。四人と距離ができた。ガキの両足をつかんだ。足首が細い。スニーカーはナイキだった。四人がきた。ガキを振り回した。ジャイアントスウィングだ。ガキの頭がガキの腰に入った。放せとガキが叫んだ。放したら危ない。ジャイアントスウィングで二人倒せば残りは二人。楽勝だ。ただ目が回りそうだった。リクエストに応えてガキを放り投げた。

これで三人。ギャラリーから声援が上がった。警察署がすぐそばにある。ある程度見通しがついたら逃げる一手だ。早く帰って眠らなければ。もう捕まりたくない。

「てめえ」

テツがジャンパーから棒切れを出した。銀色だった。バタフライナイフだ。二人が後退りした。

刃物は苦手だ。りんごも剝けない。どうする。

卑怯《ひきょう》だぞ！　にいちゃん頑張れ！　野次馬から声が上がった。映画やドラマではジャンパーを左手に巻いてディフェンスする。スタジャンはごわごわしていて役に立たない。武器になりそうなものがない。ガキを放り投げなければよかった。

「ラッシャーズの方、いませんか！」

テツから目を逸らさずに叫んだ。池袋西口にある大学のアメフト部のニックネームだった。関係者がいたら助っ人を頼みたかった。返事はない。この際、ラグビー部でも空手部でもなんでもいいのだが。

テツは右手でナイフを握り締めて腰を引いている。閃いた。素早くスタジャンを脱いだ。

もっと素早くポロシャツを脱いだ。ポロシャツを左手に巻き付けた。

裸だと心理的に殴りにくいという。同じ伝で刺しづらいはずだ。心理学に期待した。

「何やってんだ、てめえ」

「あまり服を持ってないんだ。切り裂かれたらかなわねえ」

「うるせえ！」

テツが一歩出た。俺は左足に重心を移した。ナイフは右手。来たら右足で腕を蹴り上げる。タイミングだ。息を呑んだ。

「マッポだ！」

野次馬の列が割れた。警官が二人。後ろの二人が駆け出した。

「やめないか！」

テツがナイフを回転させてポケットに入れた。警官がテツのジャンパーを掴んだ。もう一人の警官が俺の前に立った。俺はポロシャツを着た。警官が俺の目を覗き込んだ。

「ちょっと来てもらおう」

頷く代わりにスタジャンを羽織った。テツが腕を絞り上げられている。他の連中は逃げたようだった。テツが俺を睨んだ。

池袋署まで歩いて五分とかからない。どうせならもう少し早くきて欲しかった。ナイフの登場で一年分のアドレナリンを使った。

また取り調べだ。ノッポの取り調べ官だった。小林刑事と同じ年格好だ。口調は穏やかだった。ほっとした。氏名を名乗ったら、すぐに渋谷で捕まったことがばれた。君は酒を呑むと何かしでかすんだなと怒られた。警察恐るべし。

先に手を出したのもナイフを出したのもテツだ。大したことにはならないとノッポは言った。ジャイアントスウィングで吹っ飛ばした二人も逃げた。けがの心配はないだろう。仲間に逃げられたテツが気の毒だった。

胸を撫で下ろしていたら指紋を採取された。もう君は絶対に悪いことはできないぞと言われた。

「酒場で事件が起こったとする。君は全く無関係だがその店で酒を呑んでいたとするよね。君はすぐに呼び出される。ビール瓶やコップに君の指紋が残っているからだ」

ノッポは大学教授のような調子で説明した。俺も勤勉な大学生のように聴いた。今まで受けたどの講義よりも真剣に聴き入った。

テツはどうなるのか。気になっていた。

「ナイフを出しただろ。ただじゃ済まないだろうな」

「俺のほうは、その、別に訴えたりする気はないんです」

「傷害は親告罪じゃないんだ。君が訴える訴えないは関係ない。たぶん殺人未遂になるだろう」

殺人未遂！　テツが？　俺のことを殺そうとした？

「君はやつらと組み合っている時、どんな気持ちだった？　殺してやろうと思ったかい？」

即座に首を振った。ノッポは満足気に頷いた。

「せいぜい、一、二発殴って痛い目に合わせてやろうくらいの気持ちだったろう」

頷いた。

「素手で殴り合うってのはそういうことなんだ。ところがナイフを出したとなると話は違ってくる。懲らしめてやろうって気持ちが殺意に変わった。そう見なされるんだ」

「まさか――」

「それが法律だ。もちろん加害者になってはいけないが、被害者になってもいけないんだよ。君は被害者とは言えないが、少年がナイフを取り出した以上は君が被害者になる。殺人未遂ということなら、あの少年の将来はめちゃくちゃになるだろうね」

息を呑んだ。口が渇いていた。唾を呑み込むのに時間がかかった。

「まあ、実際には情況ってものがあるから、そう杓子定規にはいかない。君は年上で体も大きいし見るからに強そうだ。事実上、君と少年の一対一だった。とすればナイフは威嚇《いかく》の意味を持ってくる。現に少年はナイフを振り回さなかった。だから殺人未遂にはならないよ」

息を吐いた。脅かさないでほしかった。テツのナイフは没収、厳重に説教されて保護者が呼び出される程度だという。殺人未遂の被害者にされたのではかなわない。

全部終わったのは午前二時だった。引き取りに来てもらうか警察署に一泊するか。父親に迎えにきてもらうのはいやだった。試合はホームグラウンドだ。ギアやユニフォームは部室にある。体一つでいい。だが明日のためにどうしても家に帰りたかった。

ノッポに事情を話した。ノッポは目を瞑って首を振った。寝心地は悪くないから泊まっていけと言う。観念した。たっぷり眠ることだった。

黴臭かった。ぶた箱だ。叔父さんの髭面がコンクリートの壁に浮かんだ。クリーム色の毛布にくるまった。頭の中で掛算九九を唱えた。不眠症の特効薬だ。六の段の途中から夢を見始めた。

目が覚めた。しばらく情況が分からなかった。ねずみ色の景色だった。目覚めて最初に見るのは自分の部屋の天井か恭太郎のアパートの天井だった。たまには別の風景が見たいと思っていた。希望がかなった。

六時。熟睡感はある。痛いところはない。酒をほとんど呑んでいないせいで体調はいい。だが気分は最悪だった。

顔を洗った。左の頬が少し腫れている。それより指だ。何度洗っても指先の青いインクが取れない。刑事に挨拶して定期入れと財布を返してもらった。

「朝飯喰おうよ。俺も夜勤明けなんだ。奢るよ」

ノッポが笑顔で声を掛けてきた。頷くしかなかった。朝飯は家で食べたかった。試合日の朝食は炭水化物とそれをエネルギーに変えるビタミン、ミネラルをたっぷり摂りたい。警察署の食堂の定食ではパワーが出ない。

ノッポは背広を肩に引っ掛けて警察署を出た。大股で歩き出した。ホテル・メトロポリタンへ入る。最上階のレストランが朝食バイキングをやっていた。

「試合前だろ。たっぷり喰えよ」

ノッポが言った。敬礼したい気分だった。

まずグレープフルーツジュースを一リットル飲んだ。それからトマトソースのパスタを山盛りにして箸で食べた。スクランブルエッグも卵四個分は盛った。クロワッサン半ダースをポタージュに浸して食べた。ベーコンやソーセージは消化に手間取るから我慢した。サラダやフルーツも控えた。試合前に繊維質は不要だった。パスタを平らげるとご飯と味噌汁を取りにいった。念のためにグレープフルーツジュースを二杯空けた。コーヒーを三杯飲んで息をついた。

「お見事。さすがに喰うね。バイキングにして正解だったな」

ノッポはコーヒーを飲みながら言った。俺は頭を下げた。

「ご迷惑かけたうえにご馳走まで。本当に申し訳ありません」

「いや。あれが俺の仕事だし、朝飯はどうせ喰わなきゃいけない。付き合ってもらっただけだよ」

ノッポは眩しそうな顔をして笑った。朝日がそそぎ込んでくる。白いテーブルクロスと銀色の食器が輝いている。最高にいい天気だった。

簡易お絞りを何枚も使って指を拭いた。ようやく許容範囲の色になった。ノッポはにこにこしながら俺の仕草を見ていた。

ノッポは剣道五段だと話した。大学時代の試合前を思い出すよと言った。長身から振り下ろすメンは迫力がありそうだった。

「いや。得意は小手なんだ。出小手だね。相手が打ち込んでくるその瞬間、スキができる。そこを、こう、ぱんと、すぱんと打つんだよ」

七三に分けた短めの髪、たれ目。ノッポは身振りを交えて楽しそうに話した。俺も自然と顔がほころんだ。刑事とパクられた学生には見えないだろう。

コーヒーを二杯飲んだ。八時。グラウンドに九時半に着く。部屋で少し仮眠できる。

「試合、頑張れよ。それから、酒呑んだら気をつけろよ」

腰を折って頭を下げた。ノッポは地下鉄乗り場へ消えていった。

山手線のシートに座って朝日を浴びた。足を組んで目を閉じた。

小学校三、四年生の頃だった。スーパーカーブームだった。ポルシェやらフェラーリやらランボルギーニやら、外車のグッズの収集が大流行した。

その頃は池袋に住んでいた。東武デパートに行った。マセラッティーの大型ポスター、小冊子、排気音のテープがセットになって売っていた。値札を見ると三百円。破格の安さだった。俺は三十円しか持っていなかった。急いで家に帰った。母親を説得して二百七十円貰った。デパートに戻ってセットを確保した。ネクタイ姿の店員に三百円を渡した。店員は困った顔をした。300は値段ではなく商品番号だった。値札は別のところに張ってあった。二千五百円だった。

愕然とした。間違えた自分が情けなかった。三百円であるはずがなかった。そんなことも分からなかったのか。俺はべそをかき出した。

ちょっと待ってなさいと店員が姿を消した。デパートの紙袋を持って戻ってきた。店員は腰を落として紙袋を差し出した。それから人差し指を唇の前に立てた。三百円でいいのと聞いた。いいよと言った。俺は紙袋を抱えて家へ走った。優しいおじさんがいるんだねと母親は言った。

三十半ばの店員だった。顔や髪型は覚えていない。もうポスターもカセットテープもない。ときどき思い出す。俺はあの店員のような大人になりたい。

テツにナイフを出させたのは俺だ。最初に軽くかわすべきだった。俺が優しければテツは仲間に逃げられることもなかった。

涙が出てきた。乗客はまばらだった。朝日の中でべそをかいてはいけない。

あくびする振りをして尻ポケットのバンダナを取り出した。

6

ハーフタイムになった。

ヘルメットを外して水を飲んだ。顔から湯気が上がっている。
○対○。尚学大のディフェンスは予想どおり強かった。ビデオのパスが通らない。パスを投げさせないディフェンスだ。パスシチュエーションになるとラインバッカーが一人ブリッツしてくる。ランやショートパスは通しても構わない、代償としてクォーターバックから冷静さを奪う。そんな攻撃的ディフェンスだ。訓栄大オフェンスはビデオを守ってパスを通そうと受け身になった。オフェンスが守りに入ってはいけない。これからがヘッドワークの見せ所だった。
ディフェンスのハドルを組んだ。尚学大オフェンスは予想と違った。ロングパスを投げてこない。単純なダイブ、リードブロッカーを付けたブラストで攻めてくる。NGの左右のホールだ。

「スカウティングとまるで違うぞ。真ん中を狙ってる。一番強いところを崩そうとしてる」

ダッチュが俺の目を見て言った。

「吾郎にダブルできてる。徹底してるぞ。ファーストダウン、セカンドダウンのどっちかにブラストがくる。三七番のリードブロックはどうだ?」

「中の上だ」

ドラ一が答えた。ダッチュが頷く。前半、ブラストは八回。平均で三・五ヤード進まれている。

ブラストは典型的なパワープレーだ。攻撃地点にブロッカーを集中させて数でディフェンスを潰す。通常、オフェンスラインは自分の前にセットしたディフェンダーをブロックする。オフェンスラインが強ければボールは進む。ディフェンスが強ければ進まない。ブラストは二人がかりで一人のディフェンダーをブロックする。そのホールの勝負は二対一でオフェンスが勝つ。開いた穴にブロック専門のランニングバックが飛び込む。その後ろからボールを持ったランニングバックが走ってくる。ダブルで穴をこじ開け、露払いを送り込んでボールを進める。金庫をダイナマイトで吹っ飛ばすようなプレーだった。

「絶対止めるぜ」

俺は言った。ダッチュが頷く。

「吾郎は絶対押されるな。ダブルなら潰れろ。タックルしないでいい。一インチも押されるな」

ダッチュが捲したてた。

「三七番は必ずドラ一を取りにくる。いいか、吾郎とドラ一を殺しにきてるんだ。ドラ一にタックルさせないプランだ」

ダッチュはホワイトボードにマジックを走らせた。

「ドラ一と高山《たかやま》のポジションを入れ替える。ドラ一が右、高山が左だ。やつらのブロックシステムを混乱させるんだ。勝山と宮武《みやたけ》はブラストをケアしながら予定どおりパスラッシュだ」

ブラストは守備を前方に引き付ける撒餌《まきえ》だ。ブラストは止めようと思えば確実に止められる。ディフェンスバックを上がらせ、両ディフェンスエンドにインサイドをケアさせて穴を潰してしまえばいい。だがパスディフェンスが甘くなる。それがやつらの狙いだった。必ずそこを突いてくる。攻撃陣が苦戦している以上、ロングパスが一本でも通れば致命傷になる。まずはロングパスを阻止することだ。ゲームプランは変えられない。

俺の両脇には三年の勝山と宮武が踏張っている。勝山は一一八キロ、宮武は九八キロ。重さも機動力もある。ラインバッカーはドラ一と高山。三年の高山は来年のキャプテン候補、ハードタックラーだ。真ん中のランを止めてしまえば、オフェンスはオープンに逃げるかパスを投げるかしかない。ランニングバックが左右に流れれば、ドラ一と高山が待ってましたとばかりに猛烈タックルを喰らわす。パスなら俺たちフロントラインが猛プレッシャーをかけ、ボールをディフェンスバックの包囲網に落とし込む。このパターンで守り抜いてきた。

「絶対にパスが飛んでくるぞ。後ろは気を抜くな。ブラストのフェイクからロングパスがくる。それが狙いなんだ。後ろは絶対にランに反応するな。ブラストは中の五人で止めるんだ。ゲームプランどおりだ。やつらは絶対に肝《キモ》でパスを投げてくる」

ダッチュがホワイトボードを叩いた。

「いきましょう、吾郎さん」

勝山が言った。目で頷いた。吾郎さん、いこう！　と宮武。震えがきた。この震えのためにフットボールをやっている。

「いいかお前ら。エンドゾーンに彼女がいると思え。止めなきゃ犯られる。絶対にエンドゾーンを割らせるな！」

ドラ一が言った。雄叫びが挙がった。

後半戦が始まった。

尚学大のセンターはキャプテンだった。しつこくまとわりついてきた。ブラストがきた。一八〇センチの三七番が露払いになってラインバッカーを叩く。後ろから小柄なランニングバックが飛び出してくる。猿飛佐助のようだった。

ダッチュのプランが奏功した。高山は三七番に取られたがドラ一が猿飛佐助を弾き返した。それでもブラストを仕掛けてきた。一プレー毎にドラ一と高山がポジショニングを交換した。ブラスト、ブラスト、ブラスト。執拗に仕掛けてくる。ショートパスを通され、自陣四〇ヤードまで攻め込まれた。ブラストで二ヤード、オープンを突かれて四ヤード取られた。

サードダウン残り四ヤード。

今度こそパスだ。きっちり五ヤード取りにくるショートパスだ。

「パスがくるぞ。フラットとミドルに注意しろ。勝山、宮武はアウトからスタント。吾郎は思いっきりプレッシャーをかけてくれ。いいか、絶対止めるぞ」

ドラ一が言った。ブレイク。オフェンスのハドルが解けた。センターがボールを立てる。ボールが動く。チャージ。右腕をかち上げる。センターが浮く。ドライブしてこない。パスだ！　右からかまされた。ガード！　ダブルだ！　押し込まれた！

「ブラスト！」

悲鳴が聞こえた。振り返った。猿飛佐助の背中が見えた。

ロングゲインだった。自陣一五ヤード。ハドル。ドラ一が息を弾ませて指示を出す。

「パスがくるぞ。ドローもある。ブラストは俺と吾郎で止める。絶対に止める。いいな」

ここは絶対にパスだ。ロングゲインの後のパスはセオリーだ。攻め込んでいるからフォースダウンまで攻撃できる。パス失敗でも三回攻撃できる。一発でタッチダウンを取りにくる。

ボールが動いた。センターが潜る。クォーターバックが下がる。パスだ！

左からガード。俺は右から入った。三七番とすれ違った。

「ドロー！」

クォーターバックはボールを持っていない。三七番を追った。ドラ一が腹に入る。三七番の背中に飛び込んだ。五ヤードゲイン！　ドローはＮＧが止めなければならない。

「すまん！」

「反省するな！　そんな暇はねえ」

ドラ一が怒鳴った。

「ゴールラインシフト。速いオープンをケアしろ。チビがボールを持ってくるぞ」

ボールが動いた。三七番がきた。膝に入った。

「パスだ！」

三七番はボールを持っていない。クォーターバックが投げた。猿飛佐助がレシーブした。

ドラ一と高山が立ち止まった。

ホイッスルが鳴った。センターがガッツポーズをした。三七番がベンチに向かって拳を上げた。

七点のビハインド。

ビデオがドロップバックする。ディフェンスラインがラッシュする。投げる。レシーバーが捕る。タックルが飛ぶ。祈った。あと数プレーだった。

ホイッスルが響く。白いユニフォームの手が挙がった。えんじのヘルメットが俯いた。

〇対七。

あと二試合ある。だが気持ちは切れた。優勝の目が消えた。潰れるまで呑みたかった。恭太郎は目を閉じて首を振った。

「呑むのは最終戦が終わってからだ。俺たちが切れてどうする。あとの二試合の戦い方が大事なんだ。絶対に勝つぞ」

木陰に典子の姿を探した。いるわけなかった。

五人でファミリーレストランへ行った。ケーキと飲み放題のコーヒーを注文した。ダッチュがディフェンスのレビューをした。

「ゲームプランにこだわってブラストが止められなかった。ブラストに気を取られてショートパスへの対応が甘くなった。最後までプレーが絞りきれなかった。ロングパスを投げてこなかったのは向こうの都合なのかもしれない。どっちにしてもそれを見抜けなかったのは俺だ。完敗だよ」

「いや、ちょっとしたタイミングのずれだ。もう一度やれば勝てる」

ドラ一がつぶやく。

「そのちょっとで勝負が決まるんじゃないか！」

ダッチュが語気を強めた。

「すまん。俺の責任だ。ラインバッカーに負けた。なんだよ、○点ってよ。情けねえぜ」

ビデオが言った。

「とにかく次だ。次、勝とう」

恭太郎がテーブルを叩いた。誰もコーヒーのお替わりをしなかった。

空が暗かった。俺たちは黙って歩いた。

ビデオが後ろから肩を叩いた。

「典子はゲームにこねえな」

振り返った。ビデオが笑っている。ビデオの目を見た。ビデオの笑顔が止まった。

「土日は京都に行ってるんだ。恋人がいるんだとさ」

恭太郎が立ち止まって振り返った。疲れと眠気と落胆とで気の利いた表情が作れない。

「いつ、わかったんだ」

「昨日。ちょっと会ったんだ」

乱闘事件の話をした。ドラ一が上目遣いに俺を睨んだ。だめ、とビデオ。ダッチュは仏頂面だ。

「おい、呑みにいくぞ！」

恭太郎が言った。

「さっき呑まねえって言ったじゃねえか」

ビデオが言う。恭太郎は笑った。

「急に呑みたくなった。ゲームプラン変更だ。吾郎、どこがいい？」

「金、ねえぞ」

「俺もないけど心配すんな。なっ、ビデオちゃん」

ビデオが苦笑した。ダッチュは？　と恭太郎。多少あるよとダッチュ。ドラ一も大丈夫だと言った。俺と恭太郎はいつも金がない。

「よし！　王将で餃子喰いまくるか」

恭太郎が両手の拳を握って言った。

「たまには違うところにしようよ。大学は？」

ダッチュが言う。チェーン店の「やきとり大学」だ。

「いいね。決まり。大学いこう。五人で二百本は喰うぞ！」

恭太郎が言った。元気がいい。

「ただし、ゲームのレビューは一切なしだ。いいなっ」

「じゃあ、この前見たフランス映画の話をしてやる。良かったぞ」

ビデオが言う。ポルノか？　と恭太郎。

「ばかっ！　ポルノの解説してどうする！　ラブストーリーだ。正統派よ」

ラブストーリーだけは勘弁して欲しかった。

「ビデオの解説はいつも回りくどいんだよなぁ。もっと簡潔にいけないかな」

ダッチュが言った。皆が笑った。

夜道を歩く。五人に笑顔が戻った。

家に帰りたかった。今夜こいつらと酒を呑むと、ほろほろと崩れてしまいそうだから——。

7

グラウンドを走っていると秋の深まりがよく分かる。喉が渇かない。吸い込む空気が冷たい。喉が渇かない替わりにグラウンドの土が乾いてくる。風が吹くと砂塵が舞う。汗を吸ったアンダーシャツがすぐに冷たくなる。夕方があっという間に夜になる。

練習が終わってバスを待つ間、必ずバス停近くの駄菓子屋で一服した。夏はアイスキャンデーを舐めてジュースを飲んだ。二年のときだったか、八人でアイスキャンデー五十本を平らげたことがあった。ラグビー部は十人で四十本食べたよと店のおばちゃんがけしかけたのだ。それなら俺たちは五十本だと恭太郎が口を尖らせた。頭が痛くてまいった。頭痛は免疫だから一度きりだとダッチュが言った。嘘だった。何度も頭が痛くなった。一本五十円、当たりくじ付き。四十八本なめて当たりは二本だけだった。はずれスティック十本で一個おまけしてくれた。着色料のせいで舌が真っ赤になった。

涼しくなるとアイスキャンデーが売れなくなる。代わっておでんの大鍋が湯気を立て始める。よく煮込んであるさつま揚げを串に刺して食べた。鍋が空っぽだったことがあった。ラグビー部の連中が鍋ごと食べちゃったのだ。恭太郎が怒り、今度は俺たちが鍋ごと買いますと言った。

おでん鍋を買い占める計画は流れそうだった。シーズンが終わってしまった。三勝二敗一分け。ブロック三位。最終戦、晴れ渡った空に勝鬨《かちどき》を挙げた。試合場は八王子だった。新宿で呑んだ。心ゆくまで呑んだ。打撲や関節痛を気にしなくていい。呑んで呑んで呑まれて呑んで呑んで呑みつぶれて眠るまで呑んだ。明け方、三年生に胴上されたようだった。寒かった。よく覚えていない。

体の痛みで目が開いた。ごうごうひゅうひゅうと鼾《いびき》が聞こえる。見慣れた天井の木目が目に入った。恭太郎のアパートだった。背骨を中心に全身が疼《うず》く。一時間くらいストレッチしなければ一〇ヤードも走れない。家に着くまでに時間がかかりそうだった。

散らかし放題の部屋は黒っぽかった。ドラ一、ダッチュ、ビデオ。みんな学生服のまま寝ている。家主の恭太郎は紫の半纏《はんてん》を羽織っている。橙の陽射しが学生服に降りている。だらしなく口を開けているダッチュの腕時計を見た。二時だった。遅刻だ。練習開始は三時。一時間前に集合しなくてはいけない。

目を瞑った。もう練習しなくていいのだ。明日も明後日も練習はない。

頭が痛かった。唇がコーティングされたように強ばっている。口の中に水気がなかった。慎重に立ち上がって流しへ行き、水を飲んで顔を洗った。一晩中呑んで食べていたから腹は減っていない。冷蔵庫の上のパブミラーを覗いた。少し寝ぐせがついている。

ズダ袋を肩に掛けて靴を履いた。ローファーが冷たかった。やつらの寝姿に敬礼した。ドアを押す。風も冷たかった。

恭太郎のアパートから三軒茶屋駅まで歩く。真っすぐでなだらかな坂を何度歩いただろう。いつも宿酔いだった。家に帰るのが億劫でしょっちゅう恭太郎のアパートへ転がり込んだ。豆腐屋を過ぎる。おやじさんと目が合った。会釈した。手土産によく豆腐を買っていった。木綿豆腐二丁。鰹節と千切った焼き海苔を載せてしょう油を垂らす。これで焼酎を呑めばなんとか収まりがついた。

よたよたと家に辿り着いた。電話をよこせとメッセージがあった。早腰製薬の大沢《おおさわ》とある。小橋と同期だった。滅多に姿を見せないＯＢだ。一度だけバナナをたくさん差し入れてくれたことがあった。

電話をかけると大沢さんはうちに入れと言った。前置きなしだった。日本橋まで来いと言った。

学生服を着て日本橋へ行った。大沢さんは巨漢だった。引退するとたいてい太る。顔に肉が付き過ぎている。二重顎どころか四重顎だ。目、鼻、口が顔の中央に集まっている。

応接室に通された。リーグ戦ご苦労だったなと肩を叩かれた。

「力丸の川並《かわなみ》さんから電話もらってね。なんとかしろってんで来てもらった。うちにこいよ」

ソファーに座る前から話し出す。力丸の内定はOBの川並さんの口利きだった。内定取り消しの件では迷惑をかけてしまった。

「力丸も大人げないよな。たかがネコババくらいでな。頭きただろ」

いいえ、拾得物横領ですからと言ってお茶を啜った。

「同期が談判に行ったんだってな。川並さん、感心してたぞ」

お茶にむせた。同期が談判？

「なんだい知らないのか。吾郎の同期が四人で力丸に行ってさ、内定取り消しを取り消せって人事部に迫ったんだよ」

「いつの話ですか」

「さあな。人事もびっくりしたらしい。感動したってさ。土下座までしたんだってよ」

土下座！

頷いて目を閉じた。

あいつら——なんで何も言わないんだ。

「来年からもウチの学生は採りたいって。感動したならもう一度内定出せってんだよな」

気分を変えるために大沢さんの腹を見た。下腹が丸々と盛り上がっている。

「そういうわけだからさ、うちにこいよ。悪いようにはしない。給料もそう悪くない。建設と製薬じゃだいぶ勝手が違うけど、要するに営業は人柄だからな。ガッツがあれば大丈夫だから。小橋からも言われてるんだ」

「小橋さんが？」

「おう。あいつも責任感じてるんだよ。しようがないやつだけどな」

指の関節を鳴らし首を捻った。大きく息を吐いた。

「大急ぎで試験と面接受けてくれ。便宜上の試験だけどな。来週の月曜日はどうだ？　勤務地は東京がいいだろ？　人事に言っとくよ」

どうにでもなれと思った。これも縁だ。吾郎と呼ばれたことも気に入った。わかりましたと頭を下げた。大沢さんが頷いてのけぞった。顎が五重になった。俺も気をつけなくてはいけない。

「勤務地はどこでもいいんです。京都以外なら」

大沢さんは笑って頷いた。じゃあ頼んだよと立ち上がる。腰を揺すってベルトを持ち上げた。

理由を聞かないところも気に入った。

8

卒論のテーマは『日本文学における過食と拒食』だった。

若手女流作家の小説に多用されるテーマだという。触れ出しは立派だが、ぽん菓子のようにすかすかな内容だった。

『テレビや女性雑誌がスレンダーな女性を持ち上げ、ダイエットブームを煽る。雑誌はダイエット特集を組むと飛ぶように売れるという。なぜ女性は痩せたがるのか。

よほどひねくれていない限り、一般に女性は可愛いと思われたい。「可愛い」という形容詞は「小ささ」の積極的評価である。赤ちゃんが可愛いのは小さいからである。女性は男性に庇護《ひご》される存在であった歴史が長かったため、男性がもてあますほどの「大きさ」では困るからだろうと推察される。小柄、小顔、小足、小食、これらは皆、女性にとっては褒め言葉である。試みに反対語を列挙すれば一層分かりやすい。大柄、大顔、大足、大食。全てが女性にとってネガティブな評価である。

一方、赤ちゃんは体重が増えると喜ばれる。太ることは育つことである。しかし前述のとおり、育つと可愛くなくなるのである。それをうすうす感じ取り、概ねの女性は育ちたくなくなるのである。拒食は育ちたくないという女性の潜在願望の象徴である。拒食・過食の症例の大部分を女性が占めているのは、当然なのである。

また、育つことの拒否には母親の存在も見え隠れする。娘の成長モデルは母親である。母親のようになりたくないという願望が潜在しているのだ。

過食は拒食の反動である。食べないストレスに耐え切れずに食べ過ぎ、罪悪感、嫌悪感から全て吐き出してしまうのである』

原稿用紙五十枚。「である」頻発の大仰な文章である。何度も教授に怒られた。内容の稚《ち》拙《せつ》さもさることながら、文章の不備を徹底的に指摘された。誤字脱字、「てにをは」の間違いはもちろん、掛かり受けの整合性、接続詞の妥当性など、うんざりするほど注意された。ひとりよがりの意味不明文など「さっぱりわからん！」と大きく朱書きされた。全て納得のいく指摘だった。

内容に比べて文章が偉そうだと言われた。決して偉ぶっているわけではなかったので「です・ます」調に変えたいと申し出た。ですます調の卒論など前例がないが勝手にしろと言われた。

『といったわけで拒食と過食は小説のテーマになりうるわけです。ダイエットブームへの警《けい》鐘《しょう》とモラトリアム願望と自分探しです。テーマとしては必要にして十分なのですね。いわゆる「おいしい」テーマであります。女流作家の読者の多くは女性です。女性に読まれる小説のテーマに過食と拒食が多用されるのは、ジャンボ鶴田がジャンピング・ニーパッドを連発するのと同じくらい当たり前のことなのです。

拒食、過食に陥らないためにはどうすればいいのでしょうか。考察するに、よく運動することが大切です。くだらないテレビや雑誌などを見ている暇があったら走ったり歩いたりするべきです。すると必然的におなかが減ります。ほどよい食欲が得られるわけです。また、よくしたことに適度な運動は大脳の満腹中枢の感性を高めます。決して食べ過ぎることはありません。ほどよい分量で箸を置くことができるわけです。運動は絶妙の匙《さじ》加減、いや箸加減で食欲を正しく調整してくれるわけです。

運動する際、ついでに母親を誘うことをお薦《すす》めします。運動して母親と仲良くなれば拒食、過食に陥ることはなくなるでしょう。

ところで、肥満する人は太れない人と比べて遺伝子が優秀だとも言えます。氷河期が訪れて食物がなくなれば頼みの綱は皮下脂肪です。太っている人は皮下脂肪を効率よく貯える機能が優れているのです。世のダイエットブームは文明と遺伝子との闘いだと言ってもいいでしょう。どうしても痩せられない人は、自分の遺伝子は優秀だからと開き直るのも手であると思われます』

ずいぶんとマイルドな卒論が出来上がった。まともな学生なら拒食者・過食者の運動歴を調べ、考察を裏付けるデータを入れるものだがと教授は言った。なるほどおっしゃるとおり、さすがですねと言ったら睨まれた。

五回書き直してようやく「可」をもらった。卒論は普通は「優」、悪くても「良」で通すという。「可」で十分だった。俺の成績は水戸黄門の笑い声のように「可」ばかりだった。

卒業式の夜は追い出しコンパだ。半年ぶりに渋谷で呑む。紺のスーツを着て革靴を履く。チームであつらえたネクタイを締める。学生最後の夜だった。

後輩がひとりずつビールを注ぎにくる。コップを空ける。注ぎ返す。三年が九人、二年が十五人、一年が二十一人。俺たちは計四十五杯ビールを飲んだ。カブでゲンが良かった。一滴残さず飲み切った。伝統だった。

校歌を唄ってお開きになった。

お前らご苦労だったと言って小橋は消えた。小橋はボクサーのように俺たちとの距離を保っていた。

二次会は三年生を連れて安いショットバーへ行った。三次会には俺たち五人が残った。零時前だった。居酒屋へ入った。性懲《しょうこ》りもなくビールを頼んだ。

今日三度目の、学生最後の乾杯だ。

「四年間、早かったな」

ダッチュが言う。

「特にこの一年な」

ビデオが言う。

「道端に財布が落ちてても絶対拾わねえよ」

恭太郎が言い、皆がははは と笑った。

「胸を張って財布をまたいでやるぜ」

ビデオが言った。爆笑。

堂々としろ、胸を張れ。アメフト部の流行語大賞ナンバーワンだ。何度真似ても小林刑事の迫力には及ばなかった。

「ドラ一よ、胸を張れって英語でなんて言うんだ？」

恭太郎が聞く。ドラ一はおぅと唸って眠そうな目を上に向けた。

「パフ　アップ　ユア　チェスト、かな」

さすが、とビデオ。こんなもん高校入試問題だと恭太郎。自分で聞いておいて何を言う。

「あとは、ホールド　ユア　ヘッド　ハイヤー」

「どういう意味だ」

恭太郎が言った。笑った。胸を張れの英訳だと言っている。

「頭を高くしろか。うまいこと言うね」

ダッチュが言う。俺も感心した。

「じゃあ、土下座の反対なんだな」

恭太郎が言った。胸を張ることは土下座の対極なのだ。

「俺たち、一回土下座してるからな。あとは胸を張るだけだぜ」

俺は言った。

言って、あっと思った。こいつらは二度土下座している。

間があった。恭太郎の目を見た。恭太郎は鼻の穴を広げておどけた。

ドラ一は知らん顔をしている。恭太郎がビールを飲み干した。ビデオが恭太郎のコップにビールを注ぐ。泡が盛り上がってビールが零れた。あぁあぁとダッチュがお絞りでテーブルを拭く。

四人が土下座している姿を思った。その中に俺がいない。

ビールの色がにじんできやがった。ビールが零れるように涙が込み上げてきた。

平手が飛んできた。左の頰が痺れた。恭太郎が笑っている。剣道の小手打ちのようにすぱんと決まった。涙が引いていった。

「吾郎だけ貧乏くじ、引いちゃったな」

ドラ一がぼそりと言う。皆、内定先に渋谷事件の顚末を話したという。恭太郎はどうということはないと言われ、ビデオはあっそうと笑われ、ドラ一はいい経験じゃないですかと励まされ、ダッチュは内緒にしておきますと片目をつぶられた。

「ユーモアのレベルは力丸が最低だ。入らなくてよかったぜ。結果オーライだ」

俺が言うと四人は笑った。俺も笑った。息を吐いた。

笑い声が止むとドラ一が目を擦り始めた。目を疑った。ドラ一はいつもポーカーフェイスで俺たちの話を聞いている。いつでもうっすらと笑っている。ダッチュも涙を浮かべ始めた。まいった。俺は目線を上げた。

ぱんと音がした。恭太郎がドラ一の頬を張った。恭太郎が笑う。ドラ一が張り返した。痛えじゃねえかと恭太郎。仕掛けた恭太郎が怒るのがおかしかった。

「しかしいやなのはよ、あだ名でよばれなくなることだよな」

ビデオが言った。ドラ一とダッチュが崩れる。ビデオと恭太郎が立て直そうとする。二対二だ。俺が頑張らなきゃいけない。

「この前なんか矢島君って呼ばれてよ、誰のことかと思っちゃったぜ」

ダッチュが大きく頷く。

「俺もダッチュとはさよならだ。小一から呼ばれてるんだ。今さら岡田君って言われてもな」

「ドラ一はトダ一に逆戻りしそうだな」

恭太郎が言う。気に入ってたんだがなとドラ一。

「恭太郎と吾郎はそのままでいけるんじゃないの」

ダッチュが言う。ダッチュも盛り返したようだった。

「佐藤君なんて言われても返事しないぜ。幼稚園から吾郎で通ってるんだ」

「最初に言っちゃえばいい。俺は吾郎、俺はダッチュだってな。イチローと一緒だ。構うことはねえ。ハンコを作っちまえ」

恭太郎が言う。笑った。

「就職するってさ、あだ名を捨てることなんだな」

ドラ一がつぶやいた。ドラ一のやつ、どうしても泣きの方向に持っていこうとする。

「ドラ一って名刺に刷れ。マスコミだからそのくらいの洒落は通じるだろう」

恭太郎が言った。ドラ一がふっと笑った。酒、酒ぇ！　とビデオ。ビール五本！　と叫んだ。

典子と飲んだビールの色を思い出した。ジャックダニエルのボトルキープも期限切れだ。

吾郎、とビデオが言った。

「典子はいい女だったみてえだけどな。もっといい女がきっと現われる。その女はお前に惚れる。俺が保証する。心配すんな。胸を張れ」

笑った。恭太郎がビデオのおでこを叩いた。ビデオはいい加減なことを自信満々に言う。

「呑んで潰して担いでいけか」

笑いながら俺は言った。

「そうだ。ただし慎重にな。担ぐときは女の利き腕を殺しておけ」

おでこをさすりながらビデオが言う。笑い過ぎて涙が出る。

「典子のことは忘れろ。新作貸してやっから」

ビデオが言った。

「新作？　俺にも貸せ！」

恭太郎が言う。おっ、そうだったそうだったと、ビデオはデイパックを引っ張り出した。ビデオテープが四本。市販のＶＨＳだ。

「餞別《せんべつ》だ。一本ずつ持ってけ」

おおっ！　ダッチュも声を挙げた。ドラ一も笑った。湿っぽさが消えた。さすがはクォーターバックだ。

「ウラだな！　ビデオ〜」

恭太郎が万歳した。情けないほど嬉しそうだった。爆笑。女優は誰？　とダッチュ。洋モノか！　と恭太郎。

ビデオが背筋を伸ばした。

「残念ながらウラじゃない。こいつは俺たちのビデオだ」

笑いが止んだ。ビデオは真顔だった。

「全試合、編集してダビングした。俺のナレーション入りだ。時間かかったぜ」

「全試合って、今年のか？」

恭太郎が聞く。ビデオが頷く。

ダッチュが俯いた。ダッチュはユニフォームを着ていない。

「ダッチュもたっぷり映ってる。ベンチワークも毎試合撮らせたからな。みんな、なかなかのもんだぜ」

ダッチュがビデオテープに頭を付けて泣き出した。ドラ一が腕で目を擦る。恭太郎が下を向く。俺は天井を見上げた。

「嫌な野郎ばっかりなんだよ。就職したくねえ」

ドラ一がつぶやいた。

「ばか野郎！」

恭太郎がドラ一の頬を張った。

「情けねえこと言ってんじゃねえ。ブロック一のハードタックラーのせりふか」

ドラ一は反撃しなかった。

「なんでこんなに淋しいんだ。頑張ってきたんじゃねえか。十五人いたんだぜ。俺も何度もやめようと思った。でも頑張ってきたんじゃねえか。勝てなかったのは悔しいけどよ、なんで最後にこんな気持ちになるんだ。やることはやってきたはずなのに、なんで淋しいんだ。なんで晴れやかになれないんだ」

ドラ一の涙声が胸に染みた。また腹から込み上げてきた。

よし！　ビデオが叫んだ。

「吾郎、ハドルだ」

俺は頷いた。立ち上がって右手を高く挙げ、大声で怒鳴った。

「うぉ――――！」

四人が右手に集まる。俺は屈み込んだ。

「いきます！　フレーフレー訓栄、フレーフレー訓栄！」

「うぉ――――！」

声を振りたてた。店員が三人すっ飛んできた。ビデオがこれ以上ない笑顔を作って謝った。

それから八方に頭を下げた。拍手がぱらぱら起こった。

「よし！　もう一軒！　涙はなしだ。泣いたら一五ヤード罰退！」

ビデオが言った。

「うぉ――――！」

思いっきり絶叫した。店員の呆れ顔が目に入った。

9

東京支社の会議室にはスーツ姿が集まっていた。ところどころに輪ができて談笑している。

早腰製薬の東日本の採用は五十人。女性は十五人くらいいた。今日までに三回は拘束されている。研修と称して温泉に入ったり酒を呑んだりして顔見知りになっている。滑り込みで入社した俺には知った顔がなかった。男三人がわっと笑った。これ見よがしだった。

人事部の係長が研修の日程を説明し出した。大阪で一か月間。この一か月がベースになると天然パーマの係長は言った。やる気に満ち満ちている君たちには釈迦に説法だが、ここで大きく差がつくから厳しい気持ちで臨めと言う。俺はやる気に満ち満ちていない。すでに差がついている。

新日本橋まで歩いて東京駅へ出た。空が青い。路面の水溜まりにも青が揺れている。半ズボンにはき替えて花見にでも行きたかった。

プラットホームに並ぶ。ひかり号はホームに入っていない。俺はバッグを置き、キヨスクへ歩いた。ビールを横目にウーロン茶と新刊の文庫本を買った。

ひかり号がホームに入ってきた。皆が列を作っていたエリアに戻ると、バッグがひとつ置いてある。フットボールのキーホルダーがぶら下っている。俺のバッグだ。俺は整列線の最後部にいた。乗車口から一〇ヤード離れて紺のナイロンバッグがぽつねんとある。げっそりした。同僚のバッグを置き去りにしていくだろうか。俺なら一緒に持って入る。あるいは持ち主が帰ってくるのをさり気なく待つ。盗まれても文句は言えない。気付かなかったのか。

車窓から車内を見た。連中がシートを向かい合わせて笑っている。

四人の顔を次々に思い出した。

首を振った。あいつらもどこかで頑張ってるんだ。

もっと堂々としろ。胸を張れ。

上着を脱いでネクタイを弛めた。文庫本をバッグにねじ入れた。フットボールを揺らしながらバッグを肩に担ぎ、俺は胸を張って新幹線に乗り込んだ。

「ごっついなぁ自分。この後、呑みにいかへん。みんなくるから」

研修の休憩時間にぼんやりしていたら肩を叩かれた。ひょろっと背の高い男だった。難波《なんば》の居酒屋へ繰り出した。大阪の連中がほとんどいた。女性も大勢いる。東京採用は俺ひとりだった。自己紹介せいと言うから挨拶した。拍手をもらった。アメカンやっとったんやてと言われた。ごついごついと胸を叩かれた。大宴会だった。奥床しさなしの大騒ぎだ。大阪の連中はパワーが違う。美人も多い。彼女たちの話す関西弁が耳に心地良い。酒を呑む様も楽しそうだ。たった一日で関西が気に入った。

「佐藤君、アメカンのルール教えて」

女が話しかけてきた。淳子《あつこ》といった。一番のべっぴんさんだ。笑う表情がいい。大きな瞳がアーチ形になった。柔らかな京都弁が印象に合っている。かいつまんでルールを説明した。

ふわっとした髪からメロンのような匂いがした。優しい匂いだった。

10

一か月が過ぎた。研修と宴会の一か月だった。

良いニュースと悪いニュースがひとつずつある。

淳子から吾郎と呼ばれるようになった。これが良いニュース。

五月一日付けで大阪本社営業部第一係に配属された。これが悪いニュース。

よりによって担当エリアは京都だった。

一九九九年六月　新潮社刊

解説——モデルの真相——

宮崎《みやざき》正博《まさひろ》
（ボクシング・マガジン編集部）

エー、アー、ウー、オレ、なんでこんなところにいるのだ？　という気分である。自慢じゃないが、私は一介のサラリーマンである。ボクシング・マガジン編集部勤務という職業柄、多少は文字をいじってはいても、とてもとても、あんた、第五回小説新潮長篇新人賞、本の雑誌1999年度ベスト10第9位の小説を、うんぬんかんぬんできるわけなかろうが。だいたいが、裸の男同士の殴り合いばかり見ていて、私の日常とブンガクとは長く縁がない。三年前、ニューヨークはマンハッタンのホテルでという不思議なシチュエーションのもとに、山本周五郎を読了したのが私とブンガクとの最後なんだぜ。

では、なぜ、そんな私がここに起用されたのか。察するところ、理由はたった一つしか見あたらない。私がモデルだからである。いや、もっと正確を期するなら、私の部屋がである。そう、表題作『俺はどしゃぶり』のなかで、とびきりの存在感を打ち放つ山縣先生のあの部屋のである。

須藤靖貴こと〝すー〟とは、彼がベースボール・マガジン社の社員だったころからの長いつき合いになる。私がボクシング・マガジン、ヤツは隣の相撲編集部にいた。夕方になるとどちらともなくサインを出した。

「いっとくか？」

まずは麻雀である。会社近くの雀荘でビュンビュンに牌《パイ》を放りあう。最終電車の頃合いになってもかまやしない。反省会と称して酒場にとショバを替える。安い酒をあおりながら勝ったの負けたのと大騒ぎ。それから「ばか審」だ（文中、参照のこと）。へべれけに酔っぱらって、他人の悪口をさんざん言い尽くしたら、「深々と更けゆく神保町に、我ら今夜もゴウチン！」とかわけ分からんこと言い残して、〝すー〟は最後に私んち、十畳一間ワンルームのアパートに転がり込むのだ。あのヤロー、一八五センチ九五キロの巨体から、そのまま等分の巨大いびきを一晩中鳴り響かせやがる。おかげで一七二センチ八五キロのか弱き私は寝不足の連続だ。その後、血圧260などというキリン並みの高血圧パフォーマンスを私に演じさせる遠因を作った犯人は、〝すー〟であると固く信じる次第。さらにさらに、あいつにあんな悪だくみがあったとは、そのころは思いもよらなかった。少なくとも月の三分の一近く、ロハで宿泊し、なおかつ私んちの様子を頭の中にスケッチしていたのか。初めて『俺はどしゃぶり』を読んだ時、正直、くっそー、モデル料払え！　って思ったもんね。

そうさ。確かに私の部屋はきれいじゃない。いや、きれいじゃない、なんてハンパな言い方をしちゃいけないか。はっきり、くっきり、ばっちりとキ・タ・ナ・イ。家出同然に故郷を出て、東京に住み着いてからはや、ん十年。住み込みで働いた神田三崎町《かんだみさきちょう》の新聞配達店の大部屋から、文京区白山《はくさん》、足立区綾瀬《あやせ》、府中市多磨霊園《たまれいえん》、再び文京区白山。歴代の私んち、ぜーんぶ、ゴミくずの山に埋もれてきた。大家から「人間の住む部屋じゃない」と罵《ののし》られたこともあった。

それでも、なぜか、友人は私の部屋に来たがって、よく泊まりにやってくるのだが、たいがいは一回こっきりである。今や硬派のノンフィクション・ライターとして有名なN村は古くからの友人だが、「ははは、宮崎くん、坂口安吾も部屋は汚かったじゃないか」と言って、強引に乗り込んできた。ワイルドターキーを飲んで、『うる星やつら〜ビューティフル・ドリーマー〜』と『天空の城ラピュタ』のビデオを見て、ごろ寝して、早朝に起き出したN村は、渋面を作ってポツリ。「甘い予測をおかした俺が悪かった」。うちの自作PCマシンの面倒を見てくれている、さる大手家電メーカーのエンジニアは、何度か部屋に来ているが、そのたびに新鮮な感動があるらしい。この間なんか「あれれ、これはこれは」と本棚から白地に黄色い平板状の物体を引き出した。レトルトカレーの残骸が乾いたままこびりついた皿だと知ると、「うーん」とうなったきり、五八分間、無言のままだった。

そんな我が家の片鱗を〝すー〟はじっくり観察し、この小説家デビュー作の中に渾身《こんしん》の文章として織り込んだのだろう。でもよ、〝すー〟、甘いよ、甘い。キミは、とても甘い！　江口寿史言うところの「ルノアールのココアのように甘い」だ。真実はそんなもんじゃない。

じゃ、実例を挙げてみる。『俺はどしゃぶり』中、最大のハイライト（？）となるアメリカンフットボール部員総出のゴキ退治のシーン、事実はこうである。

あれは今から二十年ほど前、十一月の肌寒い夕暮れだった。足立区綾瀬の、六畳一間、風呂なし、共同トイレから、同じ地区の六畳に三畳間、個別トイレありに引っ越した。その五年前、文京区白山に間借りしていた工務店二階を引き上げる際、手伝ってくれる友人との待ち合わせ場所に現れず、友人たちが部屋にやってくると、引っ越しの主が堂々と寝ていたというハードボイルドな過去を持つ私である。今度の引っ越しも、当然、なーんも準備をしていない。それを承知で、二人が再び手伝いを引き受けてくれた。持つべきものは友である。

「まずは大物からやっつけようぜ」

廊下から部屋の引き戸を開けると、一畳ほどの流し。その向こうの六畳間の入り口付近に、ワンドアの中型冷蔵庫がある。その緑色のボディを動かした。三〇センチほど動かしたところで、手を止めた。いや、腕が硬直したのだ。そっと背後を振り返ると、友人二人も全身を硬直させている。異常なものを見たのだ。長らく動かしたことのない冷蔵庫の後ろの壁が、何か黒い物体で一〇センチほど盛り上がっている。よく見ると、小指の先ほどの黒い羽を持つ小昆虫がひとかたまりになって蠢《うごめ》いているではないか。その数、数百できくのだろうか。

ゴキ塚だった。

予感はあったのだ。部屋の中で小型のゴキがやたらとうろちょろしていた。ゴキブリホイホイを仕掛けてみると、ただの一晩で箱の中はビッシリ、すし詰め状態になっている。まだ息絶えぬその数十が沈黙のうちに、小さい目を光らせ、触覚をうようよさせている光景は、なかなかシュールであった。

アパートは木造二階建て築三十年（推定）の古ぼけた建物だ。一階は居酒屋をやっていたが、そういえば、「ゴキが多い」とか言って、再三店を休んで消毒をやっていたもの。その難を逃れようと、数百、あるいは数千が隊列をなして私んちにお引っ越ししてきたのだろう。私の六畳一間は雑誌やら古新聞やら衣類の海であふれ、隠れ場所にはことかかない。食事時だけ、その居酒屋に立ち寄り、こちらを住まいにしていたらしい。そして肌寒くなったこの季節、みんなで団子になって暖を取っていたのか。

私はそのまま冷蔵庫を静かに元に戻した。だが、このまま知らんぷりというわけにはいかぬ。大家には一両日中に部屋を引き渡すと通告してあるのだ。友人にキンチョールを三個買ってくるように命じた。古新聞を引っ張り出し、廊下まで敷き詰めた。それぞれ軍手をはめ、靴下を二枚重ねではき、新聞を棒状に丸めて配置につく。それからまたゆっくりと冷蔵庫を壁から引っぱがす。相変わらずゴキ塚の黒団子が蠢いている。

「よし。いくぞ」

太く、低く、抑えた声ながら、私は決然と号令をかけた。ゴキ塚に向けて三砲のキンチョールを一斉に噴射する。後は予想したとおり。黒団子が一気にほどけて四方八方に、ゴキが逃走を開始した。とりあえず廊下の外に出すわけにはいかない。キンチョールを左手に持ち替え、丸めた新聞紙で片っ端からたたきつぶす。古新聞で覆った床が、ゴキの体液でテラテラと光り出す。それでも出てくる出てくる。ゴミの山からはい出た小型ゴキが、後から後から右へ左にと大疾走しやがる。手にした新聞棒はほどなく破れ、さらに新たな新聞棒を作って、次々に殺戮《さつりく》していった。ひとまずカタが付くまで三十分余。後に残ったゴキの死体は軽く数百、あるいは数千にも及んだ。私は一生に一度きりの虐殺劇を、やりとげたのだ。

とりあえず、その日のうちに大型荷物は新居に移した。で、翌日、小物の整理に出向いて、また驚いた。畳にネギが生えているではないか。伸びきった緑の葉っぱの先には、綿のような胞子までつけている。買ってきたまま放置していたタマネギが、ややしめり気味の畳に落ち、水栽培よろしく畳に根を張ったらしい。

いよいよ情けない気持ちになったが、呆然としているわけにはいかなかった。第二のゴキ塚を発見した。今度は天井の桟《さん》のあたり。一人きりで突撃だ。部屋を閉め切り、キンチョールを連射する。落ちてくるゴキを再び新聞棒で連打！　連打！　市販の殺虫剤とて、その毒性はかなりのもの。密閉した部屋の中で、やがて猛烈な頭痛に襲われた私は、ゴキの屍《しかばね》の海に倒れ込み、二時間は身動き一つできなかった。

逸話はいくつだってある。十もの食材を味噌で煮込む自称「森羅万象鍋」を作ったはいいが、すぐに食べ飽き、鍋のまま冷蔵庫に半年間放置した。中を見るのが怖くて、ガムテープでふたを固定して、そのまま燃えないゴミに出した。ご飯を炊いた炊飯器を、一ヵ月置いたこともある。この時は思い切ってふたを開けたが、ポーンと頼りない破裂音の後、キノコ雲が湧き出して、そのまま天井に達した。異常に繁殖したカビで、炊飯器の中はよほどの飽和状態だったのだろう。

そんなこんなで自炊はもうやめた。今、私んちにゴキは訪れない。ただし、雑誌、衣類の類を捨てきれないのは相変わらず。本来平坦なはずの十畳間には低い山脈が連なっている。この原稿も山野の谷底で、キーボードと格闘したものだ。

しかし、こんな私んちの惨状は一生明かさぬ秘密のはずだったのだ。だが、須藤靖貴のたっての願いとあっては仕方ない。すーやん、ホント、あんたを恨むぜよ。

光文社文庫

傑作青春小説

俺《おれ》はどしゃぶり

著者　須《す》藤《どう》靖《やす》貴《たか》

2005年4月20日　初版1刷発行
2008年8月25日　3刷発行

発行者　駒井　稔
印刷　堀内印刷
製本　関川製本

発行所　株式会社　光文社
〒112-8011 東京都文京区音羽1-16-6
電話 (03)5395-8149 編集部
8114 販売部
8125 業務部

落丁本・乱丁本は業務部にご連絡くだされば、お取替えいたします。
ISBN978-4-334-73863-1 Printed in Japan

お願い　光文社文庫をお読みになって、いかがでございましたか。「読後の感想」を編集部あてに、ぜひお送りください。

このほか光文社文庫では、どんな本をお読みになりましたか。これから、どういう本をご希望ですか。

どの本も、誤植がないようつとめていますが、もしお気づきの点がございましたら、お教えください。ご職業、ご年齢などもお書きそえいただければ幸いです。当社の規定により本来の目的以外に使用せず、大切に扱わせていただきます。

光文社文庫編集部